Uwe Post

Walpar Tonnraffir und der Zeigefinger Gottes

WALPAR TONNRAFFIR
UND DER ZEIGEFINGER GOTTES

ATLANTIS

Eine Veröffentlichung des
Atlantis-Verlages, Stolberg
August 2010

Druck: Schaltungsdienst Lange, Berlin

Titelbild & Umschlaggestaltung: Si-yü Steuber
www.sirwen.ch
Lektorat und Satz: André Piotrowski

ISBN 978-3-941258-27-3

Besuchen Sie und im Internet:
www.atlantis-verlag.de

Der Autor dankt:
Alfred für den ersten Beta-Test,
Martin für's Durchsehen,
Neal Stephenson für's Präsens,
allen Besuchern meiner Lesungen für ihr Kommen,
allen Lesern von SYMBIOSE für die vielen Rückmeldungen
und natürlich Nadine für die omnipotente Inspiration.

Manche Leute glauben, Gott sei tot.
Andere meinen, er solle bloß endlich aufhören zu würfeln.
Wieder andere vermuten, dass sie einfach keinen hinreichend breiten Parkplatz gefunden hat.

Dieser Roman fügt solch absurden Theorien keine weitere hinzu.

Prolog

Walpar Tonnraffir landet mit dem Hinterteil auf dem Betonfußboden, gefolgt von einem Regen aus Fensterscherben. Ein Alarm quiekt, eine Durchsage auf Arabisch dröhnt durch die Fabrik, aber Walpar versteht sie nicht. Er setzt diese Tatsache auf die Liste der möglichen Ausreden, für den Fall, dass ihn jemand zur Rede stellt, bevor er seinen Auftrag ausgeführt hat. Es erscheint ihm sinnvoll, eine besonders große Scherbe aus seinem silberweißen Pferdeschwanz zu ziehen, bevor er sich an einer Aluminiumstange hochzieht und einmal in alle Richtungen guckt. Von links kommt ein tonnenförmiger Sicherheitsroboter mit wurfbereiter Angelrute angerollt, von rechts gleich zwei. Vor Walpar befindet sich die Quatling-Dusche, in der ein vibrierendes Gewächs nach dem anderen über ein Förderband durch einen Hochdruckstrahl rollt. Der Strahl stinkt nach Chemie, was eine schlechte Nachricht ist, weil Walpar über mindestens vierzehn ärztlich attestierte Allergien verfügt, zuzüglich zwölf juristisch beglaubigter. Die gute Nachricht ist, dass sich die mutmaßlich unter Starkstrom stehenden Angelschnüre der Roboter schlecht mit dem Strahl und den hindurchrollenden Bäumchen vertragen.

Walpar schwingt seinen durchtrainierten Körper auf das Förderband, stößt einen raschelnden Quatling beiseite und ist sofort pitschnass. Er hat das Gefühl, die Dusche ätzt ihm das Fleisch unter den Fingernägeln weg, während die Dämpfe in seiner Lunge dem Zigarettenteer vom letzten Samstag den Garaus machen. Walpar raucht eigentlich nicht, aber auf jener Party war das die einzige Möglichkeit, um die Nacht nicht allein zu verbringen.

Unzufrieden schiebt Walpar diesen Gedanken und den nächsten Quatling beiseite. Aus dem Augenwinkel sieht er, wie einer der Roboter die Angelschnur wirft. Er duckt sich hinter ein Bäumchen; die Schnur verfängt sich in den Blättern und reißt ein paar von ihnen aus. Der Quatling raschelt schmerzerfüllt. Walpar sieht zu, dass er vorwärtskommt. Das Förderband führt aufwärts, aus dem Waschraum hinaus. Klackernd erklimmen Walpar und die Quatlinge die Steigung und erreichen ein vibrierendes Gestell. Greifhaken packen die Gewächse und rupfen sie aus ihren Töpfen. Walpar möchte dieses Schicksal gerne vermeiden und weicht dem Greifer aus. Der schnappt zu, merkt, dass er nichts zwischen den eisernen Kiefern hat, und klappt enttäuscht quietschend wieder auf. Im Kopf rekapituliert Walpar den Lageplan des Geländes, aber ihm fällt auf Anhieb nicht ein, wie es weitergeht. Also schiebt er sich auf einen Sims und lässt den Greifer den nächsten Quatling ausrupfen.

Walpar zieht seinen digitalen Pinguin hervor, der an einer Kette um seinen Hals hängt. Mit nervösen Fingerspitzen ruft er die Blaupause der Fabrik auf und erinnert sich daran, dass jetzt die Sache mit dem Über-dem-Abgrund-Baumeln kommt. Der Pinguin verschwindet wieder unter dem Hemd. Walpar zuckt mit den Schultern, klammert sich an den nächsten Quatling und hängt kurze Zeit später über dem Nichts. Das Problem ist nicht die Höhe von zehn Metern, sondern die Tatsache, dass die Quatlinge hier so lange durchgeschüttelt werden, bis alle Blätter abgefallen sind. Der Greifer, an dem Walpars Bäumchen hängt, tut sein Bestes, aber die Last ist zu schwer. Trotzdem gehen Walpar die Vibrationen langsam auf die Nerven. Außerdem erinnert ihn ein anschwellendes Rumoren daran, dass die entlaubten Bäume am anderen Ende des Abgrundes in einer ziemlich rustikalen Maschine landen, in der sie zu Presspappe für Billigmöbel weiterverarbeitet werden.

Walpar fällt ein, dass er unbedingt einen neuen Schlafzimmerschrank benötigt – diesmal endlich einen mit Spiegel –, und lässt sich fallen.

In den Sekunden bis zur Landung zieht sein Leben an ihm vorbei, komischerweise aber nur die letzten 60 Minuten.

Eine Stunde zuvor, ein Stück weit außerhalb der Erdatmosphäre

Walpar Tonnraffir hält den Kosmojaguar seines Auftraggebers für reine Rumprotzerei. Der Fahrgastraum ist mit künstlichem Leopardenfell ausgekleidet, das so echt aussieht, dass man das eingenähte Herstellerschildchen für eine Laune der Natur halten möchte. Und dann das Tempo! Im Weltall hat der Körper keine Anhaltspunkte für halsbrecherische Geschwindigkeit. Daher hat der Hersteller es für nötig gehalten, ein Display unter der Decke zu montieren, das die aktuelle Geschwindigkeit auf drei Stellen nach dem Komma anzeigt.

Walpar wendet seinen Blick von der ziemlich übertrieben wirkenden Zahl ab und beobachtet seinen Auftraggeber, der gerade ein Glas Sekt zu seinen Lippen führt.

Harkai van Hesling trägt ein Sakko, dessen Schneider nach Feierabend mit ähnlich teuren Fahrzeugen nach Hause düst wie seine Kunden. Im Gegensatz zu ihm trägt van Hesling unter dem Sakko aber kein Markenhemd, sondern ein verwaschenes T-Shirt, dessen Farbe zwischen Graurot und Rotgrau schwankt, je nach Einfallswinkel der Beleuchtung. Ein kaum zu entziffernder Schriftzug mit vielen Haken und Zacken legt die Vermutung nahe, dass es sich um den Namen einer prästellaren Rockband von erheblicher Berühmtheit handelt. Ansonsten würde van Hesling es nicht tragen, denn er sammelt wertvollen Krempel aus der Ära, in der die Menschen zwar schon von den Bäumen geklettert waren, aber andere Planeten nur in bunten Filmen eroberten.

Ein unsichtbarer Dinosaurier setzt sich auf Walpar Tonnraffirs Bauch. Das Display unter der Decke zählt eine Art hyperaktiven Countdown und wirft implizit die Frage auf, wie viel *g* Bremsbeschleunigung ein durchschnittlicher Privatdetektiv aushält.

In van Heslings Gesicht verursacht das Manöver nicht mehr als ein mitleidiges Lächeln.

»Sie haben das Ziel erreicht«, sagt die körperlose Stimme des Navis, als der Dinosaurier sich mühevoll erhebt, um nach anderen Sitzgelegenheiten Ausschau zu halten.

»Beeindruckende Bremsraketen«, bringt Walpar heraus.

Van Hesling wischt sich eine imaginäre Saurierschuppe vom Revers. »Das ist das Raumschiff meiner Frau Arwen«, entgegnet er, als würde das irgendetwas erklären.

Walpar späht aus dem schmalen Fenster, bis sein Blick an einem länglichen Gebilde hängen bleibt. »Ist das da draußen ein Sechs-Sterne-Hotel?«

»Ja«, bestätigt van Hesling, »aber Ihr Einsatzort liegt auf der anderen Seite.« Er zeigt auf ein unförmiges Gebilde, das wie ein bombardiertes Parkhaus aussieht, bloß mit sich windenden Palmen statt Autos. »Dies ist die Quatling-Entsaftungsanlage der Costello-Holding. Sie arbeitet vollautomatisch und höchst effizient.«

»Ist die Herstellung von Quatlingsaft nicht verboten?«

»Überall auf Erde und Mars«, bestätigt van Hesling. »Jedoch steht im Pachtvertrag dieses Grundstücks, es befinde sich auf Merkur.«

»Ich dachte, dies sei die omanische Wüste.«

»Nicht nach Ansicht von Costellos Anwälten.« Van Hesling grinst, weil seine eigenen Anwälte Typen mit ähnlichem Humor sind. »Costello hat, wie ich bereits eingangs erwähnte, eines meiner wertvollsten Sammelstücke entführt. Da er als Lösegeld fordert, dass mein Sohn seine überaus einfältige Tochter ehelicht, ist es erforderlich, dass Sie das Objekt anderweitig zurückholen.«

»Und es befindet sich in dieser Anlage«, schlussfolgert Walpar. Er findet es erfreulich, dass ein Geldsack wie van Hesling Rücksicht auf die Interessen seines Sohnes nimmt. Vielleicht steckt in Milliardären doch mehr An- als Kontostand.

»Sie werden sich einschleichen und den Gegenstand hierher schaffen.« Van Hesling nimmt seine goldene Armbanduhr ab und reicht sie Walpar.

Der schluckt, dann murmelt er: »Normalerweise erfolgt die Bezahlung erst nach Erledigung ...«

»Die Uhr«, fährt van Hesling dazwischen, »verfügt über einen Sensor für die Nanochips, mit denen meine Sammelstücke ausgestattet sind. Der Beamer in der Uhr wird die Katalognummer projizieren, sobald das Stück in unmittelbarer Nähe ist.«

»Ver... vernünftig«, stottert Walpar.

Augenblicke später kniet er über einem schmalen Kellerfenster und hofft, die Uhr seines Auftraggebers nicht allzu sehr zu verkratzen, wenn er sich hindurchstürzt.

Jetzt, irgendwo in der omanischen Wüste

Walpar landet in Bergen frisch abgeschüttelter Quatlingblätter. Er hält die Luft an, weil das Zeug schon in diesem Zustand gefährliche Wirkung auf den Geisteszustand haben kann, wühlt sich nach oben und hinaus aus dem grünen Haufen.

Der Weg ist angenehm weich, und Walpar findet, er sollte die Schuhe ausziehen, um die filigranen Blätter nicht zu beschädigen. Andererseits könnten seine Socken dem Duft der Blätter eine unpassende Note hinzufügen, deshalb behält er seine *Jettik*-Turnschuhe erst mal an.

Inzwischen berührt er die Blätter ohnehin nicht mehr, weil er einige Zentimeter über ihnen schwebt, was für einen Weltraumdetektiv genaugenommen ein angemessener Zustand ist.

Nach mehreren Äonen, in denen Walpar die Schöpfung zweier Subuniversen durchdacht hat, von denen mindestens eines auf einer genialen Grundidee beruht, die ihm bestimmt gleich wieder einfällt, erreicht er den Rand des Laubhaufens. Zwischen drei orangen Mini-Baggern, die die Quatlingblätter in rote Kipploren verladen, steht ein grauhaariger Mann im Anzug und lächelt.

Walpar lächelt zurück. Dann sieht er die Maschinenpistole in der Hand des Mannes und ist schlagartig nüchtern. Er hebt die Hände in die Höhe.

»Guten Tag, Mister Tonnraffir«, sagt der Mann. »Willkommen in meiner Quatling-Entsaftungsanlage. Leider ist der Zutritt für Diebe verboten.«

»Sie sind bestimmt der berühmte Signore Mario Costello«, bringt Walpar hervor. »Ihr Alarmsystem hat mich offenbar falsch identifiziert. Mein Name ist ... Smith.«

»Sie wollen mich verarschen«, nickt Costello gemütlich. »Sie sind der Privatdetektiv aus dieser beschissenen Reality-Soap vom Mars. Ich habe eine

Flasche Champagner aufgemacht, als man Ihre Sendung endlich abgesetzt hat.«

»Haha«, macht Walpar und schielt zu seinem digitalen Pinguin, der ihm um den Hals baumelt. Er muss beim Fallen aus seinem Hemd gerutscht sein.

Costello zeigt nach links. »Bitte treten Sie doch dort hinüber. Ich möchte nicht in die Verlegenheit geraten, meine wertvollen Blätter mit marsianischem Blut zu verunreinigen.«

Mit halb erhobenen Händen schreitet Walpar in die gewünschte Richtung. Als er sich genau zwischen Costello und einem der Bagger befindet, ertönt plötzlich die schrille Stimme des Pinguins: »Die Waffe ist ja noch gesichert!«

Mario Costello ist von der alten Schule. Hätte ein Mensch diesen Satz ausgerufen, hätte er nur mitleidig gelächelt, aber einer Maschine traut er keine Lüge zu. Er sieht nach unten.

Dieser Augenblick genügt Walpar. Er springt, greift sich den Ausleger des Baggers und zieht. Mit schrillem Alarm verliert das orangene Gefährt das Gleichgewicht. Der Greifer platscht seinen riesigen Haufen Quatlingblätter in das Gesicht seines Herrn und Meisters.

Mit einem Jauchzen sprintet Walpar los, streichelt seinen Pinguin und erwischt offenbar das falsche Programm. »Dein persönlicher Stilberater ist jetzt aktiviert«, sagt der Pinguin.

Walpar hat allerdings keine Zeit, seinen Fehler zu korrigieren. Er springt in die vorderste Kipplore, landet in einem Blätterhaufen und setzt das Fahrzeug durch seinen Schwung in Bewegung. Die Lore rollt vorwärts, dann um eine Ecke. Während Mario Costello anfängt, sich glücklich mit imaginären grünen Männchen zu unterhalten, befährt die Lore mit Walpar Tonnraffir ein Gefälle und nimmt Fahrt auf.

»Ich empfehle jetzt dringend das Tragen eines braunen Schlapphuts«, sagt der Stilberater nachdrücklich.

»Wenn ich doch bloß einen dabeihätte«, kreischt Walpar, der den Kopf über den vorderen Rand der Lore streckt, weil er dort nicht die Dämpfe der Blätter einatmen muss. Verkrampft klammern sich Walpars Finger an die Kante der Lore. Der Stilberater stellt fest, dass Walpar dringend eine Maniküre braucht. Die Schienen führen inzwischen in Richtung eines großen Kessels. Walpar weiß, dass sich eine Zentrifuge darin befindet, die den Blättern ihren Saft entzieht. Der Detektiv möchte seine eigenen Säfte gerne behalten und hält Ausschau nach einer Weiche. Dergleichen gibt es hier jedoch nicht, bloß eine scharfe Kurve. Die rote Kipplore transportiert normalerweise nur ein paar Kilo Blätter, keine siebzig Kilo Mensch. Sie wird aus der Kurve fliegen und Walpar gegen die Wand dahinter.

»Aus dem Weg!«, schreit Walpar, aber die Wand ignoriert ihn. Die Räder quietschen, die Achsen knirschen, die Lore kippt. Walpar rollt sich zu einer Kugel zusammen, wünscht sich, er würde wirklich einen Hut tragen, möglichst einen aus Stahl. Dann fliegt er durch die Wand, die vermutlich aus derselben Pappe gemacht ist wie sein Traumkleiderschrank.

Er landet auf einem glitschigen Steg und merkt gerade noch, dass er mit jemandem zusammenstößt. Die Person verliert das Gleichgewicht und fällt mit einem überaus weiblichen Kreischen in den Tank mit frischem Quatlingsaft.

»War keine Absicht«, bekundet Walpar, rappelt sich hoch und eilt den Steg entlang. Aus dem Augenwinkel sieht er einen Kopf auftauchen, der ihm feuchte Flüche hinterherschleudert. »Hinter der Tür rechts«, empfiehlt der Pinguin, »bitte die Füße abtreten.«

Schon zielt eine Giftarmbrust-Selbstschussanlage auf Walpar, aber der weicht dem Geschoss mit einem Hechtsprung aus, rollt sich durch die Tür auf der rechten Seite.

Es ist still, abgesehen von dem Keuchen aus Walpars Kehle, als er sich aufrappelt. Schummriges Licht erfüllt den Raum, dessen Wände mit Filmpostern tapeziert sind. Wenn Walpar sich umdrehen würde, sähe er ein gähnendes Loch mitten in Godzillas Bauch. Aber er dreht sich nicht um, denn er ist am Ziel. Langsam schleicht er zwischen den Vitrinen umher, als wolle er all die Kleinode nicht wecken, die in ihnen ausgestellt sind. Hier liegt die Filmklappe von Jurassic Park, dort das Bein eines Stuhles, in dem laut Beschriftung einmal Arnold Schwarzenegger gesessen haben soll. Die nächste Vitrine enthält die Erstauflage aller Mark-Brandis-Bände, mit leicht vergilbten Seiten, aufgebahrt unter Stickstoffatmosphäre, einbalsamiert für die Unendlichkeit.

In der Mitte des Raumes steht unter einem sanften Lichtkegel ein lebensgroßes Plastikmodell von Darth Vader. In der linken Armbeuge trägt es ein in roten Samt gewickeltes Paket, als wäre es ein Baby.

Walpars Blick ruht auf dem Lichtschwert, das der Filmbösewicht in der rechten Hand hält, als er sich vorsichtig mit der Armbanduhr seines Auftraggebers nähert.

»Katalognummer 6472«, schnarrt die Uhr. »Status: gestohlen.«

Walpars Herz macht einen Hüpfer. »Von Costello, diesem versoffenen Spaghettifresser«, ergänzt die Uhr.

»Ja, ja«, murmelt Walpar und greift nach dem samtenen Päckchen. »Du hast doch nichts dagegen?«, fragt er Darth Vader.

»Er nicht, aber ich!«, ruft eine wohlbekannte Spaghettifresserstimme. Walpar tritt den Rückzug an.

»Dir werd ich's zeigen«, heult Costello, ist in ein, zwei Sätzen bei Darth Vader und entreißt ihm das Lichtschwert. Mit einem Flackern erwacht es zum Leben. Gleißendes Rosa verheißt nichts Gutes.

»Warten Sie einen Moment«, sagt Walpar und hebt abwehrend die Hand, während er die andere auf die Türklinke des Ausgangs legt.

»Worauf?«, knirscht Costello und nähert sich drohend mit dem Lichtschwert, das summt wie ein schlecht gelaunter Wespenschwarm.

»Äh ...«, macht Walpar und improvisiert drauflos, »darauf, dass ich unangefochten Ihr Privatmuseum verlasse? Ich will Ihnen nämlich nicht weiter zur Last fallen.«

»Ein hellblaues Lichtschwert wäre jetzt angebracht«, erklärt Walpars Pinguin. Der Detektiv greift intuitiv in das nächste Regal. Allerdings erbeutet er kein Lichtschwert, sondern nur eine hellgrüne Wasserpistole.

»Halt oder ich schieße!«, ruft Walpar und richtet die Wasserpistole auf Costello.

»Armseliger Wicht«, grunzt der zurück und hebt das Lichtschwert.

»Ich habe Sie gewarnt«, zuckt Walpar die Schultern und drückt ab. Ein dünner Wasserstrahl trifft die rosa gleißende Klinge. Sie blitzt, zischt, knattert. Ein furchtbarer Kurzschluss fährt durch das Schwert, reißt seinen Träger von den Beinen. Der Geruch von Ozon breitet sich aus.

»Siehste«, macht Walpar und reißt die Tür auf, bevor Costello wieder aufstehen kann, der zu Füßen von Darth Vader liegt, als hätte ihn gerade die dunkle Seite der Macht niedergestreckt.

Sekunden später ist der Detektiv draußen. Im Laufschritt durchquert er einen Streifen Wüste, zieht eine wallende Staubwolke hinter sich her. Er sieht in einiger Entfernung van Heslings Sternenjaguar.

Der Besitzer steht davor, lehnt grinsend an der blitzenden Metallkarosserie. Als er sieht, was Walpar in der Hand hält, verbreitert sich sein Grinsen.

Atemlos fällt der Detektiv in langsamen Trab, schaut über die Schulter zurück. Aber es gibt keine Verfolger, nur das leise Rascheln und Quietschen der Quatlinge.

»Auftrag ausgeführt«, sagt Walpar und überreicht van Hesling das Samtpäckchen.

»Ich wusste, dass Sie der richtige für den Job sind«, erklärt der Sammler und umarmt das Objekt seiner Begierde. Er streichelt das Päckchen, nur das »Eideidei, bistu wieder bei Papa« verkneift er sich.

»Ähm«, macht Walpar und zeigt auf das gerettete Objekt.

»Sie möchten wissen, was es ist?« Van Hesling lächelt glücklich, als hätte er gerade ein Bad in Quatlingsaft genommen. »Ein äußerst seltenes Stück.« Langsam und vorsichtig öffnet er die Verpackung.

Zum Vorschein kommt eine DVD-Box der Zeichentrickserie »Captain Future«.

»Das ist Box Nummer Drei, die nie gesendete Folgen enthält. Sie ist mehr wert als Ihr Gewicht in Gold«, betont van Hesling. Dann sieht er Walpar an, als wolle er ihn adoptieren. »Darf ich Sie zum Abendessen einladen? Ich würde mich freuen, wenn Sie meinen Sohn kennenlernen würden.«

Walpar schluckt, dann nickt er verkniffen. Er kann nicht behaupten, dass er keinen Hunger hat. Genaugenommen knurrt ihm der Magen. Also willigt er ein. Van Heslings Sprössling wird er schon irgendwie abwimmeln. Zur Not übertreibt er maßlos bei der Wiedergabe seiner Erlebnisse. Das hat bisher immer geholfen.

1 Olympus-Freizeitpark, Mars

Walpar Tonnraffir vergnügt sich gerade im Magen eines Tyrannosaurus, als sein Pinguin klingelt. Vergnügen? Ja sicher, immerhin ist es die größte und nebenbei bemerkt teuerste Attraktion des Olympus-Freizeitparks, sich von einem geklonten Dinosaurier verschlucken zu lassen.

Walpar zieht seinen Pinguin aus der Hosentasche, verliert das Gleichgewicht, als der Dino einen unerwarteten Spaziergang beginnt, fährt instinktiv die stützende Hand aus, rutscht an der glitschigen Magenschleimhaut ab und platscht der Länge nach in den Verdauungssaft.

Der Pinguin klingelt immer noch. Walpar wischt sich Schleim aus dem Ohr und hält sich das Mobiltelefon ans Ohr.

»Jaapf?«, spuckt er.

»Ich bin's, Nera.«

»Oh«, macht Walpar und kommt auf die Knie. »Das ... das ist gerade wirklich ungünstig, Schwiegermama.«

»Wo bist du?«

»Ich bin gerade in einem, äh ...« Walpar hält sich an der schwankenden Magenwand fest.

»Walpar!«

»Äh, nicht was du denkst. Nur das Übliche. Geheime Mission.«

»Du darfst nicht drüber sprechen?« Nera klingt nicht so, als würde sie Walpar ernst nehmen. Meistens bemüht sie sich wenigstens, diesmal nicht. So was merkt man sofort.

»Genau, äh ...« In diesem Moment öffnet sich der Magenausgang, und Walpar kommt ins Rutschen. »Ich ... ah, ich rufe zurück, dringende ... äh, Geschäfte.«

Walpar schafft es gerade noch, dem Pinguin auf den Schnabel zu drücken, um das Gespräch zu beenden. Dann flutscht er durch den Darm des Dinosauriers und landet kurz darauf mit dem Hinterteil auf dem staubigen Boden.

»Boah, krasser Spaß, was?«, ruft sein Neffe Kerbil und hüpft auf und ab. »Du warst ja lange drin! Ich will nochmal, du auch?«

»Ich ... äh, nee, ich muss dringend telefonieren ...« Walpar begutachtet traurig seine verschleimte Kleidung. Glücklicherweise handelt es sich bei dem Magensaft des Dinos um eine spezielle Substanz, die sich beim Kontakt mit Luft sofort verflüchtigt. Die Macher des Freizeitparks haben an alles gedacht.

Sogar an einen Rabatt für einen zweiten Durchgang.

»Rrrrr«, macht der Tyrannosaurus und zwinkert Walpar und seinem Neffen zu.

»Bitte friss ihn, nicht mich«, sagt Walpar und zeigt auf Kerbil.

»Ja, friss mich, schluck mich runter, ja!« Kerbil hüpft dem Saurier förmlich ins Maul.

»Bitte die Abbuchung von 3,99 statt 4,99 für eine Person bestätigen«, sagt die elektronische Geldbörse in Walpars Pinguin. Der streichelt dem Pinguin die Brust, sein Fingerabdruck wird erkannt und die Transaktion durchgeführt. »Der Olympus-Park sagt Danke und weist auf die besonders günstigen Geschenkabonnements hin«, flötet der Pinguin.

Der Tyrannosaurus grunzt und klemmt sich Kerbil zwischen die Zähne. Die sehen zwar furchteinflößend aus, verursachen aber keinen einzigen Kratzer, weil sie aus einem speziellen Patentgummi gemacht sind, dessen exakte Bezeichnung bei Werkstoffwissenschaftlern feuchte Träume auslöst.

Kerbil jauchzt, als der Dino ihn mit dem Maul in die Luft wirft, mit dem Kopf voran auffängt und den Rachen hinuntergleiten lässt. Das Jauchzen wird deutlich leiser.

»Mama, ich will auch!«, kreischt ein Mädchen mit goldener Mangafrisur, das plötzlich neben Walpar aufgetaucht ist.

Die zugehörige Mutter geht das Risiko ein, dem Kind den Arm auszureißen, als sie versucht, es vor dem Dino zu retten. »Du wirst auf keinen Fall, ich wiederhole, *auf gar keinen Fall*«, donnert die Frau, »mit einem fremden Jungen spielen, und erst recht nicht in einem Sauriermagen, wo niemand sieht, was ihr tut. Und *Sie* ...« Sie stößt Walpar den Zeigefinger zwischen die Lungenflügel. Walpar schaut sich kurz um, aber der Finger ist wider Erwarten nicht hinten wieder rausgekommen. »Sie! Schauen Sie mich gefälligst an, wenn ich Sie beschimpfe!«

»Ja, aber ...«, bringt Walpar hervor. Es ist immer dasselbe. Mit Frauen kommt er einfach nicht klar. Meistens kommt er nicht einmal zu Wort.

»Sie verleiten meine Tochter gefälligst nicht zu schmutzigen Spielchen mit Ihrem Sohn! Meine Henriette wird mal eine anständige Frau, und damit kann man gar nicht früh genug anfangen!«

»Er ist nur mein Neffe. Und ich wollte gerade telefonieren«, sagt Walpar schwach.

»Als wenn das etwas ändern würde! Ich will auch ständig telefonieren, aber man kommt heutzutage einfach zu nichts! Ständig muss man aufpassen, dass einem das Kind nicht verdorben wird von irgendwelchen dahergelaufenen ...« Sie gestikuliert vage.

»Fernsehdetektiven«, hilft Walpar.

Die Frau richtet ihre Frisur und sieht sich nach allen Seiten um. »Wo ist die Kamera?«

Walpar schüttelt den Kopf. »Meine Serie wurde vor einigen Monaten abgesetzt. Ich arbeite jetzt unabhängig. Falls Sie mal jemanden brauchen, der Nachforschungen für Sie anstellt ...«

»Henriette!« Die Frau kreischt und stürzt zu ihrer Tochter, die gerade damit beschäftigt ist, etwas auf den Unterschenkel des Dinos zu malen. »Nein! Nicht! Das ist bäh! Was hab ich dir gesagt?« Sie reißt dem Mädchen den Filzstift aus der Hand. »Schreiben ist bäh, das machen nur Intellektuellbäh und Managebäh! Hier, nimm deine Tablette!«

»Aber das Kind wollte den Dino doch bestimmt nur taggen«, beschwichtigt Walpar und tritt näher. Als Quittung kriegt er wieder den stählernen Zeigefinger in die Lunge. »Nur taggen! Damit fängt es an!«, heult Henriettes Mutter. Ihr faltiges Gesicht ist angstverzerrt, hektisch kramt sie in ihrer Handtasche, die an einen mumifizierten Panda erinnert. »Wo ... wo ...? Nur taggen! Erst malen sie ihr *Tag* überallhin ...« Sie kramt weiter. Walpar bekommt wieder Luft und entgegnet: »Kinder hinterlassen überall ihre Zeichen. Es heißt so viel wie: Ich war hier! Sehen Sie doch, der ganze Schenkel des Dinos ist voll von ...«

»Ah!« Die Frau ist erleichtert, hält eine geblümte Pillendose in der Hand und hantiert hektisch am Öffnungsmechanismus, der offenbar einen Fingerabdruckscan erfordert. »Erst malen sie ihre Tags überallhin, und ehe man sich's versieht, studieren sie, und was die ganzen jungen Leute an der Uni den ganzen Tag machen, dürfte wohl bekannt sein ...« Sie schluckt zwei kugelige Pillen, ächzt und atmet tief durch. »Henriette! Hier, dein Sedativum. Sei brav! Ja.«

Sie verabreicht ihrer Tochter eine Tablette. »Wenn die nicht hilft, hab ich auch noch irgendwo deine Zäpfchen. Merkst du schon was? Ja?« Das Mädchen nickt artig, seine Mutter sackt erleichtert in sich zusammen und vergräbt einen Moment lang die Augen hinter der vierfach beringten linken Hand. Henriette spuckt die Tablette Richtung Dino und zwinkert Walpar zu.

»Juhu!«, kommt Kerbil angehüpft und zupft Walpar an der Jacke. »Das war toll!«

Henriette streckt die Zunge raus.

»Seit wann sprichst du mit Frauen?«, fragt Kerbil und zeigt auf Henriettes Mutter. »Kauf mir eine Zimt-Cola!«

»Ich will auch eine, Mama!«, ruft Henriette. Sie hat schon wieder vergessen, dass sie eigentlich gerade ein Sedativum genommen hat.

»Henriette!« Gehauchte Enttäuschung, die im Ohr eines Kindes zu jahrzehntelangen Depressionen führt. Es sei denn, man nimmt die passenden Medikamente.

»Wir wollten gerade ...«, Walpar sieht sich verzweifelt um, »ins Kursfeuerwerk.«

»Och, das ist langweilig«, sagt Henriette und entlockt ihrer Mutter ein Lächeln von der Dauer eines Werbespots.

»Find ich auch«, mault Kerbil, schiebt sich drei Zentimeter in Richtung des Mädchens, und schon ist der Werbespot zu Ende.

»Nicht näher!«, keift die Mutter, sprüht Gift und Galle aus ihren schwarzen Augen in Richtung des unaufmerksamen Erziehungsberechtigten, rauft sich die langen, dunklen Haare: »Halten Sie Ihre Virenschleuder zurück, Herr Detektiv. Jungen wie dieser wirken auf eine Handspanne ansteckend!«

»Soweit ich weiß, ist Kerbil vollkommen gesund«, erklärt Walpar.

»Das kann man nie wissen«, behauptet die Frau. »Schließlich ... schließlich sind Viren so klein, dass man sie nicht sehen kann. Und sie verursachen fürchterliche Krankheiten. Die Pest und so.«

»Nicht die Pest«, schüttelt Walpar den Kopf. Allmählich klingelt sein Plausibilitätsalarm. Die Frau hätte längst das Weite suchen können, passend zu der Abneigung, die sie die ganze Zeit äußert. Jetzt lässt sie sogar zu, dass Henriette und Kerbil gemeinsam hinter ihrem Rücken kichern.

»Vielleicht habe ich wirklich Nachforschungen anzustellen«, sagt die Frau und schaut starr an Walpar vorbei.

»Hat sie nicht«, sagt Walpars Plausibilitätsalarm. »Sie ist alleinerziehend und sucht einen Mann mit Intelligenzquotient über Zimmertemperatur.«

Egal ob das stimmt oder nicht: Kerbil braucht dringend eine Zimt-Cola, und es wird dringend Zeit für die nächste Attraktion des Parks. Der Junge wirft Henriette schon Luftküsschen zu. Das geht jetzt auch Walpar zu weit. »Komm, Kerbil«, sagt er. »Vielleicht sehen wir Henriette nachher auf einem Karussell.«

»Aber«, beginnt die Frau und erbleicht. Vermutlich hat schon lange kein Mann sie einfach so stehen gelassen, oder sie hat wirklich einen lukrativen Auftrag, den Walpar genaugenommen gut gebrauchen könnte.

»Henriette ist ein total doofer Name«, sagt Kerbil und trottet mit Walpar Richtung Kursfeuerwerk.

Die beiden drehen sich nicht um, als der Dino unanständig und lautstark rülpst.

Das Kursfeuerwerk ist eine mittelgroße Halle, in der unglaublich viele bunt leuchtende und blinkende Knöpfe auf unüberschaubar vielen Konsolen angebracht sind. Das Tolle ist, dass man jeden dieser Knöpfe drücken kann. Und immer passiert irgendetwas: Manchmal geht irgendwo ein Licht an, ein fröhliches Summen ertönt, oder einer der an die Deckenkuppel projizierten Aktienkurse bricht kräftig nach oben oder unten aus.

Kerbil hat innerhalb von Sekunden zig Knöpfe gedrückt und seine leuchtenden Augen huschen umher wie Wachteleier in der Mikrowelle. Walpar hält seinen Neffen sanft davon ab, einen anderen Jungen von einem besonders schnell blinkenden Knopf wegzustoßen, den er unbedingt selbst drücken will.

»Schau mal, Kerbil«, sagt Walpar und dreht den Kopf seines Neffen mit beiden Händen in die richtige Richtung. »Siehst du die hellblaue Zackenlinie da oben?« Kerbil nickt heftig.

»Das«, erklärt Walpar, »ist der Aktienkurs von *GreenMarsTV,* meinem alten Fernsehsender. Ich besitze noch einige Papiere von dem Laden. Versuch bitte, die Linie so weit wie möglich nach oben zu schießen, ja?«

»Kein Problem!«, ruft Kerbil und hält Ausschau nach dem zugehörigen Knopf. Da keiner beschriftet ist und alle ständig die Farben und Funktion wechseln, gibt es keinen Hinweis, welcher der richtige ist.

»Viel Spaß«, sagt Walpar. »Ich gehe mal kurz vor die Tür und telefoniere mit Tante Nera, in Ordnung?«

»Sag ihr, sie hat doofe Ohren«, kichert Kerbil, dann widmet er sich den bunten Knöpfen.

Kopfschüttelnd geht Walpar zur Tür. »Das sag ich ihr lieber nicht«, murmelt er zu sich selbst. Dann steht er draußen und hält sich den Pinguin ans Ohr. »Nera anrufen!«, befiehlt er.

Nera ist die Mutter von Walpars Exfreund Tilko. Der Detektiv nennt sie immer noch Schwiegermutter, obwohl er nie mit Tilko verheiratet war und sie ihm nie Socken oder Krawatten zu Weihnachten geschenkt hat, sondern meistens Haarbänder und Zopfklammern. Walpar trägt die Haare silbergrau gengefärbt und mit schlappem Pferdeschwanz, seit die Styling-KI des Senders das bestmögliche Outfit eines schwulen Weltraumdetektivs mit halbem Ohr berechnet hat. Der Rest des Ohrs fehlt Walpar, weil er in seiner Jugend in einer Band spielte und ein gewisser Thor es ihm im Eifer des Gefechts mit dem E-Didgeridoo abriss.

Nera ist der Meinung, dass die Trennung von Tilko und Walpar nichts anderes als ein bedauerliches Missverständnis ist, das sich leicht aus der Welt schaffen lässt, wenn man nur will. Walpar hat den Verdacht, dass sie ihn mag, weil sie gerne eine Tochter gehabt hätte. Solange sie nicht versucht, mit ihm Klamotten einkaufen zu gehen, kommt Walpar gut damit klar. Die familiäre Beziehung erleichtert auch die Sache mit Kerbil. Um den kümmern sich Walpar und Nera abwechselnd, während seine Eltern (Walpars Schwester Aether und ihr Mann Aigo) eine mehrmonatige Kreuzfahrt auf dem Jupitermond Europa unternehmen. Für die haben sie ihr ganzes Leben gespart. Bloß das Ticket für Kerbil war nicht eingeplant, genauso wenig wie der Junge selbst.

Walpar ist dankbar, dass Nera sich um Kerbil kümmert, während er seiner Arbeit nachgeht. Bisher scheint sie auch noch nicht zu versuchen, Kerbil zu ihrer Tochter zu erziehen, also gibt es keinen Grund zur Klage. Aber jetzt könnte sie allmählich mal ans Telefon gehen.

»Walpar«, ertönt Neras Stimme endlich aus dem Schnabel des Pinguins, »ich warte die ganze Zeit auf deinen Rückruf!«

Der Vorwurf kitzelt Walpar im Ohr und er wechselt den Pinguin in die linke Hand. »Sag mal«, fragt er, »hast du ein Abo für den überlichtschnellen Tarif?«

»Du bist auf dem Mars und ich auf der Erde. Musst du ein paar Minuten auf jede meiner Antworten warten?«

»Nein.«

»Weil ich keine Lust dazu habe und den überlichtschnellen Tarif bevorzuge«, erklärt Nera, als hätte sie gerade einen Wettbewerb für Schlagfertigkeit gewonnen.

»Ist der nicht verdammt teuer?«

»Überhaupt nicht«, behauptet Nera, »wenn man so wie ich einen dieser neuen Billigverträge abschließt.«

»Hat der keine Haken?«, fragt Walpar misstrauisch.

Es entsteht eine Pause, die aber immer noch kürzer ist als die Verzögerungen, die konventionelle Funkwellen auf den paar hundert Millionen Kilometern Entfernung zwischen Erde und Mars erleiden würden.

»Lass uns über etwas anderes reden«, sagt Nera. Der Überlicht-Funk erlaubt keine perfekte Übertragung von Stimmen, aber Walpar hört genau, wie Nera sich vornimmt, die genauen Vertragsbedingungen nochmal zu studieren.

»Was gibt's denn?«

»Wie geht's Kerbil?«

Walpar dreht den Kopf und schaut hinein ins Kursfeuerwerk. Er sieht hauptsächlich Blinken und Schatten, aber einer der Schemen hat genau den Umriss eines Kerbils, der ziemlich viel Spaß hat. »Er macht mich reich«, sagt Walpar.

»Lässt du ihn für dich Mau-Mau spielen?«

»So was in der Art«, grinst Walpar und zupft an seinem Ohrläppchenrest.

»Tilko ist verschwunden.«

Walpar braucht einen Moment, bis er reagiert. Zuerst will er antworten: »Und was geht mich das an?« Dann fällt ihm ein, dass er Weltraumdetektiv ist und es sein Job ist, nach verschwundenen Personen zu suchen. Bevor er eine entsprechende Antwort in den Pinguin spricht, kommt er zum Glück darauf, dass Tilko Neras Sohn ist und sie sich vermutlich fürchterliche Sorgen um ihn macht, wenn er sich länger als ein paar Minuten nicht zu Hause meldet. »Dem geht's bestimmt gut«, sagt Walpar und hofft, dass die überlichtschnelle Übertragung die Gehässigkeit herausfiltert, die er selbst gerade wahrgenommen hat.

»Und wenn nicht? Das kann dir nicht egal sein!«
»Wie lange hat er sich nicht gemeldet?«
»Mehr als zwei Tage.«
»Und da machst du dir Sorgen?«
»Ja«, schnappt Nera, »ich hatte nämlich gestern Geburtstag und da ruft er immer an.«

Walpar schluckt. Er hat auch nicht angerufen. Wenn ihm sein Leben lieb ist, muss er jetzt feinfühlig sein. Zu dumm, dass das nicht gerade sein Spezialgebiet ist. In anderen Disziplinen ist er viel besser. In Gehässigkeit zum Beispiel.

Ausgerechnet jetzt kommt Henriettes Mutter um die Ecke. Von ihrer Tochter ist nichts zu sehen, dafür hat sie einen Schießprügel in der Hand und richtet ihn auf Walpar.

Kerbil Routwegen ist 13. Ein tolles Alter: Man kann jede Menge Spaß haben und bezahlen müssen die Erwachsenen. Dass Spaß Geld kostet, lernen Kinder des 22. Jahrhunderts vor dem Alphabet. Gut, die meisten Kinder lernen das Alphabet nie, sie haben ihre Handys mit eingebauten Kameras, die ihnen Texte einfach vorlesen. Die restlichen Kinder werden unter Androhung von grausamer Folter dazu gezwungen, Lesen und Schreiben zu lernen. Kerbil ist eine Ausnahme. Er hat freiwillig Lesen und Schreiben gelernt. Hauptsächlich, weil er ganz sicher war, dass sich verschwörerische Botschaften hinter den geheimen Schriftzeichen verbergen: wichtige Nachrichten von Außerirdischen, die mit mächtigen Waffen die Regierungen der Erde kontrollieren und durch Geheimschrift in Büchern und Laufschriften Anweisungen erteilen. Welcher Film auf gar keinen Fall gedreht werden darf und wie ihre Existenz weiterhin zu verschleiern ist. Kerbil fand seinerzeit, dass dies so ziemlich alles erklärte, was im Sonnensystem geschah. Als er herausfand, dass Buchstaben wirklich Botschaften übermitteln, war er enttäuscht über ihren Inhalt und versuchte aus Rache, das Gelernte wieder zu vergessen.

Das hat nicht geklappt, denn wer einmal lesen und schreiben kann, weiß, dass dies einer der wesentlichen Punkte ist, in denen er sich vom Affen unterscheidet. Kerbil hat genug Affen kennengelernt, um zu wissen, dass er keiner sein will.

Deshalb beherrscht er jetzt das Alphabet. Diese Tatsache verschafft ihm im Kursfeuerwerk einen entscheidenden Vorteil. Während die meisten Kinder bloß hier und da Knöpfe drücken und dann albernerweise so tun, als würden sie damit außerirdische Raumschiffe vom Himmel schießen, zieht Kerbil Schlussfolgerungen aus Schriftzeichen, die vorübergehend an der Projektionskuppel aufleuchten, Farbkombinationen aufleuchtender Lämpchen und Muster, in denen sie blinken.

Er schafft es, die hellblaue Zickzackkurve, die Walpar ihm gezeigt hat, deutlich zu manipulieren. Die Linie zeigt jetzt steil in die Höhe, sodass ein Radfahrer, der von links den Berg hinuntergerollt kommt, als feuchter Fleck an der Mauer endet, die Kerbil aufgeschichtet hat. Das Erfolgserlebnis schickt ein Prickeln durch seinen Körper und er fühlt sich stark genug, um einem kleinen Jungen neben ihm die Zimt-Cola wegzunehmen. Der Junge schreit nach seiner Mama, sodass Kerbil es für angebracht hält, das Kursfeuerwerk zu verlassen und sich in Walpars Schutzzone zu begeben. Er nimmt sich vor, seinem Onkel mit der Colaflasche zuzuprosten, wie es Erwachsene tun, wenn sie gerade einen coolen Coup gelandet haben.

Kerbils Augen müssen sich an die nicht blinkende Umgebung draußen erst gewöhnen. Dann sieht er, dass sein Onkel ein Stück entfernt vom Eingang steht und ziemlich unglücklich nach rechts schaut. Kein Wunder, denn da kommt die Mutter von dem Mädchen, mit dem er gerne eine Cola getrunken hätte. Sie hält eine Krawtov 0,9 Schnellschusspistole in der Hand. Russische Waffe, ziemlich solide Technik, in Filmen sehr beliebt, weil die chinesische Schreckschuss-Kopie spottbillig ist. Genaugenommen könnte es eine solche Kopie sein, die die Frau in der Hand hält. Aber sie öffnet gerade den Mund. Kerbil hat genug Filme gesehen, um zu wissen, was jetzt kommt. Sie wird etwas sagen wie »Hasta la vista, Baby« und abdrücken.

Der Junge zögert nicht. Er handelt.

In den Augen der Frau blitzt bezahlte Entschlossenheit. Walpar hat dergleichen oft genug gemieden, um auch jetzt ruhig und gelassen zu bleiben. Er weiß, dass er nur freundlich aber bestimmt Nein sagen muss, um in Ruhe gelassen zu werden. Jedenfalls hat das bisher immer geklappt. Einmal, genaugenommen. Öfter war Walpar noch nicht in dieser Situation, muss er zugeben.

Ohne Zweifel hat diese Agentin des Bösen nur auf den richtigen Moment gewartet. Sie will Walpar alleine erwischen, Kerbil ist nicht Teil ihres Plans. Ihr eigenes Kind ist sicher nur schlaue Tarnung, und sie hat es in ein

Karussell gesetzt, um in Ruhe ihren Job zu erledigen. Sie wird einen Menschen töten, danach die kleine Henriette am Karussell abholen und fragen: »Na, ist dir auch nicht schlecht geworden?«

Walpar versucht die Sache mit dem Nein, aber es klappt nicht. Er sieht genau, wie sich die Brüste der Frau heben, weil sie tief Luft holt. Sehr vernünftig von ihr, denn so lässt sich die Waffe genauer abfeuern. Oder sie hat einen Abschiedsgruß auszurichten. Walpar versucht zu erraten von wem.

Er kommt nicht drauf.

Ein Gegenstand fliegt auf die Hand mit der Waffe zu.

Die Frau schießt.

Walpar spürt, wie ihn das Geschoss trifft. Er weiß, dass er jetzt umfallen sollte, aber irgendwie ist er nicht ganz sicher, ob der Boden sauber ist. In seinen Haaren sieht man jeden Schmutz sofort.

Irgendjemand schreit. Eine Sirene heult.

Dann kommt der Schmerz. Walpar fällt.

Die Richtung ist jetzt egal.

2 ThaiTek Discountkrankenhaus, Mars

Engel mit Stummelschwänzen singen über Suppe, während ein bärtiger Koch langsam Tod und Leben verrührt. Dadurch wird das Gebräu leider ziemlich salzig. Walpar mag keine salzige Suppe. Er nimmt sich vor, den Küchenchef zur Rede zu stellen. Also klappt er die Augen auf und den Mund gleich hinterher. »Rosenkohl wäre nett«, brabbelt er. »Mit Amaranth bitte. Amaranth, nicht Absinth.«

»Herzlich Glückwunsch zum Überleben«, sagt eine Stimme. Walpar kann ihren Ursprung nicht erkennen. Aber langsam stellt sich die Bildschärfe ein. Unter der Decke hängt ein Bildschirm, auf dem Reklame in Zeitlupe läuft. Lebensverlängerungsbehandlungen werden in diesem Krankenhaus besonders günstig angeboten. Für Verjüngungskuren ist man über die Grenzen von Olympus City hinweg bekannt. Ach ja, und dass die Notfallambulanz auf Zack ist, merkt Walpar daran, dass er noch lebt.

Seine linke Schulter hämmert. Walpar muss an seinen kahlköpfigen Nachbarn denken, Apartment 204, gleich links von seinem eigenen, das aus schwer nachvollziehbaren Gründen die Nummer 234 hat. Vor einigen Monaten hat sich Frau Nachbar von Herrn Nachbar getrennt, laut Flurfunk wegen eines Jüngeren, der noch Haare hat. Herr Nachbar hämmert, schraubt und bohrt jetzt von morgens früh bis abends spät, und wenn er besonders mies drauf ist, gönnt er sich nächtliches Meißeln. Mit der Zeit hat er mehrere Klappdübel in Walpars Stirnlappen angebracht, jedenfalls fühlt es sich so an. Nachfragen und freundliche Bitten um Ruhe quittiert der Gehörnte stets wie folgt: »Wenn *dir* die Frau weggelaufen wäre, würdest du auch Amok laufen.«

An dieser Stelle ist die Diskussion immer zu Ende, weil Walpar das Frau-oder-nicht-Frau-Thema nicht vertiefen möchte.

Walpar findet die Ruhe im Krankenhaus sehr angenehm. Nur die Werbespots könnten etwas leiser sein. Er beschließt, Ausschau nach der Fernbedienung zu halten, dreht den Oberkörper ein Stück nach links und fällt vor Schmerzen fast in Ohnmacht.

Möglicherweise haben die Entwickler der Krankenhaussoftware damit gerechnet. Vielleicht waren sie so schlau, Sprachsteuerung einzubauen. »Leiser«, sagt Walpar.

»Bitte bestätigen Sie die Zahlung von 10,95 für die Abschaltung der Werbung für den Rest des Tages«, antwortet dieselbe Stimme, die ihm vorhin zum Überleben gratuliert hat.

Walpar dreht Kopf und Augen so weit, wie es gerade geht, ohne vor

Schmerzen zu sterben. Zugegeben: Walpar ist ein bisschen wehleidig. Als ihm Thor seinerzeit das Ohr abgeschlagen hat, bestand er darauf, sein Testament zu machen. Apropos, das begünstigt derzeit Tilko. Walpar nimmt sich vor, das bei Gelegenheit zu ändern.

Er sieht weit und breit seinen Pinguin nicht, und auch keinen anderen Menschen in seiner Zelle. Die Stimme muss also von einer KI kommen, die vermutlich in der Wand eingebaut ist. Walpar bedauert, dass in seinem medizinischen Pass, der auf einem Chip in seinem Oberarm gespeichert ist, nichts von Klaustrophobie steht. In dem Fall hätte man ihn bestimmt nicht in eine Zelle von der Größe eines Gefrierfachs gelegt, sondern in ein Gemeinschaftszimmer mit sieben bis neun anderen Personen, die gerade angeschossen worden sind.

Walpar würde jetzt gerne Nera anrufen, damit sie ihn abholt und zu Hause pflegt. Darin ist sie ziemlich gut. Beispielsweise kocht sie den besten Jasmintee der Erde. Der hilft zwar nicht gegen Schusswunden, aber man fühlt sich einfach besser. Egal, ob man Ärger mit dem Partner hat, kalte Füße oder einen übersäuerten Magen: Neras Jasmintee rettet die Welt nachhaltiger als jedes noch so ernst gemeinte Gebet an egal welchen Gott, der ohnehin gerade im Urlaub ist und vergessen hat, einen Stellvertreter zu benennen.

Leider hat Walpar seinen Pinguin nicht griffbereit, um Nera herzuzitieren, und er kann sich auch nicht genug bewegen, um ihn zu suchen. Er könnte es versuchen, aber er will sein Leben nicht aufs Spiel setzen.

Außerdem befindet sich Nera zu Hause auf der Erde, nicht auf dem Mars. Bis sie hier ist, hat das Discount-Krankenhaus längst behauptet, dass Walpar geheilt ist, und ihn hinausgeworfen.

Walpar döst ein wenig. Zwischen zwei Halbschlafphasen registriert er, wie eine Schwester sich an seinem Tropf zu schaffen macht. Er wundert sich ein bisschen darüber, dass die Schwester so aussieht wie Henriettes Mutter, aber das ist bestimmt eine Halluzination, hervorgerufen von irgendwelchen Schmerzmitteln.

Kerbil sitzt in einem Hacker-Café und manipuliert Walpars Pinguin. In der Kabine nebenan stöhnt jemand.

Einer der Vorteile, lesen und schreiben zu können, liegt darin, dass man Portale verwenden kann, die kein Sprachinterface besitzen. Einige verzichten aus Sparsamkeit darauf, andere, weil sie nicht möchten, dass jeder hört, was sie anzubieten haben. Diese Schlemihle des Netzes verkaufen unsichtbares Eis, das sich dem geschulten Auge als ganz und gar sichtbares Hackertool entpuppt.

Der Pinguin ist ein Universal-Gadget. Man kann damit telefonieren, fotografieren, filmen, er ist ein Terminkalender, er kann Texte vorlesen und fremde Sprachen übersetzen. Er enthält ein Lexikon von der Größe einer mittleren Bibliothek, eine unübersichtliche Sammlung Geld- und Glücksspiele, und er kennt jederzeit seinen Aufenthaltsort und kann den Weg zu jedem anderen Ort weisen. Gerüchteweise weiß auch der Konzern, dem Walpar den Pinguin abgekauft hat, jederzeit seinen Aufenthaltsort, mit wem er gerade telefoniert, was er sich vorlesen lässt und wen er filmt.

Kerbil kommt es allerdings auf die einzige Funktion des Pinguins an, die er nicht verwenden kann, weil ihm der passende Fingerabdruck fehlt: die elektronische Geldbörse.

Die Nutzung des Hacker-Cafés muss Kerbil erst hinterher bezahlen. Das zwingt ihn dazu, erfolgreich zu sein, wenn er sich keinen Ärger einhandeln will.

Mittlerweile hat er einigen dubiosen Angeboten des Hackertool-Portals widerstanden. Bei den meisten ging es in irgendeiner Form um die Größe seines Penis, allerdings weiß Kerbil, dass das Portal ein dummes Portal ist und sein Alter nicht kennt. Die Angebote richten sich ausschließlich an Erwachsene, die sich im Gegensatz zu Kindern und Jugendlichen riesige Sorgen um die Größe ihres Vorderschwanzes machen. Vielleicht liegt das daran, dass man bis zu einem gewissen Alter davon ausgehen kann, dass er noch wächst, ohne nachzuhelfen. Aber wenn man erst einmal erwachsen ist, ist jede Hoffnung vergebens.

Nach einer kurzen Suche gelingt es ihm, das für Walpars Pinguin passende Tool runterzuladen und zu starten.

»Meine Personenregistrierung wurde aktiviert. Streichel mich«, sagt der Pinguin, und Kerbil tut es. Der Pinguin registriert seinen Fingerabdruck und fiept zufrieden.

Ein sehr ähnliches Geräusch dringt aus der Nachbarkabine.

Kerbil schüttelt den Kopf. Erwachsene.

Dann macht er sich auf den Weg in den Antiquitätenladen um die Ecke, um von Walpars Geld einen Haufen alter Filme zu kaufen.

Manchmal träumst du, dass das Telefon klingelt. Anderntags wirst du dann von einem Bekannten gefragt, ob du nicht zu Hause warst. Trotz dreißig Mal Klingeln nicht rangegangen und, ja, es war *natürlich* etwas Wichtiges.

Manchmal träumst du, dass das Telefon klingelt, und eine freundliche Stimme sagt dir, dass dies ein guter Zeitpunkt wäre, aufzustehen und ranzugehen, es könnte schließlich etwas Wichtiges sein. Du könntest das tun; du könntest dir selbst befehlen, aufzuwachen, könntest den Beinen befehlen, sich aus dem Bett zu schwingen … aber du weißt genau: Kurz bevor du nach dem Telefon greifst, hört es auf zu klingeln. Du schaust schläfrig in die Anruferliste, siehst die Nummer einer alten Freundin und rufst zurück. Nein, sagt sie freundlich, es sei nichts Wichtiges, sie wollte nur mal so anrufen, aber danke für den Rückruf.

Manchmal träumst du, dass dich gerade eine freundliche Krankenschwester umsorgt, und das in der billigsten Abteilung eines Discountkrankenhauses. Du sagst dir, dass Billigkrankenhäuser doch besser sind als ihr Ruf, bis dir ein kleines Männchen auf die Schulter tippt und dich darauf hinweist, dass du besser aufwachen solltest, weil du gerade umgebracht wirst.

Walpar wacht auf und ist sofort schweißgebadet. Neben seiner Pritsche hat sich eine Krankenschwester in die Zelle gequetscht und hantiert mit einer großen, leeren Spritze. Die Frau hat täuschende Ähnlichkeit mit Henriettes Mutter.

»Wie iffa lll«, bringt Walpar hervor. Er merkt, dass er vergessen hat, seine Zunge zum Sprechen einzusetzen, und versucht es noch einmal: »Die Spritze ist ja leer!«

Die Krankenschwester grinst ihn an. »Noch, ja.«

»Hilfe!«, ruft Walpar schwach. Er versucht aufzustehen, aber die Schwester stößt ihn zurück.

»Sie sind verletzt, Herr Tonnraffir. Sie brauchen Ruhe.« Die Schwester macht Anstalten, die leere Spritze in den Mikrozugang zu stöpseln, den man ihm am Unterarm installiert hat.

»Warum tun Sie das?«, stöhnt Walpar und beißt die Zähne zusammen, sammelt seine Kräfte für einen entscheidenden Angriff. Ihm wird schwindlig.

»Selbst wenn ich Ihnen meine Auftraggeber verraten würde, hätten Sie doch nichts davon, weil Sie gleich tot sind«, erklärt die Krankenschwester freundlich.

»Darf ich raten?«

»Wenn es Ihnen Spaß macht.«

»Costello?«

»Habe ich gesagt, dass ich Ja oder Nein sage?«

»Wo ist Ihre Tochter?«

»Auf dem Spielplatz.« Sie zuckt mit den Schultern. »Als Alleinerziehende muss man improvisieren.«

Walpar sieht, wie sich die Spritze langsam mit Blut füllt. Er wird leichter, er schwebt. Vielleicht in den Himmel. Ihm fällt ein, dass er geplant hat, sich noch einmal zu wehren, und diesmal besonders heftig. Diese Absicht ist zwischen zwei samtene Kissen gerutscht, die ihn auf sanften Wellen ins Jenseits tragen.

Irgendein Krach stört ihn dabei. Es ist nicht das meerige Rauschen in seinen Ohren, sondern etwas anderes, das wie ein Handgemenge klingt. Aber Walpar sieht nichts davon. Ihm kommt der Gedanke, dass das daran liegen könnte, dass seine Augen geschlossen sind. Leider schafft er es nicht, sie zu öffnen. Deshalb muss er sich auf sein Gehör verlassen. Da ist eine Stimme, die er kennt. Und die von Henriettes Mutter. Die beiden keuchen und rufen irgendwas. Ein dumpfes *Fummp* könnte bedeuten, dass eine Person einer anderen die Faust in den Bauch gerammt hat. Ja, richtig: Walpar hört jetzt das zugehörige Röcheln. Er spürt eine Art Wind, als würde jemand direkt über ihm eine gewaltige Ohrfeige austeilen, aber nicht treffen. Etwas knallt gegen die Plastikwand der Zelle, dann stößt jemand kräftig gegen Walpars Liege. Jemand schabt über den Boden, rappelt sich hoch, springt, donnert mit dem Kopf gegen die niedrige Decke ...

Dann plötzlich Stille.

»Also gut«, zischt eine Stimme direkt über Walpar, und er schafft es endlich, die Augen zu öffnen.

Olympus City ist eine Stadt vom Reißbrett. Allerdings haben die Planer ein voll digitalisiertes Reißbrett verwendet, sprich: eine extra für wahnsinnig viel Geld angefertigte Spezialsoftware. Die Firma, die nach einer dreijährigen Ausschreibung den Zuschlag erhielt, stellte ein paar Programmierer ein, die vorher an einer Versicherungspersonalverwaltungssoftware arbeiteten. Nach zahllosen fruchtbaren Treffen mit den Auftraggebern aus Politik, Terraforming-Konzernen und diversen Lobbyistenverbänden erklärten die Programmierer, dass sie jetzt genau wüssten, was zu tun sei, und zogen sich für sechs Monate in ihr Entwicklungszentrum in der Karibik zurück.

Als sich nach einem Jahr ein paar Leute nach St. Lucia wagten, um zu schauen, wie weit das Projekt fortgeschritten war, stellten sie fest, dass die Insel größtenteils überschwemmt und demzufolge längst entvölkert war. Es folgte eine kurze Rücksprache mit dem verbliebenen Verwaltungsbeirat, der auf einem Boot residierte, weil er in seinem Palast bei Flut immer nasse Füße bekam. Das Resultat war, dass er keine Ahnung hatte, wovon zum Teufel die Besucher überhaupt redeten.

Nachdem man die Entwickler in irgendeiner Spielhölle in Genf aufgetrieben hatte, behaupteten sie, die fertige Software längst abgeliefert zu haben, man solle mal gefälligst im E-Mail-Eingang nachschauen. Dort fand sich nichts, aber es stellte sich heraus, dass ein Entwickler namens Holger eine Sicherheitskopie auf seinem mp3-Player hatte. Die wurde dann im Stadtplanungsbüro installiert und schien tatsächlich ihren Zweck zu erfüllen.

Auf den ersten Blick.

Die Versuche, durcheinandergeratene Grundstückszuweisungen und mehrfach verknotete Baugenehmigungen zu entwirren, dauerten wesentlich länger als der Prozess gegen die Software-Firma, die genaugenommen schon längst nicht mehr existierte, wenn man von einem vor Werbung überquellenden Briefkasten in einem Vorort von Wuppertal absah. Der Prozess endete damit, dass der Briefkasten unter behördlicher Aufsicht demontiert wurde.

Durch das Resultat dieser Stadtplanung schlendert gerade Kerbil Routwegen, der sich dabei fett cool fühlt. Er hat Walpars Pinguin gehackt, Zugriff auf Geldmittel, die sein Taschengeld um ein Vielfaches übertreffen, und seine Eltern befinden sich am anderen Ende des Sonnensystems, wo sie keine Möglichkeit haben, ihm auf die Nerven zu gehen.

Er geht gerade den Prachtboulevard namens Avenue Freiherr von Braun hinunter. Riesenmisteln wachsen in regelmäßigen Abständen aus dem rostigen Marssand, der sich über das gemusterte Pflaster verteilt hat. Die Avenue ist eine Fußgängerzone, Fahrzeuge sind verboten. Es herrscht gerade Nachmittagsstau. Ein Kleinwagen versucht, zwischen zwei Misteln einzuparken, obwohl ihn eine mutige Oma mit energischen Fußtritten daran hindern will. Ein Lieferwagen steht quer auf dem breiten Gehsteig, um ein Päckchen in einem teuren Schuhgeschäft abzugeben.

Kerbil hat mehrere alte Filme gesehen, die in Paris spielen. In diesem Viertel von Olympus City sieht es genauso aus, bloß rotbraun statt schwarzweiß. Allerdings thront oberhalb von Paris nicht der größte Vulkan des Sonnensystems.

Während er zielstrebig in die nächste Gasse biegt, reibt sich Kerbil die Nase. Der Nordwind bringt heute Kaltluft aus den Polarregionen nach Olympus. Die ferne Sonne durchdringt die Wolken nicht; das Thermometer steigt kaum über 5 Grad Celsius.

Vorbei an einem weiteren Schuhladen eilt Kerbil durch die zugige Gasse, bis er die Videothek Principal erreicht. Mit Freuden vertauscht er die beißende Zugluft gegen den muffigen Geruch der Vergangenheit im Laden. Auf uralten Röhren-Bildschirmen laufen epochegerechte Schwarzweiß-Filme, die Regale biegen sich unter Aberhunderten abgegriffener DVD-Schachteln.

Hartmut Schuld, der Opa-hafte Besitzer der Videothek, legt Wert auf die Feststellung, ausschließlich Original-DVDs zu führen. Schon seit Jahrzehnten werden Filme nur noch über das interplanetare Netzwerk übermittelt und lagern digitalisiert auf fetten Bibliothekssystemen. Allerdings sind längst nicht alle Filme dort verfügbar. Bei einer großen Anzahl widersprachen die Lizenzbedingungen dem Ansinnen, sie in Netze einzuspeisen. Andere waren mit Kopierschutzmechanismen versehen, und niemand machte sich die

Mühe, die zu umgehen. Schließlich gab es genug moderne Remakes alter Filme, daher verzichtete man einfach auf die Originale. Das galt auch für vermeintlich schlechte oder unbeliebte Filme, bei denen die Bibliothekare der Meinung waren, dass sie niemand vermissen würde.

Zum Glück gibt es Videothekare wie Hartmut Schuld. Und Walpar hat einen funktionierenden DVD-Abspieler zu Hause. Jetzt muss Kerbil nur noch für das Abendprogramm sorgen.

Nachdem er die Kaufregale durchstöbert hat, stellt er fest, dass er nicht mehr als dreißig DVD-Boxen gleichzeitig tragen kann. Er sieht sich nach einem Einkaufswagen um, findet aber nur Erwachsene mit misstrauischen Blicken.

»Bist du sicher?«, fragt Hartmut Schuld, als Kerbil drei Stapel auf dem Verkaufstresen errichtet und mit den Worten »Ich leg die nur kurz hier ab und hole den Rest« wieder verschwinden will.

»Wieso? Sind Filme ohne Jugendfreigabe dabei?«, fragt Kerbil frech.

»Ich weiß nicht«, sagt der Videothekar und verzieht den Mund. »Hängt ein Schild mit der Aufschrift *Räumungsverkauf* im Schaufenster?«

Panisch fährt Kerbil herum. Räumungsverkauf! Dieses Wort riecht nach Tod und Verderben. »Nein«, sagt er erleichtert, »hängt da nicht.«

Schuld nickt und fixiert den Jungen mit wässrigen, grauen Augen. »Ich weiß.« Er seufzt, als Kerbil ihn einfach stehen lässt und damit fortfährt, Regale leerzuräumen.

»Was willst du mit *Local Hero*? Der ist langweilig.« Schuld geht die Stapel durch und schüttelt immer wieder den Kopf.

»Die Filmmusik ist toll«, ruft Kerbil, der aufmerksam das Fantasy-Regal durchstöbert. »Sie ist von Mark Knopfler.«

»Nie gehört«, brummt Schuld. »Übrigens habe ich keine Plastiktüten mehr. Vielleicht möchtest du dich doch auf eine kleinere Anzahl Filme beschränken. Das hätte den Vorteil, dass andere Kunden auch noch was abkriegen.«

Kerbil schiebt *Der Hobbit Extended Edition* wieder ins Regal und trottet zur Theke. »Na gut. Dann nehme ich erst mal nur …« Er beginnt, die Filme hin und her zu sortieren. Schuld schüttelt den Kopf.

»Auf jeden Fall den hier«, sagt Kerbil und winkt mit einer Schwarzweiß-DVD namens »Tote schlafen fest«.

In diesem Moment schaltet sich der Fernseher auf der Theke von selbst an, weil er darauf programmiert ist, das bei wichtigen Nachrichten zu tun.

Sekunden später starrt Hartmut Schuld gebannt auf den Bildschirm, auf dem ein schwach beleuchtetes Objekt am leeren Himmel zu sehen ist.

»Kann ich jetzt endlich bezahlen?«, fragt Kerbil ungeduldig.

»Schau dir das an«, haucht Hartmut, »das ist besser als jeder Film.«
»Glaub ich nicht«, schnappt Kerbil. »Das sind doch bloß Nachrichten.«
»Aber siehst du denn nicht ...?«
»Was soll das denn sein?« Uninteressiert kommt Kerbil näher.
»Nachdem zunächst Hobbyastronomen Alarm geschlagen haben ...«, plappert der Fernseher.
»Fällt ein Asteroid auf uns drauf?« Kerbil reißt die Augen auf.
Der Videothekar schüttelt den Kopf und streckt langsam die Hand aus.
»Erde«, flüstert er.
In diesem Moment verlässt das Objekt auf dem Bildschirm den Schatten des Planeten. Das Sonnenlicht enthüllt seine Form.
»Das ist ja ...« Die Stimme des alten Videothekars bricht.
Kerbils Blick wandert vom Bildschirm zur erhobenen Hand des alten Mannes. Und dann zu seiner eigenen.
Sie ist vollständig.

»Nera!«, entfährt es Walpar. Er richtet sich auf und kriegt den Mund nicht mehr zu. Weil die Zelle bedenklich schwankt, hält Walpar sich krampfhaft an der Kante seiner Liege fest.
»Kaum bist du Single, hast du Ärger.« Neras Augen blitzen. Schwarze Riesenpfefferkörner unter geometrischen Brauen; perfekte Züge mit Kirschlippen ohne jene Merkmale, die ab dem 30. Geburtstag Lebenserfahrung in Gesichter zeichnen. Walpar weiß von der minuszwanzigjährigen Verjüngungskur, die Nera sich nur leisten konnte, weil sie auf dubiosen Wegen zu größeren Mengen Geld gekommen ist. Wenn Walpar sich für Brüste interessieren würde, wäre er jetzt höchst beeindruckt, denn sie schweben direkt vor ihm.
»Ich ...«, bringt Walpar hervor, wird aber unterbrochen.
»Wir müssen hier weg«, sagt Nera und fängt an, Walpars Habseligkeiten aus der winzigen Privatklappe der Zelle in eine Reisetasche zu stopfen.
»Ich kann nicht«, protestiert Walpar. »Ich habe schreckliche Schmerzen!« Er stellt fest, dass er die wirklich hat, und sinkt mit einem Stöhnen zurück in seine Kissen.
»Nicht überzeugend«, sagt Nera. »Los, steh auf.«
»Ich ...« Walpar hält die Decke fest, die Nera ihm wegziehen will. »Ich habe nichts an«, behauptet er, obwohl das nicht ganz stimmt.
»Mir doch egal«, blafft Nera und piekt Walpar leicht in die angeschossene Schulter.
Die erwartete Reaktion tritt ein: Walpar kreischt und lässt die Decke los.

Nera reißt sie weg und fängt an, Walpars Beine in eine unmodische, karierte Hose zu stecken.

»Was …?«

»Die Hose gehört Tilko, aber dir passt sie sicher auch«, erklärt Nera ungeduldig. Sie schiebt sich eine schwarze Haarsträhne hinters spitze Ohr. »Wenn deine Privatkillerin ihre Wunden geleckt hat, taucht sie wieder auf. Vielleicht bringt sie dann sogar eine Schusswaffe durch die Eingangskontrolle. Hat sie im Freizeitpark auch schon geschafft.«

»Woher …?« Walpar bemüht sich redlich, sich anzuziehen, ohne vor Schmerzen zu sterben. Er presst die Zähne aufeinander und redet sich ein, dass er ein mutiger Weltraumdetektiv ist, der so leicht nicht kleinzukriegen ist.

»Kerbil hat mir alles erzählt.« Nera schließt Walpars Reißverschluss und wendet sich mit ein paar Patchwork-Socken seinen Füßen zu.

»Oh nein«, haucht Walpar, der Tilko jedes Mal ausgeschimpft hat, wenn er diese Socken trug.

»Doch«, sagt Nera und meint Kerbil. »Er hat offenbar deinen Pinguin. Hinsetzen.«

»Ist mir noch gar nicht aufgefallen«, stöhnt Walpar und setzt sich auf.

Nera kniet sich vor ihn. »Jetzt Schuhe. Rechts zuerst.«

»Wo ist Kerbil jetzt?«

»Keine Ahnung. Er hat mir nur erzählt, dass du hier im ThaiTek bist, nachdem er dich vor einem coolen Mordanschlag gerettet hat.«

»Hat er wirklich *cool* gesagt?«

»Soweit ich mich erinnere. Linker Schuh.«

Walpar hat den Eindruck, dass Nera ihn bemuttert. Außerdem scheint sie direkten Blickkontakt zu vermeiden. Walpars innerer Alarm schlägt vor, diesen Punkt später zu klären: *Können wir jetzt bitte gehen?*

»Wir können.«

»Erst die Jacke. Rechter Arm.«

»Der linke wird nicht gehen.«

Nera hängt ihm die Jacke über den Verband, der die verletzte Schulter verbirgt. »Aua!«, entfährt es Walpar.

Gestützt durch seine Ex-Schwiegermutter, die jedem Betrachter wie seine junge, hübsche Freundin erscheinen muss (was will die bloß mit *dem?*), verlässt Walpar seine Zelle und steht auf einem gelben Gang, der nach antiseptischem Reinigungsmittel riecht. Alle zwei Meter führt beidseitig eine Tür in eine Patientenzelle, dazwischen sind einfache Instrumente und Nummerntafeln angebracht.

Ein niedrig gebauter Reinigungsroboter rollt träge den Gang herauf und zieht eine feuchte Wischspur hinter sich her.

Nera zieht Walpar in die andere Richtung. »Weißt du eigentlich, was das Überlicht-Taxi gekostet hat?«

»Keine Ahnung, ich nehme normalerweise den Bus, wenn ich zur Erde will.« Walpar denkt an seine letzte Tour zum Mutterplaneten zurück und kommt zu dem Ergebnis, dass Busse ziemlich lahme Enten sind.

Die beiden biegen um eine Ecke und benutzen die Rolltreppe nach unten. Andere Patienten, meist in Begleitung von Freunden, Familienmitgliedern oder Palaverbots, bevölkern diesen Teil des ThaiTek. An den Wänden laufen Werbefilme, und bunt gekleidete Vertreter bieten Lebens- und Krankenversicherungen feil.

Sie verlassen unangefochten den Komplex. ThaiTek hat kein Problem damit, wenn Patienten weglaufen. Bezahlt haben sie ja im Voraus, und wenn sie einen Rückfall erleiden, werden sie schon wiederkommen und ein weiteres Mal die Check-in-Gebühr zahlen.

»Wir sparen uns das Taxi«, meint Nera. »Wir gehen einfach durch den Park.«

In der Tat trennt nur der großzügige Stadtpark den ThaiTek-Komplex von dem Apartmenthaus, in dem Walpar wohnt.

»Na gut«, murmelt Walpar und überquert, von Nera gestützt, auf einer breiten Fußgängerbrücke die Stadtautobahn. Der Verkehr läuft gerade flüssig, sodass der Lärm der Reifen eine Unterhaltung unmöglich macht. Eine rostrote Staubwolke schwebt über der Straße, aufgewirbelt von Solar- und Elektroautos der ersten und zweiten Generation. Fette Lastwagen, die zwei der vier Fahrspuren pro Richtung belegen, wimmern langsam aber sicher mit ihrer schweren Ladung unbekannten Zielen entgegen. Hinter dem Dunst ist der Olympus-Berg gerade noch sichtbar. Die Stadt zieht sich ein Stück weit an seiner Flanke empor, aber dort oben leben nur die Bosse und Bonzen. Irgendwo dort besitzt auch Costello eine Villa, aber der hockt sicher gerade in irgendeinem Büro und schmiedet neue Mordpläne gegen Walpar.

Im Park ist die Luft weniger staubig. Farne, Pilze und Riesenmoos zeugen von den ersten Terraforming-Maßnahmen. Der gepflegte, grüne Rasen lädt an wärmeren Tagen zum Verweilen ein, heute hasten die meisten Passanten die Wege entlang. Auch Walpar und Nera haben es eilig. Der Detektiv schüttelt sich ständig, der kalte Schweiß klebt überall auf seiner Haut.

»Danke, dass du gekkkkommen bist«, sagt Walpar mit klappernden Zähnen.

»Jemand muss sich doch um dich kümmern«, entgegnet Nera.

Tochter, schreit eine Stimme in Walpars Kopf. »Ach ja ... herzlichen Glückwunsch nachträglich.«

»Du bist süß, Walpar.«

Der verzieht das Gesicht. Er hofft, dass Nera glaubt, dass das an den Schmerzen liegt. »Wa... was ist mit Tilko?«

»Er ist weg. Ich mache mir Sorgen. Das ist nicht seine Art.«

»Hat er irgendwas ...?« Walpar muss husten. Seine Schulter nimmt ihm das ziemlich übel und er bleibt stehen.

»Nein, er hat nichts gesagt. Kein Abschiedsbrief, keine Urlaubsanschrift, und sein Pinguin ist abgeschaltet.« Nera sieht sich um, dann zeigt sie zum Parkcafé, das schräg vor ihnen liegt. »Sollen wir kurz ausruhen?«

»Geht schon«, behauptet Walpar. Dann sieht er die Scheinwerfer und Kameras. »Fernsehen ist da«, bringt er hervor.

»Komm«, sagt Nera und zieht an seinem Arm.

Es stellt sich heraus, dass das Fernsehen den Außenbereich des Cafés nutzt, um eine Falschparker-Gerichtsshow zu veranstalten. Dazu haben sie riesige Heizstrahler aufgestellt und eine Art zweite Sonne installiert, sodass die bunt gedeckten und gut besetzten Tische wirken, als stünden sie auf einer warmen Sommerwiese. Auf einem Podium sitzen zusammengesunken und mit Ketten gefesselt zwei Delinquenten, über deren Köpfen Displays aufgehängt sind, auf denen abwechselnd »Falschparker hinter Gitter« und »Präsentiert von Olympus City Public Transport« aufleuchtet. Das Publikum – ausschließlich Personen fortgeschrittenen Alters – buht gerade den Pflichtverteidiger aus, der auf einem Sockel steht und wild gestikuliert. Daneben hat man eine große Videowand aufgebaut, die das live produzierte Fernsehbild zeigt.

Nera setzt Walpar in einen Stuhl an einem leeren Tisch am Rande der Veranstaltung. »Zwei Multikaffee ohne Sahne«, zischt Nera dem Mikrofon in der Mitte des Tisches zu.

Kaum sitzen die beiden, kommen drei Exemplare der gefürchteten Marsspatzen angeflogen und setzen sich mitten auf den Tisch.

»Ihr kriegt keinen Kaffee«, droht Nera den Vögeln mit dem erhobenen Zeigefinger.

»Kaffee, Kaffee!«, zwitschert das Federvieh fröhlich.

»Nein, *kein* Kaffee«, wiederholt Nera ungeduldig.

»Kuchen, Kuchen!«

Walpars Blick fällt auf die große Videowand, auf der plötzlich nicht mehr die Falschparker-Show zu sehen ist. *Breaking News* verkünden zitternde, leuchtende Buchstaben.

»Verwöhnte Viecher«, sagt Nera abfällig. »Diese weichen Senioren geben euch alles, was ihr wollt, aber nicht mit mir …«

»Nera«, keucht Walpar und zeigt mit dem gesunden Arm zu der Videowand.

»Was?« Jetzt sieht Nera es auch.

»Ruhe!«, ruft jemand. »Ich kann nichts verstehen!«

»Was ist das?«, heult eine weibliche Stimme, die darin seit mindestens 90 Jahren Übung hat.

»Kuchen, Kuchen!«

Walpar schüttelt den Kopf, Nera ergreift seinen linken Arm.

Endlich dreht jemand den Ton auf. »… ich wiederhole: Zunächst von Amateurastronomen entdeckt, wurde jetzt bestätigt, dass ein mehrere Kilometer langes Objekt in den Erdorbit eingetreten ist, dass die Form …« Der Lärm der Senioren übertönt die Sprecherin.

»Es sieht aus wie …«, entfährt es Walpar.

»Kuchen, Kuchen!«

Nera verscheucht mit dem freien Arm die Marsspatzen, die empört tschilpend auf den nächsten Tisch flüchten.

Walpar starrt seinen Zeigefinger an.

»Wir sind alle verloren!«, heult die Neunzigjährige von vorhin und mehrere Jahrhunderte stimmen ein.

Der Pflichtverteidiger nutzt die Gelegenheit und schreit so laut er kann: »Seht nur, der Zeigefinger Gottes! Er wird Gerechtigkeit obwalten lassen!«

Dann trifft ihn ein Stück Kuchen mitten im Gesicht.

3 Seniorenanstalt Geblümter Engel, Io

»Na, Frau Randolf, wie geht es uns denn heute?« Pflegeandroide Ulf kommt in das Achtbettabteil gerollt, in das die Seniorin geflohen ist. Es ist jeden Tag dasselbe Spiel: Frau Randolf will ihr Sedativum nicht nehmen, einer der Androiden durchsucht die ganze Etage, bis er die renitente Anstaltsinsassin unter ihrem Bett oder hinter einem Schrank findet. Heute hat die Dame die Nische hinter dem Nachtschränkchen als Versteck erkoren. Dem Androiden ist das relativ egal, er bucht die Herumrollerei auf ein gesondertes Zeitkonto. Sein blechernes Antlitz zeigt ein besonders verständnisvolles Lächeln, das dringend mal wieder poliert werden müsste.

Frau Randolf murmelt: »Morgen such ich mir ein besseres Versteck.« Gefolgt von dem Androiden, der mit einer Pillendose klappert, trottet sie in den Gemeinschaftsraum. Dort gibt es nur ein Gesprächsthema: den Finger Gottes.

»Et jibt überhaupt keen Zweifel«, deklamiert gerade Herr van de Keupel. Für seine 90 Jahre sieht er verdammt gut aus, findet Frau Randolf, aber er hat nur Augen für Schwester Corinna. Das ist das einzige menschliche Personal, das gelegentlich auftaucht, um den Anschein von Anwesenheit zu erwecken und defekte Androiden abzuholen. Letzteres nimmt Herr van de Keupel gerne zum Anlass für Manipulationen an den Blechpflegern, die ihm daher aus dem Weg gehen.

»Und was will Er uns damit sagen«, murmelt Herr Vastic und knibbelt an einem Keks herum, der vom letzten Kaffeetrinken liegen geblieben ist. Ein halbes Dutzend weiterer Senioren liegt betäubt in Holzsesseln und gafft geradeaus.

»Wir sind heute aber brav«, jodelt Ulf, der Androide, als Frau Randolf endlich ihre Pille genommen hat.

»Dass wir gefälligst *brav* sein sollen?«, schlägt Herr Vastic vor und wirft den Keks nach Ulf.

»Aber Herr Vastic! Wir sind ja ganz schön frech heute. Warten Sie, ich bringe Ihnen einen neuen Keks.«

»Kann sein«, sagt Herr van de Keupel, »dat müsste man mal jenauer analysicren.« Er war früher Unternehmensberater, bis er mit 40 zu alt für den Job war und mit einer saftigen Abfindung in Rente geschickt wurde. Keupel siedelte nach Io um, verbrachte die meiste Zeit in einem der berühmten Spielcasinos, bis er kein Geld mehr hatte, um den Jupitermond je wieder zu verlassen. Mehr als ein gemischtes Achtbettabteil im *Geblümten Engel* konnte sich der Sozialkonzern nicht leisten, deshalb verbringt Keupel seinen Lebensabend im Gemeinschaftsraum von Station Vier und zwar hauptsächlich mit dem Entwerfen von Strategien, um Schwester Corinna ins Bett zu kriegen.

Dreimal hat er es schon geschafft. Hat er jedenfalls letzte Woche beim Skatabend behauptet.

Jetzt wirft sich der groß gewachsene Greis in die Brust, hebt den Zeigefinger und deklamiert: »Gott ist nicht tot! Er lebt, es geht ihm gut, und inzwischen arbeitet er an einem weniger anspruchsvollen Projekt.«

Die Senioren kichern und Pfleger Ulf wird nervös, weil das normalerweise nichts Gutes für ihn bedeutet.

»Holzhacken«, schlägt Herr Vastic vor.

»Wieso dat?«, fragt Herr van de Keupel.

»Dabei hat er sich den Zeigefinger abgetrennt«, sagt Herr Vastic und illustriert den Vorgang gestisch.

»Au!«, verzieht Herr van de Keupel das Gesicht.

»Meine Herren«, mischt sich Frau Randolf in das Gespräch, »wurde bereits bewiesen, dass es sich um einen Zeigefinger handelt?«

»Hm«, macht van de Keupel und schaut misstrauisch zu einem der vier Wandschirme, auf denen im Moment drei Nachrichtensendungen über den Finger und eine Verkaufsshow für Wollmützen laufen.

»Und wenn es nun sein Mittelfinger ist?«, versetzt Frau Randolf stolz. Auf die Idee ist sonst noch keiner gekommen. Herr Vastic nickt ihr beeindruckt zu, dann knibbelt er weiter an seinem neuen Keks.

»Sie meinen, er zeigt uns den Mittelfinger, Frau ... äh ...«

»Randolf«, zischt die Seniorin, verschränkt dann die Arme vor der Brust und schweigt eisern.

Bildschirm Nummer zwei zeigt jetzt einen Werbespot:

Das besondere, erhebende Erlebnis – Müller Tours bringt Sie hin – buchen Sie jetzt den Tagesausflug – inklusive Andacht auf dem Fingernagel – Günstige Last-Minute-Angebote ...

»Ich buche sofort«, verkündet Herr van de Keupel, »dann kann ich mir vor Ort ein qualifiziertes Bild machen.«

»Die lassen Sie doch gar nicht hier raus«, sagt Herr Vastic.

»Ulf«, ruft van de Keupel, »findest du nicht auch, dass wir schon lange keinen Ausflug mehr gemacht haben?«

Der Pflegeandroide rollt heran und setzt sein Standardlächeln auf, während er überlegt, ob es sich um eine Fangfrage handelt. Da Herr van de Keupel heute seine Tablette noch nicht genommen hat, hält er das für möglich und antwortet vorsichtig: »Schon möglich.«

»Dann organisier doch mal einen Anstaltsausflug zu Gottes Finger. Ich bin sicher, es ist genügend Geld in der Kaffeekasse.«

»Ich werde sehen, was sich machen lässt«, antwortet Ulf ernst, weil seine Programmierung das Wunschziel der Senioren nicht näher kennt. Mit freundlichen Floskeln und dem Füttern oder Trockenlegen von Senioren kennt er sich ganz gut aus. Darüber hinaus fehlt es seiner Software an Klasse.

Deshalb rollt er hinaus und läuft in eine Endlosschleife, während er in der Stationsdatenbank eine nicht existente Kaffeekasse sucht.

»Willkommen auch heute wieder bei unserer Nachmittagsshow *Lara Live von Mutter Erde*. Der Finger Gottes geht keinem aus dem Kopf. Ha, ha. Jeder fragt sich: Was soll das? Daher haben wir uns einen Fachmann ins Studio geholt: Seine Exzellenz Weiser Adrian von der Glaubensgemeinschaft *Nach dem Ende ist vor dem Ende*. Herr Adrian, wie deuten Sie das Auftauchen der größten Reliquie aller Zeiten?«

»Verehrte Frau Lara oder, wenn ich so keck sein darf, einfach *Lara* ... verehrte Lara, von Deutung kann doch gar keine Rede sein. Deutung ist die Sache von Astrologen, die aus der Position von Gestirnen auf die Chancen in der Liebe schließen wollen.«

»Sie machen eine wegwerfende Handbewegung, Exzellenz, aber mein Horoskop verspricht mir, dass ich heute einen interessanten Menschen kennenlerne.«

»Eins zu null für Sie, Lara. Gottes unendliche Güte verzeiht jedem Astrologen. Oder sollte ich sagen ... *verzieh*.«

»Exzellenz, die meisten unserer Zuschauer kennen den Unterschied zwischen Präsens und Präteritum nicht. Erklären Sie bitte anschaulich, was Sie meinen.«

»Gott ist tot.«

»Das nennen Sie *anschaulich*?«

»Ich kann Ihnen gerne einen Cartoon malen, wenn Sie mir eine Tafel bringen. Es ist doch offensichtlich: Gott ist explodiert. Eines seiner dabei abgerissenen Körperteile wurde in den Orbit der Erde geschleudert. Der Finger.«

»Und wo ist der Rest?«

»Ich bin sicher, den werden wir mit der Zeit an diversen Stellen finden.«

»Sie glauben also, Gott ist explodiert. Und warum? Menschen explodieren auch nicht einfach so.«

»Es gibt Personen, die etwas anderes behaupten. Aber keine Sorge: Auch ich glaube nicht, dass Gott einfach so explodiert ist. Er wurde in die Luft

gesprengt. Verzeihung … im Kosmos gibt es natürlich keine Luft. Aber Sie und die Zuschauer wissen schon, was ich meine.«
»Wer sollte denn Gott in die Luft sprengen?«
»Atheisten. *Praktizierende* Atheisten.«
»Exzellenz, was bedeutet das denn für den Glauben an Gott? Entbehrt der jetzt nicht jeder Grundlage?«
»Ganz im Gegenteil. Gerade jetzt muss besonders intensiv geglaubt werden, und zwar an Gottes *Auferstehung*. Sicher kann es auch nicht schaden, den einen oder anderen Atheisten zu verbrennen …«
»Exzellenz! Sie wollen, dass unsere Zuschauer zu Mördern werden?«
»Keineswegs. Wer sich nicht dazu berufen fühlt, kann auch einfach einen beliebig hohen Geldbetrag an unsere Glaubensgemeinschaft spenden. Wir kümmern uns dann um alles Weitere.«
»Eine letzte Frage, Exzellenz. Zahllose Glaubensgemeinschaften haben sich in den letzten Stunden zu Wort gemeldet. Draußen in der Garderobe wartet zum Beispiel ein sogenannter *Heiliger Totengräber,* der ein ordentliches Begräbnis für den Finger fordert.«
»Alles Atheisten.«
»Das war seine Exzellenz Weiser Adrian von der Glaubensgemeinschaft *Nach dem Ende ist vor dem Ende*. Vielen Dank für den Besuch.«

»Blöde Sendung. Zap eins!« Herr van de Keupel wirft das Sprachkommando zackig gegen die Bildwand.
»Frau Randolf, sehen Sie nur, Sie haben Besuch!« Pflegeandroide Ralf rollt scheppernd in den Gemeinschaftsraum, im Schlepptau einen blassen Mann, der eine graue Jacke trägt, die ihm zwei Nummern zu groß ist. Die Haare stecken unter einer bunten Kappe, die Hände in der Jeans.
»Schhht«, zischt Herr Vastic. »Links oben läuft gerade dieses neue Lied.«
»Wo befindet sich Frau Randolf? Laut meinem Kollegen Ulf war sie gerade noch hier.«
»Wo ist Ulf?«, fragt ein nicht mehr ganz sedierter Senior, der sich bisher nicht am Gespräch beteiligt hat.
»Er wird nur schnell neu gestartet«, erklärt Ralf jovial.
»Bra-haucht Go-hott seinen Fi-hinger nicht me-heeehr?«, singt *DJ Maxxi nur echt mit zwei X* in Seniorenlautstärke auf dem linken oberen Bildschirm.
»Herr Vastic«, sagt Ralf, »die meisten Insassen sind nicht schwerhörig.«
»*Ich* bin schwerhörig«, behauptet Vastic.
»Haben wir dafür nicht ein Hörgerät?«, erkundigt sich Ralf überaus freundlich.

»Trash muss man laut hören, sonst klingt er wie Müll«, erläutert Herr Vastic. Herr van de Keupel nickt heftig.

»Wir können ja abstimmen«, meint Ralf. »Wer ist für eine geringere Lautstärke? Ich bitte um Handzeichen.«

Niemand hebt die Hand, die meisten Senioren gaffen nur geradeaus, weil sie sediert sind oder weil DJ Maxxi zuviel Krach macht und sie die Frage nicht verstanden haben.

»Wer ist für die Beibehaltung der aktuellen Lautstärke«, fragt Ralf ohne Begeisterung.

»Heeebt ho-hoch eure Hä-hände, zeigt Gott, dass ihr alle Fi-hinger habt!«, singt *DJ Maxxi nur echt mit zwei X* und mehrere Senioren heben einen Arm.

»Da!«, triumphiert Herr Vastic. »Diese Leute erkennen Kunst, wenn sie sie hören! Chipköpfe können das natürlich nicht nachvollziehen!«

»Herr Vastic, ich bringe Ihnen gleich eine Tablette«, droht Ralf. Der Mann hinter ihm scharrt mit den Füßen.

»Ich bringe jetzt den Besucher zu Frau Randolf«, verkündet der Pflegeandroide und rollt aus dem Gemeinschaftsraum.

Die Seniorenanstalt *Geblümter Engel* ist eine der kleineren auf Io. Wer hier seinen Lebensabend verbringen darf, hat Glück gehabt. Die meisten Plätze werden nämlich verlost. Wer eine Niete zieht, landet im *Westerwälder Kammer* oder *Mittenwald 2.0*.

Zwar bieten mehrere Pharmakonzerne seit einigen Jahrzehnten Verjüngungskuren im preisgünstigen Abo an, aber irgendwann geht den Kunden das Geld aus. Die Konzerne reiben sich die Hände, wenn sie teure, lebensverlängernde Pillen in Hunderter-Sparpacks verkaufen, aber Medizin und Chemie schieben das Ende nur hinaus. Das Ende: Geld aufgebraucht, Lebensenergie noch nicht ganz. Körper, die nicht mehr ordentlich funktionieren, müssen gepflegt werden. Ein Knochenjob, der viel Einfühlungsvermögen verlangt. Seit den Seniorenaufständen von Mannheim und Kopenhagen hat auch der letzte Politiker kapiert, dass schlecht geschultes oder fehlendes Pflegepersonal mit Würde im Alter nichts zu tun hat. Genauso wenig wie Roboter. Aber die sind wenigstens unbegrenzt vorhanden und machen ihren Job ohne Folgekosten aufgrund notwendiger psychologischer Betreuung.

Das *Geblümter Engel* ist ein Kompromiss zwischen Würde und Finanzierbarkeit. Hübsche Tapeten, zahlreiche programmierbare Bilderrahmen an den Wänden, gemischte Zimmer und freie Ausübung von sexuellen Handlungen; Fernsehen, Computerspiele, Kaffee und Universal-Beruhigungsmittel ohne Limit. So lässt es sich leben, bis zum Schluss. Bloß raus aus der Anstalt lässt man die Alten lieber nicht. Die Versicherungsrisiken sind unkalkulierbar.

»Wir haben Besuch, Frau Randolf«, verkündet Ralf fröhlich, als er mit dem jungen Mann im Schlepptau das Sechsbettzimmer betritt.

»Ja ja, und jetzt hau ab.« Frau Randolf macht keine Anstalten, von ihrem Bett aufzustehen. Sie hat gerade eine 3D-Brille auf und malt mit ihrem Handcontroller Kreise in die Luft.

»Was spielst du, Omi?«, fragt der junge Mann, während Ralf blechern über die Türschwelle hinausrollt.

»Malen nach Zahlen«, behauptet Frau Randolf, »aber jetzt hab ich verloren.« Sie nimmt die 3D-Brille ab und wirft sie zusammen mit dem Controller auf ihr Kopfkissen.

»Du siehst bleich aus, Junge.«

»Ich komme wenig an die Sonne.«

»Ha! Komm ich an die Sonne? Nein. Und, wie seh ich aus? Genau. Braun. Bin ja nicht nur zum Sterben hier.«

Frau Randolfs Enkel ahnt vermutlich, dass die Anstalt über ein Sonnenstudio verfügt, daher nickt er gehorsam.

»Ich wollte nur kurz vorbeischauen, bevor ich … ahm … eine Weile verreise.«

»Setz dich zu mir, Junge.« Die Alte klopft auf ihre bunte Bettdecke.

»Aber nur kurz, Oma.«

»Wie geht's deiner Freundin?«

Der junge Mann schluckt. Sein Kehlkopf hüpft dabei auf und ab. »Das ist im Moment etwas schwierig.«

»Such dir eine andere.«

»Ja, Oma.«

»Was fummelst du so mit deinen Fingern? Hast du einen epileptischen Anfall?«

»Nein, Oma.« Er schaut zur Decke, wo ein blaugelbes Kindermobile hängt. Smileys und Mauszeiger baumeln daran herum. »Es gibt da im Moment eine Sache, die mich ziemlich nervös macht.«

»Du meinst bestimmt den Finger.« Frau Randolf winkt ab. »Das macht hier auch alle ganz nervös.«

»Manche Leute halten ihn für den Finger Gottes.«

»Gott ist eine Illusion«, belehrt ihn die Seniorin. »Genau wie Opa. Ich dachte, das hab ich dir schon oft genug gesagt.«

»Ja, Oma.«

»Gott ist genauso real wie das Spiel, das ich vorhin deinetwegen verloren habe. Virtuell, irreal. Von Menschen ausgedacht. Ohne Menschen gäbe es keine Spiele und keinen Gott. Die Sterne und die Planeten, die wären trotzdem da. Wenn du an etwas Solides glauben willst, glaub an die.«

»Eigentlich geht es um etwas anderes, Oma.«

»Nein, Tilko. Lass dir das gesagt sein. Das ganze virtuelle Zeug ist nutzlos. Kümmer dich um Sachen, die du anfassen kannst. Zum Beispiel eine neue Freundin.«

»Wenn du es sagst, Oma.« Tilko wirkt traurig und erleichtert zugleich. Vielleicht hat er sich von dem Gespräch mehr erhofft, aber im Grunde scheint er froh zu sein, dass es sich dem Ende zuneigt.

»Hier, nimm das«, sagt Frau Randolf und drückt ihrem Enkel die 3D-Brille in die Hand. »Spiel eine Runde Malen nach Zahlen. Wollen doch mal sehen, ob du mehr als 145 000 Punkte schaffst.«

Tilko zögert, dann greift er nach der Brille. »Ich werde mein Bestes tun«, verspricht er mit einem dünnen Lächeln.

»Richtig so«, freut sich seine Großmutter. »Ha! Aus dir wird vielleicht doch noch was.«

4 Zeigefinger, Weltraum

»… wenn Sie dann alle Ihre Raumanzüge so angelegt haben, dass das grüne Lämpchen am Handgelenk aufleuchtet, können Sie nacheinander in die Ausstiegsschleuse treten. Bitte immer nur vier Personen, und draußen auf keinen Fall in die Höhe springen, Sie kommen nie wieder herunter. Denken Sie daran, dass zur vollen Stunde die ökumenische Andacht auf dem Fingernagel stattfindet, und seien Sie pünktlich wieder hier. Wir bieten Ihnen auf der Rückfahrt noch eine hochinteressante Verkaufsveranstaltung. Vielen Dank für Ihre Aufmerksamkeit, und nun viel Spaß auf dem *Zeigefinger Gottes*.«

Die Ansage verstummt, die Schleuse des Weltraumbusses von Müller Tours öffnet sich, und Walpar, Kerbil und Nera treten in Kompaktraumanzügen hinein.

»Ich werde keine frommen Lieder singen«, erklärt Kerbil mit Nachdruck und verschränkt die Arme vor der Brust. »Außerdem ist die Sauerstoffflasche auf meinem Rücken so klobig.«

»Großer«, sagt Nera ohne ihn anzusehen, »denk dran, dass wir vielleicht ins Fernsehen kommen, wenn Walpar die Story an seinen Sender verkauft.«

»Darf ich auch?«, fragt der Raumanzugträger, der mit den dreien in der Schleuse wartet.

»Was für eine Story soll das schon sein?«, brummt Kerbil verächtlich.

Walpar dreht sich zu ihm um. »Immerhin bin ich Detektiv, und falls hier jemand in die Luft gesprengt wurde, gibt es einen Täter zu ermitteln.«

»Ist dafür nicht die Polizei zuständig?«

»Wessen denn? Der Finger gehört niemandem.« Walpar zögert. »Gut, er *hat* vermutlich jemandem gehört. Aber aus territorialpolitischer Sicht …«

»Wenn's mit Politik zu tun hat«, schnappt Kerbil, »erklär mir den Rest ein andermal.«

Leise zischt die letzte Luft aus der Schleuse, und die äußere Tür klappt auf. »Bitte steigen Sie zügig aus, damit die anderen Gäste nicht zu lange warten müssen. Müller Tours übernimmt keine Haftung und wünscht viel Vergnügen«, sagt eine Lautsprecherstimme.

Draußen wartet kosmische Schwärze über einer konkaven Ebene, die von meterbreiten Querfurchen durchzogen ist. Der Mond beleuchtet die Oberseite des Himmelskörperteils, dessen Schwerefeld nicht spürbar ist.

Ein umsichtiger Reiseleiter hat in regelmäßigen Abständen Stangen in den Finger gerammt und mit Halteschnüren verbunden. Das ermöglicht jedem Besucher, sich einzuklinken und herumzuspazieren, ohne abzuheben. Man kann den Finger auch auf seinem Umfang umrunden, allerdings sollte man dazu schwindelfrei sein. Es ist eine Sache, nur das Nichts des Kosmos über dem Kopf zu wissen, aber wenn da die Erdkugel schwebt, haben die meisten Menschen das Gefühl, sie könnte ihnen auf den Kopf fallen.

Glücklicherweise rotiert der Finger nicht um seine Längsachse, sodass er der Erde ständig die Unterseite zuwendet.

»Ich wollte schon immer mal auf einem Finger stehen«, seufzt Nera.
»Hm, der Untergrund ist ja gar nicht weich.«
Walpar kniet nieder und streicht mit der behandschuhten Hand über den Boden. »Interessant.«

Nera sinkt ebenfalls zu Boden. »Schade, dass wir die Haut nicht mit unserer eigenen betasten können. Der Raumanzug ist im Weg.«

»Wenigstens verhüllt der deine doofen Ohren«, kichert Kerbil.
Nera stöhnt. »Hast du deine Pille wieder nicht genommen?«
»Hab ich vergessen«, singsangt Kerbil.
»Oh nein. Junge, du weißt doch, dass du deine Pille nehmen musst, weil die Nebenwirkungen der Pubertät sonst unerträglich sind. Für dich und alle anderen.«

»Von der Pille muss ich dauernd kotzen und schlafe ein.«
»Besser als Stimmungsschwankungen und Aufmüpfigkeit.«
»Ich *will* aber aufmüpfig sein«, kreischt Kerbil und tritt Nera gegen das Schienbein. Dank dick isoliertem Raumanzug merkt sie nichts davon.

»Walpar, wir sollten uns beeilen. Der Junge braucht seine Pille.«
»Gehen wir zuerst in diese Richtung«, zeigt Walpar nach links. Er steht unter starken Schmerzmitteln und ist ziemlich guter Dinge.

»Wie groß ist dieses … Körperteil?«, fragt Nera. Kerbil folgt Walpar entlang der Leitschnur, Nera bildet die Nachhut.

»Die Länge beträgt ungefähr einen Kilometer, der Durchmesser 200 Meter.«

»Gott ist groß.« Neras Stimme klingt nach erzwungener Ehrfurcht.
»Und langweilig«, quengelt Kerbil.
Walpar zögert kurz, weil jemand einen riesigen Schriftzug auf die Seite der nächsten, zehn Meter breiten Querfurche gemalt hat: »Maniküre so gut wie gratis« heißt es da, und eine E-Mail-Adresse steht darunter.

»Ich springe jetzt da rüber«, verkündet Kerbil. Die Erwachsenen holen noch Luft, um ihn zurückzupfeifen, da fliegt der Junge schon an ihnen vorbei und landet zielgenau am gegenüberliegenden Rand der Furche.

»Na warte«, entfährt es Walpar und schon schießt er hinterher.
Nera stöhnt, als würde ihr jemand die Ohren langziehen. Dann hangelt sie sich geduldig an der Leine entlang. »Können wir uns darauf einigen, nicht unser Leben aufs Spiel zu setzen? Auch wenn ziemlich viele Busse und

Taxen in der Gegend herumfliegen, kann es gut passieren, dass niemand einen Anhalter mitnimmt, der hilflos durch den Kosmos driftet und ein bisschen mit den Armen wedelt.«

Kerbil hört auf, in gespielter Panik mit den Armen zu wedeln. »Schauen wir heute Abend zusammen einen alten Film?«

»Wie alt?«, fragt Walpar.

»Er wird dir gefallen.«

»Wirklich?«

»Es kommt ein Detektiv drin vor.«

»Wer ist das da vorne?«, mischt Nera sich ein.

»Wo?«

Nera bekommt Kopfschmerzen. Auch im Kosmos ist »vorne« eindeutig, wenn man auf einem länglichen Objekt steht und diesem in Längsrichtung folgt.

»Ach so.« Jetzt sieht auch Walpar die Personengruppe, die Nera gemeint hat. Es handelt sich um Leute, die es für notwendig halten, über ihren Raumanzügen tiefblaue Kutten zu tragen. Vermutlich wollen sie damit irgendeine Art von Spiritualität illustrieren, die mit Sicherheit irgendetwas mit dem Ort zu tun hat, an dem sie stehen.

»Kommen Sie nicht näher, im Namen des Herrn.« Walpar, Kerbil und Nera sind in Funkreichweite, sodass sie den Wortführer der Kuttenträger hören können. Unschlüssig lässt Walpar den Blick über die Gruppe schweifen. Es ist offensichtlich, dass sie den Weg zum Ende des Fingers versperren. Sie bilden eine Kette, wenn nicht gar einen Ring, um niemanden vorbeizulassen. Aus der Entfernung ist das gut zu erkennen. In der Tat ist die menschliche Mauer so weit entfernt, dass man sich nur mit lauten Rufen verständigen könnte.

Über Funk sind sich die Besucher und die Kuttenträger viel näher. Walpar findet das ungewohnt. Außerdem kann er nicht erkennen, wer der Wortführer ist, der ihn aufgefordert hat, nicht näher zu kommen. Mangels eines konkreten Ansprechpartners identifiziert Walpar die Stimme im Lautsprecher automatisch mit dem gesamten Kuttenring.

»Warum? Brauchen wir eine Eintrittskarte?«, fragt er unschuldig. Nera stöhnt leise, und Kerbil kichert.

»Wir sind die Stimme der Pietät«, erklärt der Kuttenring feierlich. »Hinter unseren Rücken liegt die Wunde Gottes. Niemand soll die Verletzlichkeit des Herrn aus Sensationsgier beflecken, Fotos davon machen, sein rohes Fleisch als Andenken mitnehmen oder den eigenen Namen hineinritzen.«

Inzwischen haben sich weitere Pilger auf der Anhöhe eingefunden. Unzufriedenes Gemurmel schwingt auf der allgemeinen Frequenz, bis eine feste Stimme donnert: »Ich habe meiner Tochter aber ein Foto vom bloßen Knochen versprochen!«

»Und ich will Blut sehen!«

»Wir haben dafür bezahlt!«

»Ich habe mir extra eine neue Kamera gekauft!«

Walpar schließt kurz die Augen. Er bedauert, dass sich die Lautsprecher im Anzug aus Sicherheitsgründen nicht abschalten lassen. Schweiß steht auf seiner Stirn, aber er kann ihn nicht abwischen.

»Was machen wir jetzt?«, fragt Nera.

»Mich hält niemand auf«, donnert die laute Stimme von vorhin, und rechter Hand macht sich ein rosa Raumanzug energisch auf den Weg Richtung Barriere.

»Im Notfall wenden wir Gewalt an, um der Pietät willen«, meldet sich erneut der Sprecher der Blaukutten. Es erfolgt keine Antwort, aber als der rosa Dissident sich dem Schutzwall nähert, kommt es zu einem Handgemenge. Gemischte Flüche tönen in den Lautsprechern.

»Wir versuchen es beim Fingernagel«, entscheidet Walpar und wendet den Blick ab. »Da ist ohnehin gleich die Andacht.«

»Den ganzen Weg umsonst«, klagt Kerbil.

»Welchen Film möchtest du heute Abend anschauen?«, lenkt Nera ab, während sie sich hinter Walpar auf den Rückweg macht.

»Gar keinen«, trotzt Kerbil, »jedenfalls nicht mit euch, ihr seid echt blöd.«

»Man nennt das *erwachsen*«, meint Nera freundlich. »Walpar, was waren das für Kuttenleute?«

»Ich habe keine Symbole gesehen, und es trugen längst nicht alle die blauen Kutten.« Er überlegt kurz. »Vielleicht ist es eine unorganisierte Aktion. Eine spontane Pilgermiliz.«

»Die haben was zu verbergen«, behauptet Kerbil.

»Wie kommst du darauf?«

»Weil da kein Blut ist, kein Knochen und kein Fleisch.« Kerbil klingt wie ein Lehrer, der Zehntklässlern Bruchrechnung beibringen will.

»Interessante Theorie«, findet Walpar. »Kannst du sie beweisen?«

Nera schnauft. Walpar weiß nicht genau, ob aus Unwillen oder vor Anstrengung, denn die Kletterei in der Schwerelosigkeit geht an die Kondition.

»Nein«, ruft Kerbil fröhlich. »Glaubst du an Gott?«

»Ich …« Walpar schluckt, weil er fast die Leine losgelassen hat. »Das ist kompliziert.«

»Eigentlich nicht«, meint Kerbil. »Aber wenn dir die Frage zu kompliziert ist, stelle ich dir eine einfachere.«

»Danke«, sagt Walpar erleichtert.

»Glaubst du, dass Gott wie ein Mensch ist, bloß zehntausendfach größer?«

Walpar muss diesmal nicht lange überlegen. »Nein«, sagt er entschieden. »So große Menschen kann es nicht geben.«

»Na also. Also ist dies kein echter Zeigefinger. Demzufolge ...« Auch Kerbil keucht jetzt, weil er mal wieder versucht, über eine Querfurche zu springen. »Demzufolge besteht er nicht aus Fleisch und Blut. Daher gibt es an der Fingerwurzel etwas anderes zu sehen. Und die Kerle wollen verhindern, dass wir erfahren, was das ist. Quod erat dingensdarum.«

»Demonstrandum«, hilft Nera.

Die Andacht auf dem Fingernagel erweist sich als hervorragend organisiert. Am Zugang stehen Roboter in weißen Kutten und sammeln Spenden. Die eingesetzten Exemplare haben Menschen gegenüber den Vorteil, ohne Raumanzug auszukommen. Daher sehen sie nicht aus wie U-Boote in Geschenkpapier, sondern verkörpern eine gewisse spirituelle Erhabenheit. Möglicherweise liegt das auch an den Chorgesängen, die hier über die allgemeine Frequenz in jedem Helm das Ohr erfreuen.

Große Videowände verkünden fromme Sprüche in unzähligen Sprachen, unbequeme Holzbänke auf Behelfstribünen sind fest mit dem glatten Untergrund des Fingernagels verschraubt. Walpar fragt sich, wer diese umfangreiche Ausstattung in der kurzen Zeit seit dem Auftauchen des Fingers hierher transportiert hat. Die logistische Leistung ist beeindruckend, aber genaugenommen gilt das auch für die Kreuzzüge.

Als Kerbil, Nera und Walpar im wenig frequentierten Bereich einer Tribüne Platz nehmen, spüren sie den anstrengenden Marsch in der Schwerelosigkeit in Knochen und Muskeln. Die Raumanzüge verfügen über eine integrierte Erfrischungsbar in Form eines Strohhalms. Die Sprachsteuerung ist schnell aktiviert, und der Anzug stellt ein warmes Energiegetränk zur Verfügung, von dem Walpar hofft, dass es nicht aus den Exkrementen eines früheren Trägers des Anzugs gewonnen wurde. Bei den effizienzsüchtigen Raumfahrttechnikern kann man nie wissen. Walpar vermeidet es, weiter darüber nachzudenken, und freut sich auf die Toilette im bequemen Reisebus. Als ihm der Gedanke kommt, dass die restlichen Touristen ähnliche Bedürfnisse verspüren werden, konzentriert er sich lieber auf die Andacht.

»Möge unser Glaube stark sein«, beschwört ein Pfarrer gerade die Besucher, »und möge unser Auge geöffnet sein, um die Wunder Gottes zu erkennen.« Er schwenkt eine Kerze hin und her, die offenbar mit einer elektrischen Flamme versehen ist, weil sie mangels Sauerstoff hier nicht brennen würde. »Amen. Und nun einige Hinweise unserer Sponsoren.«

Nicht nur die Videowände zeigen, was genau gerade am Altar geschieht, der in einiger Entfernung aufgebaut ist – auf Wunsch kann Walpar den Mini-Videoschirm seines Raumhelms in die Bildübertragung einklinken. Da mehrere Fernsehsender im Sonnensystem dieselben Bilder ständig live übertragen, bräuchte er genaugenommen gar nicht hier zu sein. Deshalb lässt er seinen Schirm aus und konzentriert sich auf die Fakten, die nicht jedem Fernsehzuschauer zugänglich sind.

»Du siehst aus, als hättest du keine Ahnung«, versetzt Nera ihm einen mentalen Tritt. »Weißt du was? Du bist ein lausiger Detektiv. Du hast keinen Plan, keine Strategie. Nicht die geringste Idee.«

Es ist offensichtlich, dass Nera schlechte Laune hat. Walpar kennt das. Tilko hat das von ihr geerbt. Er kann ganz gut damit umgehen, indem er solche Anfälle für einen kleinen Spaziergang oder Jogging verwendet. Das geht jetzt schlecht, und die Lautsprecher im Helm lassen sich immer noch nicht abschalten. Walpar verdreht die Augen und holt Luft. Aber Kerbil ist schneller. »Du bist es, die keine Ahnung hat«, versetzt er. »Walpar übernimmt nicht diese üblichen Fälle. Finden Sie raus, ob meine Frau mich hintergeht. Ermitteln Sie, wer meinen Sternenjaguar geklaut hat. Kriegen Sie raus, ob mein Sohn wirklich schwul ist. Tschuldigung.«

»Schon gut«, winkt Walpar ab. »Dann werde ich jetzt mal meinen Job erledigen.« Entschlossen steht er auf.

»Wohin gehst du?«, fragt Nera unfreundlich.

»Betriebsgeheimnis.«

»Das wusste ich«, behauptet Kerbil.

Nera stupst ihn in die Seite. »In einer Stunde gehen wir zum Bus.«

»So lange wird es nicht dauern«, meint Walpar. »Schließlich wollen wir heute noch einen Film zusammen anschauen.«

»Juhu!«, entfährt es Kerbil, der anscheinend völlig vergessen hat, dass er vorhin überhaupt noch keine Lust dazu hatte. Er hüpft in die Höhe, und Nera hält ihn fest, damit er nicht in den Kosmos entgleitet.

»Und du musst dich noch auf die Suche nach Tilko machen«, erinnert Nera. »Verschwörer und Phantome hast du für heute genug gejagt.«

»Bis später«, winkt Walpar. Er geht die leere Sitzreihe entlang, schwingt sich am Ende der Tribüne über das Geländer und stößt sich nach unten ab. Er hält sich an einer Verstrebung fest, um nicht zu hart aufzukommen, landet aber trotzdem auf dem Hosenboden.

Umständlich schaut er sich um, weil der Helm seine Sicht stark einschränkt. Er befindet sich jetzt unter der Tribünenkonstruktion. Hier ist niemand zu sehen, nur ein paar Roboter unbekannten Zwecks. Walpar hangelt sich an Stangen und Streben entlang. Die Tribünen beschreiben einen Halbkreis um den Altar, die äußerste muss also in der Nähe der Fingernagelkante stehen.

Keuchend erreicht Walpar das Ende des Bauwerks. Zu seinem Leidwesen erwartet ihn dort ein Sicherheitsroboter. Das Gerät ist schwarz-gelb bemalt und ähnelt einer Hummel mit eingemeißeltem Grinsen, das Vertrauen erwecken soll.

»Bitte gehen Sie wieder auf Ihren Platz«, schnarrt der Roboter.

»Ich suche die Toilette«, sagt Walpar. »Ein Kollege von Ihnen meinte, dies sei die richtige Richtung.«

Der Roboter benötigt eine nicht messbare Zeit, um über Funk von seinen Kollegen zu erfahren, dass Walpar lügt. Gleichzeitig stellt ein parallel arbeitender Prozess fest, dass es überhaupt keine Toiletten in der Anlage gibt. Prozess Nummer drei hat Walpars Raumanzug kontaktiert und herausgefunden, dass dieser über eine defekte Körperabfallaufnahmevorrichtung verfügt. Die Software des Roboters ist von minderwertiger Qualität und weiß nicht, wie sie die Situation handhaben soll. Um das zu vertuschen, wird eine zufällige Zeile aus dem Smalltalk-Speicher abgerufen.

»Schönes Wetter heute, haben Sie eine Zigarette?«, schnarrt der Roboter.

Walpar zeigt zur Fingernagelkante. »Ah, da geht es lang. Vielen Dank.«

Das Programm des Roboters glaubt, dass es zufriedenstellend gearbeitet hat. »Gern geschehen.«

Walpar eilt an der Maschine vorbei. Sein Tempo ist jetzt ziemlich hoch, und es gibt hier keine Streben oder Leinen, an denen er sich festhalten könnte. Kurz vor der Kante stürzt er sich auf den Boden und platscht die Hände flach auf den schartigen Untergrund. Dadurch bremst er ein wenig ab, und der Schwung dreht seinen Körper in Richtung Nichts.

Als Walpars Beine über der Kante hängen, klappt er seinen Körper zusammen und rutscht den Abhang hinunter.

Die ganze Masse des Fingers befindet sich jetzt unter ihm, er schlittert langsam in irgendeine Richtung und er glaubt, so etwas wie Schwerkraft zu spüren. Vielleicht ist es aber auch nur sein Verstand, der ihm in den Magen gerutscht ist. Sein Innenohr weiß ohnehin nicht mehr, wo oben und unten ist, und befielt dem Magen, sich sicherheitshalber möglichst bald von seinem Inhalt zu trennen.

Walpar unterdrückt den Brechreiz. Er würde jetzt keinesfalls behaupten, dass er sich besonders gut fühlt. Aber er hängt unter Gottes Fingernagel und genau hier wollte er hin. Freilich hat er dafür keine spirituellen Gründe, sondern forensische.

Kurze Zeit später hört der Sicherheitsroboter einen Hilferuf von einem verunglückten Menschen, der versehentlich auf der Suche nach einer Toilette vom Finger gefallen ist.

Der Bus summt gemütlich Richtung Mars. Während eine Nonne durch die Reihen schreitet und Wärmflaschen mit Rüschen anbietet, versucht Nera, Kerbil seine Pille zu verabreichen.

»Davon werde ich müde, und wir wollen gleich noch einen Film anschauen.«

»Walpar hat bestimmt Aufputschmittel zu Hause.«

»Davon wird mir schlecht.«

»Sag bloß, nach dieser Kletterei ist dir noch nicht übel?«

»Dir etwa?«, grinst Kerbil, aber sein Gesicht ist bleicher als gehässig.

»Nein danke«, sagt Nera zu der Nonne. »Meine Güte, so ein Helm ist nicht gut für die Frisur.«

»Mir waren die Stiefel zu eng. Jetzt hab ich Blasen«, klagt Kerbil.

Nera seufzt. »Schaue ich mir nachher an.«

»Ich hab Schweißfüße.«

»Eine gute Nachricht«, sagt die fröhliche Lautsprecherstimme, »wir sind vollzählig und landen in wenigen Minuten auf dem Busbahnhof Olympus Süd. Wir freuen uns, dass Sie *Müller Tours* gewählt haben und hoffen, Sie bald wieder … nein, danke. Wieso versuchen Sie eigentlich, *mir* so eine Wärmflasche zu verkaufen? Ich bin der Reiseleiter! – Nein, mir ist nie kalt im Bett. Ich habe eine beheizte Matratze. – Natürlich benötigt die Strom, Ihr Wasserkocher etwa nicht?«

»Walpar?« Kerbil, der mit Nera eine Reihe hinter ihm sitzt, beugt sich über den Sitz.

»Ich hab keine Blasen.«

»Aber eine Theorie?«

»Ja«, antwortet Walpar ernst. »Die Dunkle Energie, die das Universum zusammenhält, besteht aus Humor. Ohne ihn würde einfach alles in einem peinlichen Wirbel vergehen.«

»Kosmologie hatten wir in der Schule noch nicht«, murrt Kerbil.

»Lernt ihr da nichts Sinnvolles?«

»Nö. Nur Malen und Singen. Das einzige interessante Fach ist Popkultur.«

»Hm, darin war ich nie besonders gut.«

»Du hast mir immer noch nicht deine Theorie verraten«, beschwert sich Kerbil und zwickt Walpar ins Ohrläppchen.

»Lass deinen Onkel in Ruhe«, befielt Nera. »Ich wette, er hat überhaupt keine Theorie.«

Walpar verdreht die Augen. Er ist nicht sicher, ob er einen Fernsehabend mit Nera übersteht, ohne größere Mengen bewusstseinsverändernder Genussmittel zu konsumieren. Außerdem tut seine angeschossene Schulter allmählich wieder weh. »Was haltet ihr davon«, sagt er zu Kerbil, »wenn ihr schonmal Psychips und Zimt-Cola einkauft, während ich kurz bei einem Bekannten im Forensik-Labor vorbeischaue?«

»Herzlich willkommen auf dem Busbahnhof Olympus Süd«, verkündet der Reiseleiter. »Bitte nicht applaudieren, unser Autopilot fühlt sich dadurch in seiner Ehre gekränkt. – Wie? Oh, natürlich. Ich höre gerade, dass Sie beim Aussteigen die einmalige Gelegenheit haben, zwei dieser hübschen Wärmflaschen zum Preis von einer zu erstehen. Einen schönen Abend noch!«

»Ich mag am liebsten die blauen Chips in der sprechenden Tüte.«

Walpar nickt säuerlich. »Natürlich. Das sind die teuersten.«

»Ich kenne eine erstklassige Entgiftungsanstalt«, sagt Nera.

5 Olympus City, Mars

Als die Detektiv-Soap abgesetzt worden ist, in der Walpar die Titelrolle spielte, gab es beim Sender gerade eine kurzfristige Umbesetzungs-Kampagne. Daher hat niemand gewusst, welche Aufgaben sein Vorgänger gehabt hat und welche davon bereits erledigt sind. Außerdem wissen die meisten Nachfolger nicht, was sie in ihrem neuen Job zu tun haben. Die Folge sind drastische Umsatzeinbußen sowie ein Organisationschaos, das einem Hühnerstall nicht unähnlich ist – nach kurzer Zeit stinkt es so furchtbar, dass niemand mehr den Laden betreten will. Es hagelt Krankmeldungen aufgrund Erschöpfung, Burnout oder verrenkter Rücken.

Leider hat das Chaos Walpars Bemühungen durchkreuzt, die Serie zu reaktivieren. Allerdings ist sie auch nie endgültig abgesetzt worden. Die Miete für Walpars Apartment wird weiter vom Sender bezahlt, und auch seine Sonder-Akkreditierung bei der Marspolizei ist nie zurückgezogen worden. Ganz einfach ist der Missbrauch von Polizeieinrichtungen trotzdem nicht für Walpar.

»Ich dachte, deine Sendung läuft nicht mehr«, sagt Herr Zartek misstrauisch. Er ist der leitende Assistent der forensischen Abteilung des Polizeikonzerns von Olympus City und kennt sich offenbar mit dem Fernsehprogramm ganz gut aus.

»Die nächste Staffel wird gerade vorbereitet«, behauptet Walpar. »Wir senden momentan nicht live.« Er befummelt demonstrativ die Minikamera auf seiner Schulter.

Herr Zartek schaut in die Linse, wirkt aber nicht überzeugt. »Na schön«, brummt er trotzdem. »Wo ist denn die Leiche, die du mitgebracht hast?«

»Keine Leiche«, schüttelt Walpar den Kopf. Er greift in seine Umhängetasche und holt ein Probentöpfchen hervor. »Nur Fingernagelschmutz.«

Mit hochgezogenen Brauen nimmt Herr Zartek das Töpfchen entgegen. »Mehr war vom Opfer nicht übrig?«

»Nun ... äh«, stammelt Walpar und improvisiert: »Möglicherweise ist überhaupt kein Mord geschehen.«

»Wie bedauerlich«, meint Herr Zartek geringschätzig und justiert seine Spezialbrille. Sie verfügt unter anderem über ein Mikro-Spektrometer, das ihm auf dem Brillendisplay Informationen über die Zusammensetzung von Beweismaterial liefert.

»Weder Täter noch Opfer konnten bisher identifiziert werden«, phantasiert Walpar weiter. »Auch die Art des Verbrechens ist noch nicht bekannt.« Der Forensiker hebt die Brauen, die offenbar schwarz gefärbt sind. Seine restlichen Gesichtshaare sind, soweit vorhanden, blond. Walpar richtet die Schulterkamera mit übertriebener Gestik auf die Probe in Herrn Zarteks Hand. »Trotzdem habe ich Grund zu der Annahme, dass es sich um Material handelt, das sich unter einem Fingernagel befunden hat.«

Zartek öffnet das Töpfchen und wirft einen Blick hinein. Dann entleert er das Gefäß, indem er den Inhalt in eine weiße Kunststoffschale fallen lässt, die auf seinem Tresen steht. »*Das* war unter einem Fingernagel?«, fragt Herr Zartek. »Kein Wunder, dass der Sender deine Serie abgesetzt hat. Das sind mindestens 50 Gramm! Wer hat denn so schmutzige Fingernägel? Ein Zombie-Dinosaurier?«

Walpar schluckt. »Das würde ich auch gerne wissen«, sagt er schwachbrüstig. »Und unsere Zuschauer ebenfalls«, fügt er eilig an. »Ich bin sicher, wir erfahren mehr nach dem folgenden Hinweis unseres Sponsors.« Mit einem geübten Griff tut Walpar so, als würde er die Kamera abschalten, die ohnehin nicht läuft, weil er keine passenden Batterien mehr hat. Er lehnt sich verschwörerisch zu Herrn Zartek hinüber. »Unter uns gesagt«, senkt er die Stimme, »glaube ich, dass der Sender mich, nun…«

»Diskreditieren will?«, hilft Zartek.

Walpar nickt. Der Forensiker lässt einen Seufzer hören, der nach einem Zombie-Aufstand in einer akustisch optimierten Leichenhalle klingt. Er nickt unbestimmt nach hinten. »Für das komplette Analyseprogramm fehlt mir die Zeit. Ein paar Leichen wollen geöffnet werden, und ich lasse sie ungern warten. Also, wonach soll ich suchen?«

»Sprengstoff«, sagt Walpar zweisilbig.

»Tote schlafen fest!«, ruft Kerbil und hüpft aufs Sofa, wo er zwischen einer Familientüte Psychips und Nera landet.

»Von dem Film habe ich noch nie gehört«, sagt Walpar. Er hängt seine Jacke auf und betritt sein Wohnzimmer. Das sieht derzeit ein bisschen wie das Ergebnis eines Sprengstoffanschlags aus. Neras Gesicht scheint das zu bestätigen: Eine Mixtur aus Trauer und Wut reicht ihr vom einen bis zum anderen Elfenohr.

»Hast du Tilko gefunden?«, fragt Nera. Sie weiß, dass Walpar noch gar nicht nach ihm gesucht hat, und die einzige Erklärung für ihre Anwesenheit ist, dass sie ihn vor Ort besser nerven kann als von der Erde aus. Der Zwang, hier sein zu müssen, sich aber lieber ganz woanders aufzuhalten, verschandelt ihr Gesicht. Es wird höchste Zeit für gute Nachrichten.

»Ich habe frischen Quatlingsaft mitgebracht«, verkündet Walpar und zaubert vier große, grüne Plastikflaschen aus seiner Einkaufstasche hervor. Kerbil jubelt und entreißt ihm die Flaschen.

»Habt ihr euch amüsiert, während ich die forensische Abteilung der Polizei aufgemischt habe?« Walpar bahnt sich einen Weg durch herumliegende Kleidungsstücke und DVD-Stapel. Er hat es aufgegeben, Kerbil zu erklären, was der Unterschied zwischen Ordnung und Chaos ist.

»Soll dich jemand fragen, was bei der Untersuchung herausgekommen ist?«, seufzt Nera.

»Nicht nötig«, wischt Walpar den Sarkasmus beiseite. »Hauptsache, wir haben Chips und Saft.«

»Und einen guten Film!«, ergänzt Kerbil. »Setz dich zu uns!«

»Die Psychips sitzen auf meinem Platz«, stellt Walpar fest. »Wie hieß der Film nochmal?«

»Tote schlafen fest«, posaunt Kerbil.

»Aha«, macht Walpar. »Worum geht's?«

»Um einen coolen Detektiv.«

Walpar entfährt ein »oh«, Nera verdreht die Augen. »Film ab!«, ruft Kerbil und das MediaCenter gehorcht. Es dimmt das Licht, rollt die Leinwand herunter und projiziert eine wacklige Schrift auf sie.

»Sieht wie ein sehr alter Film aus«, stellt Walpar fest und reibt sich die Schulter. »Ohne Farben.«

»Die haben sie absichtlich weggelassen, damit alles cooler aussieht«, behauptet Kerbil.

»Wirklich? Warum wird das heute nicht mehr gemacht?«

»Weil sich die Sehgewohnheiten geändert haben«, belehrt ihn Kerbil. »Heute sind coole Sachen blau.«

»Wie die Kartoffelchips«, sagt Nera und hebt die monumentale Tüte hoch, damit Walpar sich endlich setzen kann.

»Gib her!« Kerbil grapscht nach der Tüte und bedient sich geräuschvoll. »Da! Da ist er!«

»Das ist der coole Held?« Walpar zeigt vage auf den Mann mit schwarzem Anzug und grauem Hut, der gerade von einem altmodischen Butler begrüßt wird.

»Sein Name ist *Philip Marlowe!*«, haucht Kerbil andächtig und fängt an, blaue Kartoffelchips in seinen Mund zu schaufeln.

»Kenn ich nicht«, sagt Walpar. »Er ist ein Detektiv, sagst du?«

»Er ist nicht *irgendein* …«

»Ich habe überhaupt nicht *irgend* gesagt.«

»Er ist *der* Detektiv«, verkündet Kerbil. »Marlowe! Er ist ein DetektivDetektiv, wisst ihr, was ich meine? DetektivDetektiv. Wie ColaCola. Oder FilmFilm. *Pssst!*«

Drei Minuten später ist Walpar Tonnraffir eingeschlafen.

Als Walpar aufwacht, versucht Nera gerade, Kerbil daran zu hindern, den Film noch einmal zu starten. »Warum tust du mir das an, kleines Monster?«, heult sie und sieht in diesem Moment so alt aus, wie sie in Wirklichkeit ist.

»Der is soooo cooool«, säuselt Kerbil und hält seine Hand weit über seinen Kopf. Seine Augen schauen in unterschiedliche Richtungen. Die monumentale Psychips-Tüte ist fast leer und rutscht von seinem Schoß. Nera greift fahrig danach und sucht nach Chips-Resten.

»Kann es sein«, fragt Walpar mit belegter Stimme, »dass ihr zwei die ganze Tüte …?«

»Da!«, ruft Kerbil. »Philip Marlowe!«

Nera zupft Walpar am Ärmel. »Wo du sowieso wach bist«, lallt sie, »hast du noch mehr Saftafl…schlaff…flaschen?«

»Du hast genug, glaube ich.«

»Können auch leer sein.«

»Äh«, macht Walpar, weil er nicht weiß, was Nera mit leeren Quatlingsaft-Flaschen will. Er fragt sie.

»Na wegen der Deckel.«

»Deckel«, echot Kerbil und nickt ernst. Dann nimmt Philip Marlowe wieder seine Aufmerksamkeit in Anspruch. Er unterhält sich gerade mit einer Blondine, die auf seinem Schreibtisch sitzt.

»Was ist mit den Deckeln?«, fragt Walpar verzweifelt.

»Da sind Codes drin«, erklärt Nera und versucht angestrengt, Walpar in die Augen zu sehen. »Für 25 Codes kriegt man eine Stunde gratis beim Psychiater.« Sie hebt den Zeigefinger. »Bei einem *echten*«, ergänzt sie ernst.

»Gab es eine Explosion oder nicht?«, fragt Kerbil plötzlich, ohne freilich den Blick von der Leinwand abzuwenden.

»Unter Gottes Fingernagel waren Spuren von Sprengstoff«, antwortet Walpar.

»Ich habe eine Theorie«, verkündet Kerbil. »Gott hat sich selbst in die Luft gesprengt.«

»Du hast zu viele Chips gefuttert«, sagt Nera. »Ich hab fast keine abgekriegt.« Ihr entrückter Blick verrät, dass das nicht ganz stimmt.

»Gott hat die ganzen letzten Jahre alle 300 000 Fernsehprogramme gleichzeitig geguckt«, referiert Kerbil und winkt mit einer leeren Colaflasche.

»Das kostet ziemlich viel Zeit. Deshalb hat man in letzter Zeit so wenig von ihr gehört.«

»Von *ihr*?«, fragt Walpar irritiert.

»Weiß doch jeder, dass Gott ne Frau ist. Schaust du keine Filme? *Dogma!*«

»Kenn ich nicht. Ich hatte in Popkultur nur eine Drei in der Schule.«

Kerbil winkt ab, stellt fest, dass er eine Colaflasche in seiner Hand hält, die leer ist, und hält Ausschau nach Ersatz. »Hast du noch Zimt-Cola?«

»Nein. Aber ich hole dir eine Pille. Du bist ja ganz aufgeregt.« Ohne Widersprüche abzuwarten, rappelt Walpar sich hoch, ohne seine Schulter zu belasten. Nera kippt zur Seite und schimpft leise, aber Zunge und Lider sind zu schwer. Kerbil manipuliert derweil Walpars Pinguin, der leichtfertigerweise auf dem Tisch zwischen dem Knabberkram liegt.

Walpar kämpft sich in die Küche. Auf der Kühlschranktür läuft eine Art Castingshow für Prediger, aus aktuellem Anlass ins Programm des Einkaufsenders gehievt. Gerade steht ein schwarz gekleideter Typ auf einer Bühne. Um ihn herum hat der Sender Grabsteine aus Pappe aufgebaut, oder sie werden digital ins Bild montiert, man weiß ja nie. Der Kandidat hantiert mit einer Schaufel und rappt auf Latein, sodass Walpar kein Wort versteht. Glücklicherweise werden Untertitel eingeblendet. Sie verraten, dass der Kandidat eine Sekte vertritt, die Geld für ein ordentliches Begräbnis des Gottesfingers sammelt.

Von nebenan dringen Anfeuerungsrufe herüber: »Marlowe! Marlowe!« Walpar seufzt und sinkt auf den kleinen Küchenhocker. Der Totengräber auf der Bühne ist eine bemitleidenswerte Kreatur. Im unteren Bereich des Bildes wird die aktuelle Wettquote eingeblendet. Mit einfachen Kommandos könnte auch Walpar Geld auf den Kandidaten setzen, aber das wäre offensichtlich Verschwendung. Die Quote beträgt 35 zu 1. Vermutlich gibt es Kandidaten, bei denen das Geld besser angelegt ist.

Der Moderator – ein schlaksiger Kauz namens Leslie, der sonst hauptsächlich Rugbyspiele kommentiert – klopft dem Totengräber auf die Schulter. »Bravoooo!«, krächzt er. »Ein beeindruckendes Plädoyer. Falls Sie, liebe Zuschauer, für das Fingerbegräbnis spenden möchten, erhalten Sie eine Gratis-Eintrittskarte für das Event.«

Der Totengräber nickt ernst. »Zwei können wir uns nicht leisten«, röchelt er. Die eingeblendete Wettquote beträgt jetzt 40 zu 1.

»Übrigens ist der Song, den wir soeben gehört haben, leider noch nicht käuflich zu erwerben«, verkündet Leslie und wackelt mit dem Kopf.

»Wir stehen in aussichtsreichen Verhandlungen mit bedeutenden Musikfirmen«, behauptet der Totengräber.

»Kommen wir nun zum letzten Kandidaten«, jauchzt Leslie und streichelt seinen Haarturm. In einer Ecke des Bildes wird der Frisurautomat eingeblendet, dem Leslies aufrechte Schopfpracht zu verdanken ist. Wer möchte, kann das Gerät sofort zum Sonderpreis erwerben. Walpar besitzt bereits eine ähnliche Maschine, aber die versucht ständig, ihm seinen Zopf madigzumachen oder die Brauen blau zu färben.

Der Moderator öffnet die Pforte einer Gruft, die Kamera blendet um und zeigt, wie Leslie aus einem Zug steigt. Er betritt den Bahnsteig und macht eine allumfassende Geste. »Früher war alles besser. Die Sessel in den Zügen waren gepolstert, die Lokomotiven rochen nach Feuer und die Bahn fuhr pünktlich.« Leslie geht den Bahnsteig entlang und erreicht das vordere Ende des Zuges, aus dem er gerade gestiegen ist. Da hängt eine beeindruckende Dampflok, die zischt und keucht, als hätte sie Probleme mit dem niedrigen Luftdruck auf dem Mars. »Unser letzter Kandidat, liebe Zuschauer, hat eine ganz besondere Erklärung für das Erscheinen des Göttlichen Fingers. Sie steht nämlich im Fahrplan. In *welchem* Fahrplan, das verrät möglicherweise jetzt Herr Gern den Wool, Hohepriester der *Jünger der pünktlichen Ankunft*.«

Leise Orchestermusik setzt ein, und Leslie verlässt das Bild. Die Kamera zeigt, wie ein ergrauter, langbärtiger Herr in leuchtend blauer Uniform dem Führerstand der Dampflok entsteigt. Geigen und Posaunen begleiten seine Schritte hinunter auf den Bahnsteig, die Pauke dröhnt, dann hebt der Hohepriester seinen Signalstab und beginnt zu singen.

»Acht Uhr neun an Gleis drei, grün leuchten die Signale … die Fahrt ist frei …«

Walpar ist fasziniert. Der Hohepriester trägt eine Art Fahrplan in klassischem Gesang vor. Das macht zwar überhaupt keinen Sinn, aber der Kerl kann wirklich singen. Aus voller Brust verkündet er, dass er sich vor seine eigene Lok werfen wird, wenn er einmal die Reisenden zu spät ans Ziel ihrer Träume bringt, und dass in seinen Adern spezielles Schmieröl fließt, das er mittels eines spitzen Gegenstandes jederzeit hervorholen kann, um das Triebwerk der Lok zu schmieren. Er fährt bei jedem Wetter, kennt Strecke und Fahrplan auswendig, grüßt die verständnisvollen Fußgänger, die an der geschlossenen Schranke warten müssen. Dieser Priester gewordene Eisenbahner berührt die Herzen der Zuschauer, und seine Quote zeigt 1,13 zu 1. Er steht quasi als Sieger fest, und auch Walpar hat schnell einen Hunderter gewettet, um einen minimalen, aber ziemlich sicheren Gewinn zu kassieren.

Am Ende seines Vortrags steht der Hohepriester oben auf dem Kessel seiner durch die Nacht donnernden Dampflok, klappt ein unglaublich dickes, metallisch verziertes Kursbuch auf, hält den Finger an eine bestimmte Stelle und singt: »So steht's geschrieben, im Fahrplan der Sterne: Gottes Zeichen, pünktlich trifft es ein – Ankunft zwölf Uhr achtzehn, Erde Endstation!«

Tosender Applaus, den der Priester mit angedeutetem Kopfnicken entgegennimmt. Offensichtlich selbst höchst beeindruckt stellt sich Moderator Leslie neben den Sänger und flüstert beinahe, als er den Zuschauern verkündet: »Das war Gern den Wool, Hohepriester der Jünger der pünktlichen Ankunft. Er hat mir erlaubt, den Heiligen Fahrplan einmal zu berühren ...« Leslie nimmt vom wohlwollend lächelnden Hohepriester dessen verziertes Kursbuch entgegen und hält die aufgeschlagene Seite in die Kamera. »Ich möchte Ihnen, liebe Zuschauer, gerne zeigen, dass hier wirklich 12:18 Uhr steht. Das ist genau die Uhrzeit – Greenwich-Standardzeit – der Entdeckung des Fingers im Erdorbit. Offenbar hat die Heilige Schrift der Jünger der pünktlichen Ankunft diesen Zeitpunkt richtig vorhergesagt.«

Leslie gibt das Buch an seinen Besitzer zurück, der es entgegennimmt und andächtig über die Verzierungen streicht.

Walpar hat genug gesehen. Sein Bauchgefühl sagt ihm, dass dieser Priester etwas mit dem Auftauchen des Fingers zu tun hat. Sein obskures Kursbuch mag gefälscht sein oder nicht, die Vorhersage schwammig formuliert – die Ankunftsjünger sind die nächste Spur, die er verfolgen wird.

Zunächst allerdings muss er im Wohnzimmer nach dem Rechten sehen, denn dort schreit jemand, als würde er von einem Dinosaurier verschlungen.

»Ich bin keine Frikadelle!«, kreischt Kerbil und versteckt sich unter dem Tisch.

»Was ist los?«, fragt Walpar verzweifelt. Nera versucht, Kerbil unter dem Tisch hervorzuziehen. »Er hält mich für ein Schnellrestaurant.«

»Nicht sehr naheliegend«, findet Walpar.

Kerbil heult unter dem Tisch: »Sie will mich zu einem Hamburger verarbeiten!«

»Du hast zu viele Psychips gefressen«, diagnostiziert Walpar.

»Ich will nicht zwischen Brötchenscheiben geklemmt werden!«

»Wirst du nicht.«

»Mein Name ist Philip Marlowe«, sagt Humphrey Bogart auf der Leinwand.

»Helfen Sie mir, Mister Marlowe!«, schluchzt Kerbil und klammert sich an Walpars Hosenbein.

Der Detektiv versucht, Kerbil abzulenken. »Sollen wir gemeinsam Nachforschungen anstellen? Ich habe eine neue Spur.«

»Mir reicht's.« Entschieden springt Nera auf. »Dann suche ich Tilko eben alleine.«

»Ich würde dir ja helfen, aber ...« Walpar zuckt mit den Schultern. »Erst mal muss ich mich um Kerbil kümmern. Die Chips sind ihm nicht gut bekommen. Vielleicht hat er eine Allergie.«

»Walpar, die *sollen* so wirken.«

»Auf keinen Fall mit Senf«, heult Kerbil.

Nera schließt die Augen und versucht, nicht zu schwanken. »Bring ihn in die Entgiftungsanstalt am Chinesischen Platz«, schlägt Nera vor. »Da kannst du ihn ein paar Tage unterbringen, und hinterher ist er wie neu.«

»Kauf mir Chips«, winselt Kerbil. »Mister Marlowe.«

Nera bahnt sich einen Weg zum Korridor. »Schalt endlich den Film ab! Auf mich hört dein MediaCenter nicht.«

»Film stopp!«, ruft Walpar gehorsam. Philip Marlowe erstarrt mit einem Whiskeyglas in der Hand. »Wo sind deine Schuhe?« Verzweifelt sucht Walpar zwischen dem herumliegenden Krempel. Er nimmt sich vor, alles aufzuräumen, während Kerbil bei der Entgiftung ist. Kurz nachdem er den linken Schuh gefunden hat, knallt die Tür, und Nera ist weg. Der rechte Schuh ist knifflig. Walpar verfolgt zunächst eine heiße Spur, indem er in der Nähe des Fundorts von Schuh Nummer eins sucht. Aber die Fußbekleidung hat damit gerechnet und sich eine Finte ausgedacht. Das Objekt steckt unter dem Sofa fest.

Mühevoll zwingt Walpar den wenig kooperativen Kerbil in seine Schuhe, wirft ein paar Sachen in eine Reisetasche und nimmt ihn sicherheitshalber an die Hand.

Draußen ist es dunkel. Die Straße ist leer, die Bürger von Olympus City sitzen vor dem Fernseher oder liegen im Bett. Ein paar Müllbots rollen durch die Gegend und sammeln Abfall ein. Kühler Wind treibt rostroten Staub in Nischen.

»Warum ist die Straße nicht schwarzweiß?«, fragt Kerbil.

»Wir befinden uns auf dem Mars«, erklärt Walpar geduldig.

Der Junge fängt unvermittelt an zu singen: »Bra-haucht Go-hott seinen Fi-hinger nicht me-heeehr …?«

Walpar eilt mit Kerbil im Schlepptau Richtung Chinesischer Platz. Warum denkt jeder, dass Gott etwas mit dem Finger zu tun hat? Ist das naive Bild, Gott sei ein ziemlich großer Mensch, so tief in den Köpfen verwurzelt? Könnte nicht irgendein kosmischer Taxifahrer mit dem Finger in die Tür seines Fahrzeugs geraten sein? Dann muss man nur noch eine Raumkrümmung mit π Dimensionen unterstellen, und schon hat man einen zehntausendfach vergrößerten Finger im Erdorbit schweben.

Walpar beißt sich auf die Zunge, als er an einem Graffiti vorbeieilt, das einen erhobenen Mittelfinger zeigt, neben dem »Du mich auch« steht. Die Sache mit dem Taxifahrer klingt nicht besonders überzeugend, aber die mit Gott auch nicht. Es muss eine andere Erklärung geben, und Walpar wird sie finden. Und danach begibt er sich auf die Suche nach Tilko. Immerhin hat Nera ihn darum gebeten, und sie ist ziemlich nett zu ihm. Leuten, die nett zu ihm sind, kann Walpar nichts abschlagen.

Kerbil hat mittlerweile aufgehört zu singen, vielleicht kennt er den Text nicht vollständig. An der Ecke gegenüber lungern ein paar Vampire herum. Schwarze Mäntel, gebleichte Gesichter, Flaschen mit Blut in den Händen. Es sind natürlich keine echten Vampire, die bei Tageslicht zu Staub zerfallen und ein Problem mit Knoblauch haben, aber diese Typen wollen es nicht drauf ankommen lassen, laufen nur nachts durch die Gegend und machen einen Bogen um mediterrane Restaurants.

»Mister Marlowe«, quiekt Kerbil, »können wir bitte etwas langsamer rennen? Ich brauche dringend einen Whiskey.«

»Kriegst du«, murmelt Walpar. »Wir sind gleich in der, äh, Bar.«

»Ich geb Ihnen einen aus, Mister Marlowe.«

»In Ordnung«, geht Walpar sicherheitshalber darauf ein.

Die PharmaCode-Entgiftungsanstalt funktioniert komplett automatisch. Wie die meisten psychologischen und sozialen Betreuungsangebote, verlässt sich auch dieses vollständig auf hochoptimierte Software in solide gebauten Robotern. Die kommen einfach besser mit Problemfällen klar als Menschen. Außerdem sind sie viel billiger und verlangen keinen Zuschlag für Nachtarbeit.

Die Glastür öffnet sich von alleine. Walpar und Kerbil stehen vor dem Annahmetresen, hinter dem ein verzinkter Torso glänzt. Ein Putzer-Roboter krabbelt mit magnetischen Spinnenbeinen über den Körper und poliert ihn noch blanker.

»Hallo«, sagt Walpar. Er ist glücklicherweise schon länger nicht mehr hier gewesen und weiß nicht, ob der Empfangsroboter ihn als ehemaligen Patienten wiedererkennt. »Ich habe hier einen Fall von ... äh, einer Überdosis Psychips. Vermutlich.«

»Willkommen in der PharmaCode-Entgiftungsanstalt. Ihr Vorgang wird jetzt bearbeitet.«

»Danke«, sagt Walpar.

»Einen Doppelten für Mister Marlowe und für mich«, bestellt Kerbil fröhlich und lehnt sich an die Theke.

Der Empfangsroboter wirft dem Jungen einen langen Blick zu. »Kann der Patient lesen?«

»Ganz gut, ja«, antwortet Walpar.

»Dann kann er in die Abteilung mit Laufschrift-Sponsoring. Dort kostet ein Behandlungstag nur 24,99 im Gegensatz zu 29,99 in der Radiojingle-Abteilung.«

»Wie lange wird es dauern?«

»Wir schicken Ihnen einen täglichen Bericht über den Behandlungsfortschritt direkt auf Ihr Handy.«

»Danke«, freut sich Walpar.

»Für nur 0,99 zusätzlich.«

Walpar knirscht mit den Zähnen. »In Ordnung.«

»Wo bleibt mein Drink?«, erkundigt sich Kerbil. »Ist das hier eine Bar oder eine Wüste?«

»Bitte bestätigen Sie die Behandlungsbedingungen mit Ihrem Fingerabdruck«, sagt der Empfangsroboter und hält Walpar die Hand hin. Als der sie ergriffen hat, fährt der Roboter fort: »Und jetzt die Risikoausschlussbedingungen.« Walpar bestätigt auch die, ohne sie gelesen zu haben.

»Möchten Sie den Patienten selbst in seine Entgiftungskammer geleiten?«

»Ja, warum nicht?«

»Vielen Eltern fällt der Abschied schwer. Sie glauben, dass ihr Kind nach der Behandlung ein anderes ist als vorher.«

Walpar nickt betroffen. Dann nimmt er Kerbils Hand und tätschelt sie, weil er nicht weiß, was er sonst machen soll. »Wir nehmen unseren Drink woanders ein«, sagt er. »Komm mit.«

»Kammer Nummer 84, zweites Untergeschoss. Der Aufzug ist gleich rechts. Im Namen von PharmaCode wünsche ich einen angenehmen und reinigenden Aufenthalt.«

»Danke«, sagt Walpar.

Nachdem er seinen Neffen in die Entgiftungskammer gesteckt hat, wo ihn vier Fernsehschirme und zwei Spielekonsolen gleichzeitig von den Entzugserscheinungen ablenken, kehrt Walpar an die sandige Marsluft zurück.

Er fühlt sich jetzt auf belastende Weise erleichtert. Und wie ein kinderloser Rabenvater. Er sucht sich eine Bar, um einen alkoholfreien Whiskey zu trinken. Ganz alleine, ohne seinen jugendlichen Assistenten.

Der erste Whiskey schmeckt fade. Das trifft auch für den zweiten und dritten zu, obwohl er die *mit* Alkohol bestellt, daher gibt Walpar auf und wankt nach Hause.

Dort wartet schon der Gerichtsvollzieher.

6 Agentur MaxAdventure, Mars

»Unser Angebot lässt keine Wünsche offen«, verkündet der Kapuzenmann. Den Atem hätte er sich sparen können, weil die bunte Projektion hinter seinem Rücken wörtlich dieselbe Botschaft verbreitet. Drachenflügel erschüttern die Kamera, Nebel steigt aus verwunschenen Tälern. Kondensierte Fantasie, prickelndes Verlangen nach dem magischen Kick.

Nera ist hier, weil sie den Werbespot von MaxAdventure gehört hat, während sie in der Warteschleife von Walpars Telefon hing. Er scheint seinen Pinguin abgeschaltet zu haben, oder Kerbil hat ihn wieder in seinen Besitz gebracht. Zuzutrauen ist dem Jungen alles.

Zugegeben, Nera hat auch ganz schön zugelangt und mehr Psychips vertilgt, als gut für sie ist. Aber sie nimmt brav ihre *MyCare*-Kaukapseln. Die hat ihr die Klinik empfohlen, in der sie die Verjüngungs-OP hat machen lassen. *MyCare* kontrolliert die Gehirnparameter. Verhindert Realitätsverlust, Konsumanfälle, Verkniffenheit, Stresshormone und hält jung. So ähnlich wie Kerbils Pille gegen die üblen Begleiterscheinungen der Pubertät, bloß für Erwachsene. Cool möchte jeder sein, und zwar immer, sodass *MyCare* die Pharmaindustrie noch reicher gemacht hat als die Erfindung der nebenwirkungsfreien Pille für den Mann. Um die benötigten Mengen Pillen herstellen zu können, hat der Hersteller kurzerhand den größten Teil Brasiliens gekauft und mit vollautomatischen Fabriken überzogen, denn ohne Regenwald war der ohnehin zu nichts mehr zu gebrauchen. Abhängig macht *MyCare* übrigens nicht, man kann jederzeit aufhören, sie zu nehmen, wenn man will.

Jedenfalls fühlt Nera sich vernünftig und sicher, als sie dem Kapuzenmann im Büro von *MaxAdventure* gegenübersteht. Sie hat bloß einen blauen Nachgeschmack auf der Zunge. »Hübsche Kapuze«, sagt Nera zu dem recht klein geratenen Agenturberater.

»Ich hasse sie«, zuckt ihr Gegenüber mit den Schultern. »Die Chefs finden, dass ihr Personal mysteriös aussehen muss.«

»Sie tragen die Kapuzenverkleidung also, weil Sie dafür bezahlt werden.«

»Ja, aber ich trage nichts drunter. Aus Protest.«

»Sind Sie immer so direkt?«

»Nachts gehe ich jagen. Ich sammle nämlich Elfenohren.«

Nera kann sich ein Grinsen nicht verkneifen. Allmählich fühlt sie sich in dem Laden wohl.

»Kann ich Sie jetzt bedienen? Wir haben noch mehr Kunden.«

Nera sieht sich um, aber da ist niemand. »Wo?«

»Kommen bestimmt jeden Moment.«

»Also gut. Ich brauche einen Mann, der vor nichts zurückschreckt.« Nera sieht zu dem Kapuzenmann hinunter und blinzelt. »Er soll mich auf der Suche nach meinem verlorenen Sohn begleiten.« Ihr Blick fällt wieder auf den Drachen, der im Hintergrund seine Kreise dreht und gelegentlich Rauchwölkchen ausstößt. »Es könnte gefährlich werden. Er braucht also Mut.«

»Wenn er Sie begleiten soll, braucht er zunächst einmal gute Nerven«, versetzt der Kapuzenmann mit einem gespielten Seufzer. »Im Moment sind die meisten unserer Barbarenkrieger besetzt.« Er durchsucht auf einem kleinen Bildschirm eine elektronische Kartei. »Würde es ein Cowboy tun?«

Nera schüttelt den Kopf. »Männer mit Hüten finde ich unerotisch.«

»Er kann gut mit seinem Colt umgehen.«

»Ich hoffe nicht, dass jemand erschossen werden muss.«

Wieder seufzt der Angestellte der Agentur. »Sie sind eine anspruchsvolle Kundin. Heute muss ich mir meine Vermittlungsprämie hart erarbeiten.«

»Schwitzen Sie unter der Kutte?«

»Wie ein Ochse auf der Flucht vor einem Cowboy. Wollen Sie mal riechen?«

»Und außer dem Cowboy? Haben Sie sonst niemanden?«

Der Kapuzenmann wischt sich virtuellen Schweiß von der Stirn und durchsucht weiter seine Kartei. »Haben Sie ein Faible für Martial Arts?«

»Ich habe einen gelben Gürtel in … wie hieß das doch gleich?«

»Sie machen mir langsam Angst«, schreckt der Angestellte zurück. Es sieht so aus, als würde er in den nebligen Abgrund stürzen, über dem der Drache seine Kreise zieht. »Wenn ich Ihnen eine Geld-zurück-Garantie verkaufen darf, können Sie den Chinesen für die Hälfte haben.«

»Annehmbar. Kann ich ihn mir vorher ansehen?«

»In der Kaschemme. Die breite Tür mit den blinden Glasscheiben, hinter der ein Klavier mit KI Honkytonk improvisiert.«

Nera nickt, dann marschiert sie zielstrebig in den Abenteurer-Wartesaal. Das steht jedenfalls an den blinden Glasscheiben. Dahinter lauern muffige Luft, das KI-Klavier und leere Barhocker auf leichtsinnige Opfer. Ein Hocker ist besetzt von einem kompakten Chinesen, der einen schwarzen Anzug trägt. Nera schließt kurz die Augen, verwünscht Walpar, weil er ihr nicht helfen will. Dann setzt sie sich auf den freien Barhocker neben dem Chinesen.

»Die Galaxis nicht groß genug für uns beide ist«, sagt der Chinese.

»Bedienung!«, ruft Nera. »Ein Drink, aber nicht das, was der hier trinkt.« Der Kapuzenmann taucht auf – vielleicht ist es auch ein anderer, im Zwielicht ist das Gesicht nicht zu erkennen – und stellt ihr ein Bier ohne Schaum hin.

»Sie öfter trinken das Zeug?«, fragt der Abenteurer. »Davon man kriegt spitze Ohren, es scheint.«

»Zahlen Sie Lizenzgebühren für diesen Sprachfehler?«

Der Chinese grinst und entblößt dabei perfekte Zähne. Seine Nase scheint mehrfach gebrochen und wieder gerichtet worden zu sein. Eine senkrechte Furche in der Stirn lässt das Gesicht ein wenig asymmetrisch aussehen. »Mein Name Lang X. Die Agentur den Sprachfehler in meinen Zeitvertrag geschrieben hat. Mir tut leid. Oder ... mir leid tut?«

Nera lacht, dann streckt sie dem Chinesen die Hand hin. »Herr X, es freut mich, Sie kennenzulernen. Mein Name ist Nera Zerhunnin, und ich habe einen Auftrag für Sie.«

Tilko Zerhunnin hasste Zeitverschwendung. Es gab nur eines, das er noch mehr verabscheute: Zeitverschwendung, die eine Menge Geld kostete.

Er saß mit Walpar in einem simulierten Strandcafé, das nicht pro Drink, sondern pro Minute abrechnete, bloß weil das Wanddisplay gegenüber einen Avatar zeigte, der vorgab, mit ihnen am Tisch zu sitzen, um sich ihre Beziehungsprobleme anzuhören. Er ist die sympathische Universallösung in einer Gesellschaft, in der so-tun-als-ob bereits in der Krabbelgruppe mit bevorzugtem Knuddeln belohnt wird.

»Ihr solltet offen über eure Schwierigkeiten reden«, surrte der Avatar und griff sich an den Krawattenknoten.

»Machen wir. Können wir jetzt gehen?«, schnappte Tilko.

»Machen wir *nicht*«, beschwerte sich Walpar. »Schau mal, seit sie meine Soap eingestellt haben, fehlt es vielleicht etwas an Geld. Aber wir reden einfach nicht drüber!«

Tilko verdrehte die Augen. »Reden hilft da nicht, bloß arbeiten.«

»Man könnte auch Geld an der Börse gewinnen oder Touristen ausnehmen oder Fotos von Prominenten verkaufen«, gab der Avatar zu bedenken. Er breitete die Arme so weit aus, dass seine rechte Hand aus dem Wanddisplay ragte und im Nichts zu verschwinden schien. »Steuerbetrug, Immobilienverkauf, Organspende! Es gibt unendlich viele Möglichkeiten! Ihr müsst sie nur ausnutzen!« Der Avatar ballte eine Faust.

»Ich hätte noch ein Herz abzugeben«, knurrte Tilko.

»Nein!«, entfuhr es Walpar. »Wie kannst du so was sagen?«

Tilko beugte sich zu dem Psycho-Avatar. »Siehst du? Er bekommt alles in den falschen Hals. Früher fand ich das süß. Heute ärgert es mich. Außerdem ...« Er sprang auf. »Außerdem ist er groß darin, vom Thema abzulenken. Das hat doch alles keinen Sinn.« Tilko winkte ab und machte Anstalten, die Simulation zu verlassen.

»Warte!«

»Viel Erfolg für eure weitere Zukunft, und auf Wiedersehen bis zum nächsten Besuch«, winkte der Avatar und verblasste im virtuellen Sonnenuntergang.

Vor der Beratungsbox hatte sich eine Schlange gebildet. Ganz vorn stand ein blasses Pärchen, das es auf einen Altersunterschied von 30 Jahren brachte und schüchtern Händchen hielt.

Tilko schob sich vorbei, Walpar stürmte hinterher. »Tilko, warte doch!« Im gleichen Moment bimmelte Walpars Pinguin. »Die Auftragsannahme-Nummer!«, zwitscherte das Telefon, als Walpar es aus der Hemdtasche zog.

»Jetzt nicht«, redete er auf das Gerät ein und steckte es wieder weg. »Baby, der Avatar hatte doch ein paar gute Ideen. Mach doch nicht alle gleich schlecht!«

»Siehst du?«, schimpfte Tilko und blieb stehen, direkt neben einem Pärchen, dessen weiblicher Part wie ein Vampir aussah, der männliche wie ein Zombie. »Das wäre eine Gelegenheit gewesen, Geld zu verdienen, mit einem neuen Auftrag. Und was machst du? Du lehnst das Gespräch ab und streitest lieber mit mir.«

»Geld ist doch nicht das Wichtigste im Leben.«

»Du bist ein Schlappschwanz, Walpar«, sagte Tilko ernst. »Wenn dein Sender nicht vergessen hätte, dir das Apartment zu kündigen, könntest du dir eine Höhle in der nächsten Düne buddeln.«

Walpar erschrak. »Ich dachte, ich könnte bei dir …«

Tilko raufte sich die blonden Haare, schüttelte den Kopf. »Du hast als Kind die falschen Pillen genommen.«

»Komm mir nicht mit so einer blöden Redensart.«

Nach einem Blick auf seine neongelbe Armbanduhr legte Tilko Walpar die Hand auf die Schulter. »Hör zu, ich habe gleich einen Termin. Drück die Daumen. Es geht um einen Job.«

»Okay«, nickte Walpar ernst. »Ich rufe währenddessen meinen Auftraggeber zurück. Wir kriegen das hin.«

Das erwies sich als unnötig. Kaum hatte Tilko sich verabschiedet, bimmelte der Pinguin erneut.

»Weltraumdetektei Tonnraffir, was gibt's?«, meldete Walpar sich.

»Huhu«, tönte der Pinguin mit einer Stimme, die Walpar allzu gut kannte. »Hier ist Kerbil! Ich komm dich bald besuchen! Ist das nicht cool?«

»Wieso benutzt du meine Auftragsannahme-Nummer?«, fragte Walpar gepresst.

»Nur so«, antwortete Kerbil fröhlich. »Ist doch witzig!«

Walpar brauchte einen Moment, bis er ein »Einigermaßen« hervorbrachte.

Man kann über Name und Sprachfehler des Lang X lästern, den Kopf schütteln oder seine Agentur wegen Erregung öffentlichen Ärgernisses verklagen – er weiß, wie man standesgemäß ein Abenteuer beginnt. Auf der Milchstraße, der Nobel-Shoppingmeile von Olympus City, kauft er für Nera ein neues Parfum namens *Wine And Onion,* das bei Schweißausbrüchen eine leicht sedierende Chemikalie absondert. Nera fühlt sich sofort gewappnet für jedes Abenteuer, auch wenn das Parfum am Ende auf der Spesenrechnung landet, sie es also genaugenommen selbst gekauft hat, sodass von einem großzügigen Geschenk eines Gentlemans keine Rede sein kann.

Zwei Geschäfte weiter residiert *Daphne de Mkono,* wo sonst nur Promis der Stufen C und B Damenkonfektion erwerben. Lang X besteht darauf, dass Nera einen schwarzen Fummel mit Lederelementen anprobiert, in dessen hautfreundlichem Synthetikmaterial eine KI mit 32 Prozessoren auf Befehle wartet. Zuerst findet Nera, dass sie in Schwarz wie ein Kunstvampir aussieht, aber die KI weist sie freundlich darauf hin, dass das bloß an der zu ihrem Hauttyp inkompatiblen Beleuchtung liegt.

Nera fragt, ob es den Artikel auch ohne KI gibt – ja, gibt es –, und kauft das etwas günstigere Kleidungsstück. Lang X lobt ihre Entschlussfreudigkeit und empfiehlt, den Modeartikel sofort anzuziehen. Die vorher getragene Kleidung landet in einer Plastiktüte mit animiertem Logo von *Daphne de Mkono.*

Auf der Milchstraße drehen sich die Leute nach Nera um, sodass sie sich ein arrogantes Lächeln gönnt und bei Lang X einhakt. So prächtig hat sie sich seit Tagen nicht gefühlt, und das hat sie nicht nur den *MyCare*-Kapseln zu verdanken. Einfach nur zum Genießen geht sie mit ihrem persönlichen Abenteurer noch zweimal die Milchstraße runter bis zum Armstrong-Denkmal und wieder rauf zum Bradbury-Theater.

Anschließend führt Lang X Nera in den angesagten Deepnight-Club *Bloodsand* aus. Am Eingang erhält man eine Pille gegen epileptische Anfälle, die man erleidet, wenn man sich den Stroboskopblitzen, Ultratiefbass-Rhythmen und Magnetresonanzstimuli dieser Psychodisco längere Zeit aussetzt.

Es stellt sich heraus, dass Lang X ein leidlich guter Tänzer ist. Außerdem setzt er seine spitzen Ellenbögen sehr erfolgreich ein, sodass keiner der Vampire, die Nera möglicherweise aufgrund ihres Outfits als Opfer erkoren haben, zu ihr vordringt. Natürlich sind die Typen keine echten Vampire, aber es macht ihnen Spaß, so zu tun, als wären sie welche. Sie schlafen in Särgen, tragen spitze Zahnimplantate und trinken *Bloody Cola,* bloß zu Asche zerfallen sie nicht. Das hindert sie aber nicht daran, den ganzen Tag zu verschlafen.

Blutjunge Anfänger-Vampire erkennt man daran, dass sie silberne Kreuze als Anhänger um den Hals tragen – die haben in Popkultur nicht besonders aufgepasst und werden von richtigen Vampiren bloß belächelt, so wie es ein Hase mit einem Igel tut. Einer dieser Amateure wagt sich näher an Nera heran, als es für ihn gesund ist. Lang X stupst ihn zweimal mit dem Ellenbogen, aber das hilft nicht. Der bleiche Kerl hantiert ungeschickt mit seiner samtschwarzen Kutte, was offenbar so eine Art Paarungstanz darstellen soll, den das Stroboskop in einen zerfledderten Horrorfilm eines längst vergessenen Jahrhunderts verwandelt. Jetzt reicht es Lang X. Er zupft den Vampir an der Kutte, sodass der zur Seite kippt. Da wartet schon die Schuhspitze des Chinesen. Nera hätte nicht gedacht, dass der das Bein in so luftige Höhen schwingen kann, dass sie mühelos lesen kann, dass er Größe 43 trägt, *Made in Taiwan*. Der Vampir hat sich in seiner Halskette verheddert, die Lang X ergreift, um den Kerl herumzuschleudern. Dabei stellt er ihm ein Bein, sodass man nur noch eine wallende Kutte über den glatten Metallboden rutschen sieht, die nach dem nächsten Stroboskopblitz zwischen den Beinen der Tänzer verschwunden ist.

Nera gibt sich entspannt den magnetischen Stimuli der Tanzfläche hin, fühlt spirituelles Prickeln in Rückgrat und Unterleib, nimmt sich aber vor, vernünftigerweise frühestens übermorgen mit Lang X im Bett zu landen.

Als sie ein paar Hundert Bassgewitter später drauf und dran ist, es sich anders zu überlegen, gibt Lang X ihr ein Zeichen und verlässt Tanzfläche und Disco. Nera bleibt nichts anderes übrig, als ihm zu folgen, weil die Vampire bloß auf diese Gelegenheit gewartet haben. Sie winkt ihnen zu und steht kurz darauf mit ihrem Abenteurer draußen. Während sie noch überlegt, wie sie ihn am geschicktesten verführt, holt Lang X einen Kammbot hervor und setzt ihn auf seinen Kopf. Das Gerät richtet die Frisur seines Besitzers, der sagt: »So, ich habe jetzt Feierabend. Wir treffen uns morgen um acht in der Agentur.«

»Feierabend«, entfährt es Nera.

Lang X zuckt mit den Schultern. »Vertraglich vorgegebene Pausenzeiten. Die Gewerkschaft, Sie wissen schon.«

»Verstehe«, sagt Nera. »Rufen Sie mir noch ein Taxi?«

»Schon geschehen.« Der Chinese zeigt auf ein Elektrotaxi, das am Straßenrand steht. »Welches Hotel?«

»Hotel?« Eigentlich hat Nera sich ja bei Walpar einquartiert. Da steht ihre Reisetasche, aber in der ist ohnehin nichts Wichtiges drin. Eine KI-Zahnbürste mit Wegwerfputzkopf stellt jedes Hotel zur Verfügung, das zu einer

Frau passt, die schwarzen Fummel von *Daphne de Mkono* trägt. Außerdem ist Nera böse auf Walpar. Sie möchte Lang X nahe sein, nicht Walpar. Er wird sie zwar nicht ins Hotel begleiten, aber in Gedanken wird er dort bei ihr sein. Beziehungsweise in ihren Träumen.

»Augenblick«, sagt Lang X, als Nera Anstalten macht, in das Taxi zu steigen.

»Ja?«, fragt Nera und schöpft Hoffnung.

»Sie sollten wissen, dass ich ein … Geheimnis habe.«

»Sind Sie schwul?«, entfährt es Nera.

Lang X verzieht keinen Gesichtsmuskel. »Ich erzähle es Ihnen ein andermal. Ich wollte nur, dass Sie es wissen.«

»Dass ich *was* weiß?«

»Gute Nacht, Madame Zerhunnin.« Lang X macht einen Schritt rückwärts und senkt für einen Sekundenbruchteil den Blick. Dann dreht er sich um und läuft die Straße hinunter.

Nera sieht ihm nach, bis die Taxi-KI sie darauf hinweist, dass pro Minute abgerechnet wird, auch wenn nicht einmal ein Ziel eingegeben wurde, ach ja, und in welchem Hotel wohne sie doch gleich?

Nera zögert. Dann entlässt sie einen tiefen Seufzer in die kühle Nachtluft des Mars. »Solar Plaza«, sagt sie und macht es sich auf der Passagierbank bequem. Man gönnt sich ja sonst nichts.

7 Olympus City, Mars

Der Gerichtsvollzieher hat ein Kamerateam mitgebracht, das die ganze Angelegenheit live auf dem Juristen-Kanal JKTV© überträgt. Eine rothaarige Praktikantin in einem knappen, braunen Kleid bedient die Kamera. Neben ihr bearbeitet ein Langbartträger im grauen Plastikpulli das tragbare Regieterminal, als wäre er ein DJ, der in einer Nobeldisco live einen Slapstickfilm dreht. In angemessenem Abstand von ein bis zwei Metern haben sich gelangweilte Gaffer eingefunden; ein Typ mit schreiend buntem Kittel verkauft Bier aus einem Backpack, das prickelnde Werbespots zeigt.

»Muss das sein?«, fragt Walpar und meint die Gesamtsituation. Er hat zwei Mordanschläge hinter sich, seinen Neffen in die Entgiftungsanstalt einliefern müssen und seine Ex-Schwiegermutter vor den Kopf gestoßen. Außerdem kommt er bei seinem aktuellen Fall nicht weiter, und dazu hat ihn nicht einmal jemand beauftragt, geschweige denn Honorar versprochen. Walpar fühlt sich müde und ausgelaugt, er würde jetzt gerne ein heißes Bad nehmen, ins Bett gehen und morgen in aller Frische den Herausforderungen des Lebens erneut entgegentreten.

»Sind Sie Herr Walpar Tonnraffir, wohnhaft hier, ledig, von Beruf Weltraumdetektiv?« Der Gerichtsvollzieher sieht Walpar ausdruckslos an. Seine rote Nase gleicht einer Kraterlandschaft, die Augen tränen ihm vor Freude. Sein Sakko verfügt an der Stelle, wo sich normalerweise die Brusttasche befindet, über ein Display. Darüber läuft in rasantem Tempo Text, der ein bisschen wie Nutzungsbedingungen aussieht, bloß ohne den »Ich bestätige, dass ich dies alles gelesen habe«-Knopf.

»Ich glaube nicht, dass ich Ihre Fragen beantworten muss«, meint Walpar. Die Gaffer murmeln beifällig. Die Sache verspricht interessant zu werden.

»Doch«, sagt der Gerichtsvollzieher und tippt sich aufs Display. »Steht alles hier.«

»Die Buchstaben sind zu klein. Ich kann das nicht lesen.«

»Es kommt nur darauf an, dass es hier steht«, erklärt der Gerichtsvollzieher aufgeräumt. »Weiß doch jeder.«

»Können wir nicht reingehen?«, fragt Walpar, dem es unangenehm ist, vor seiner Haustür bloßgestellt zu werden. »Ich habe noch etwas Knabberkram.«

»Ist das etwa eine versuchte Einflussnahme?« Die Stimme des Gerichtsvollziehers zerschneidet die Luft über dem Vorplatz, die Praktikantin schiebt sich näher an Walpar heran.

»Also gut«, sagt Walpar und strafft seinen Körper. Er lässt den Blick über das Publikum schweifen, während er in Gedanken die Badewanne abhakt, zwinkert kurz in die Kamera (was dem Regisseur ein Stöhnen entlockt) und versucht so auszusehen, als hätte er die Lage im Griff. »Wie lauten die Vorwürfe gegen mich?«

»Diebstahl urheberrechtlich geschützten Eigentums«, knallt die Stimme des Gerichtsvollziehers wie eine Peitsche. Das Publikum raunt pflichtschuldig.

»Das ist ja«, winkt Walpar ab, »nur ein einziger Vorwurf. Mehr haben Sie nicht drauf?« Einzelne Gaffer kichern.

Herr Gerichtsvollzieher verfärbt sich purpurrot. Die Praktikantin lässt sich das nicht entgehen und hält ihm die Kamera direkt vor die Nase, bis sie merkt, dass ihr Regisseur verzweifelt gestikuliert und an seinem Bart zupft. Sie tritt den Rückzug an und flucht lautlos.

»Sie verkennen den Ernst der Lage«, versetzt der Gerichtsvollzieher. Er zückt einen Minicomputer, der bisher in seiner Hosentasche steckte. »Ich stelle hiermit akute Fluchtgefahr fest.«

Walpar schaut nach allen Seiten, aber niemand ist gekommen, um ihn zu retten. »Wohin sollte ich fliehen, ohne über Gaffer zu stolpern?« Einige Zuschauer verziehen beleidigt das Gesicht. Es sind vereinzelte Buh-Rufe zu hören, und ein vorwitziger Senior zeigt die Daumen-runter-Geste.

»Aufgrund der akuten Fluchtgefahr pfände ich hiermit Ihre Organe«, erklärt der Gerichtsvollzieher unbeeindruckt und bearbeitet energisch seinen Handcomputer.

»Meinen Penis kriegen Sie nicht!«, blafft Walpar. Das bringt ihm Kichern und spontanen Applaus ein. Der Regisseur macht eine Weiter-so-Geste, und Walpar deutet eine Verbeugung an. Er weiß, wie man ein Publikum unterhält, er hat den Job lange genug gemacht. Der Gerichtsvollzieher nicht, denn er fängt an, geschraubt formulierte und für Normalsterbliche völlig unverständliche Paragraphen runterzuleiern. Diesmal meinen die aufkommenden Buh-Rufe ihn.

»Der Kerl ist doch harmlos«, verkündet Walpar mit ausufernder Gestik. »Haben Sie mal einen Scheidungsanwalt erlebt? Ich kenne einen, der nur geheiratet hat, um zwei Wochen später an seiner eigenen Scheidung zu verdienen.« Dafür erntet der Weltraumdetektiv breites Gelächter. Sogar die Leute an den Fenstern des gegenüberliegenden Hauses lachen mit, allerdings leicht verspätet, weil sie Walpars Stimme nicht direkt gehört haben, sondern nur aus dem in ihrem Zimmer angeschalteten Fernseher.

»Im Namen des Rechteinhabers fordere ich Sie auf, mir Ihre Organe zwecks sicherer Aufbewahrung auszuhändigen«, fordert der Gerichtsvollzieher und hält die Hand auf. Walpar starrt sie unschlüssig an. Ihm fällt allerdings auf Anhieb kein Organ ein, das er kurzfristig übergeben kann. Er überlegt fieberhaft, wie er aus dieser Sache herauskommt, ohne dass ein reicher Wichtigtuer morgen mit seiner Milz herumläuft. »Ich könnte Ihnen einen Gutschein ausstellen«, schlägt Walpar vor und hat die Lacher mal wieder auf seiner Seite. »Wenn Sie mir ein Stück Papier leihen«, setzt er noch einen drauf.

Der Gerichtsvollzieher zieht die hingehaltene Hand zurück und plustert sich auf. »Ich stelle hiermit fest, dass Sie Ihre Organe nicht übergeben können oder wollen. Daher muss ich Ihren Körper in Schutzverwahrung nehmen, damit die gepfändeten Organe nicht abhandenkommen.«

»Normalerweise verliere ich meine Leber nicht einfach so«, entgegnet Walpar.

»Ha! Aber Sie könnten sie versetzen und meinen Mandanten damit um den ihm zustehenden Wert bringen.«

Langsam wird Walpar verärgert. Dieser Knilch hat sich offenbar fest vorgenommen, ihm den Abend zu verderben. Walpar findet, dass in diesem Fall das ansonsten problematische Konzept »Auge um Auge« angemessen ist. Er wendet sich dem Regisseur zu und zeigt auf den Gerichtsvollzieher. »Sagen Sie mal, Chef, zahlt Ihr Sender diesem Kasper eigentlich Honorar für seinen lustlosen Auftritt? Ja? Ich könnte mir vorstellen, dass ein pixeliger George-Clooney-Avatar die Sache besser macht und dabei weniger kostet.«

»Reden Sie nicht mit mir! Sprechen Sie mich nicht an!«, zischt der Regisseur und rauft sich den Bart. »Ich bin quasi gar nicht da!«

»Die Zuschauer auch nicht«, meint Walpar. »Die haben längst umgeschaltet. Zu einem spannenderen Sender. Zum Kerzengießerkanal oder Gartenzwerg TV.« Jetzt grölen die Zuschauer. Die Kamerafrau keucht und kriegt einen Lachanfall. Mit letzter Kraft gelingt es ihr, ihr Arbeitsgerät einigermaßen gerade zu halten.

Dummerweise fährt in diesem Moment ein grauer, unbeschrifteter Lieferwagen vor. Drei Bewaffnete in Overalls steigen aus und halten ihre Schießprügel in eine Richtung, die Walpar überhaupt nicht gefällt. Eindeutige Gesten legen den Verdacht nahe, dass die Show für den Moment vorbei ist und er nicht der siegreiche Kandidat ist. Er grinst ein letztes Mal in die Kamera. »Das war's dann für heute! Mein Name ist Walpar Tonnraffir, Weltraumdetektiv vom Mars. Unterzeichnen Sie eine Online-Petition zu meinen Gunsten, kaufen Sie mit Spenden meine Organe frei und in Kürze wird meine eigene Show wieder zu sehen sein. Ich freu mich drauf, tschüss Mars!« Walpar winkt, straft den Gerichtsvollzieher mit Ignoranz, wirft Kusshändchen in die tosend applaudierende Menge und stolziert in den grauen Lieferwagen.

Als die Türen mit blechernem Knall zufallen und den Jubel der Zuschauer abschneiden, schwinden Lachen und Zuversicht aus Walpars Gesicht.

Der Kerker der Anwaltskanzlei WeWin© erinnert an ein Möbelgeschäft für altenglischen Geldadel, bloß sind überall Nutzungsbedingungen und Haftungsausschlüsse aufgehängt: knarzlederne Ohrensessel, schnörkelige Glastische, dunkelbraune Regale mit gebundenen Gesetzestexten aus einem längst überholten Zeitalter. Unter der Decke Kristalllüster, am Boden blasse Perser und andere geknüpfte Muster, die man keinesfalls zu lange betrachten sollte, wenn man nicht ein paar aufmunternde Pillen dabeihat. Da sich der Raum in einem Keller des Kanzleigebäudes im Dichterviertel von Olympus City befindet, gibt es keine Fenster. Abgesehen von Walpar befinden sich gegenwärtig drei weitere Personen hier: Ein bärtiger, etwas ungepflegt wirkender Bauchbesitzer, der einen grauen Pullover mit durchgescheuerten Stellen an den Ellenbogen trägt, sitzt in einem Ohrensessel und betrachtet intensiv seine Fingernägel. Ein junger, dunkelhäutiger Mann mit wachen Augen, schwarzen Haaren, Stirnpiercing und fahriger Gestik läuft vor einer Regalwand auf und ab, als würde er das schon seit Monaten tun. Person Nummer drei ist eine dickliche Tante, die auf einer Treppenleiter steht und einen Lüster entstaubt, als würde sie schlecht dafür bezahlt. »Bin fertig«, brummt sie und nutzt die Gelegenheit der offenen Eingangstür, durch die Walpar gebracht wird. Die drei Männer bleiben allein zurück.

Weder der Bauchmann noch der Dunkelhäutige zeigen Interesse, Walpar näher kennenzulernen. Der Weltraumdetektiv seufzt und lehnt sich an einen freien Ohrensessel. Das erinnert ihn an seine lädierte Schulter, und er nimmt lieber die andere Seite. Er versucht, gelassen zu wirken, während er seinen Pinguin hervorholt, um die Anwalts-Hotline anzurufen.

»Name?«, fragt der Pinguin.

»Walpar Tonnraffir«, sagt Walpar irritiert. »Aber das weißt du doch.«

»Ich wurde umkonfiguriert und gehöre jetzt Philip Marlowe.«

Walpar kann sich denken, wem er das zu verdanken hat. Er vergewissert sich, dass seine beiden Kerkergenossen ihn weiterhin ignorieren. »Mein Name *ist* Philip Marlowe«, erklärt Walpar leise, aber bestimmt.

»Lügner«, entgegnet der Pinguin. »Eben hast du noch gesagt, dein Name sei Walpar Tonnraffir und nicht Philip Marlowe. Ich verweigere die Zusammenarbeit.«

»Ich muss aber telefonieren«, insistiert Walpar.

»Nicht mit mir.«

Walpar unterdrückt den Impuls, das Handy gegen das nächste Haftungsausschluss-Plakat zu donnern.

»Wir sind verdammt«, heult der Bauchmann, dann widmet er sich wieder seinen Fingernägeln.

»Er ist schon seit einem halben Jahr hier drin«, erklärt der Dunkelhäutige.

»Und mein Name ist Tonnraffir«, sagt Walpar schnippisch.

»Der aus dem Fernsehen?«

»Genau.«

Der Mann grinst und zeigt weiße Zähne. Er wirkt asiatisch, fällt Walpar auf. Vermutlich hat er indische Vorfahren. Walpar tippt auf einen Stammbaum aus immigrierten Programmiersklaven, im Informationszeitalter entwurzelt aus ihrer Heimat, sodass spätere Generationen die Namen von Hindu-Gottheiten für Schleifenvariablen verwenden, bis der Codereview auch diese Spiritualität ausmerzt. »Sie können nicht gut singen«, sagt der Inder.

»Deshalb tu ich's auch nicht«, entgegnet Walpar, während sein Hirn gemächlich der Frage nachgeht, wieso der Inder darauf zu sprechen kommt.

»Dann sah der Sänger im Fernsehen Ihnen nur ähnlich«, beantwortet der Inder Walpars Frage, noch bevor er sie formulieren kann.

»Ah.« Der Weltraumdetektiv ist erleichtert. »Eine Verwechslung. Ich habe an einer Detektiv-Soap teilgenommen. Als … Titelfigur.«

»So einen Mist guck ich nicht«, winkt der Inder ab.

»Aber Castingshows mit schlechten Sängern?«, versetzt Walpar.

»Schadenfreude macht am meisten Spaß, wenn der Schaden echt ist«, meint der andere. »Das ist ihr Vorteil gegenüber Slapstick.«

Das Gespräch wird unterbrochen, weil die Tür aufgeht und der Gerichtsvollzieher eintritt.

»Wir sind alle verdammt!«, heult der Mann mit dem Bauch.

»Verzeihen Sie die Verzögerung«, säuselt der Gerichtsvollzieher. »Es waren Formalitäten zu erledigen.« Aus seinem Mund klingt das F-Wort wie eine Liebeserklärung. Durchschnittsbürger betrachten es einer aktuellen Umfrage zufolge als Fäkalsprache. In einigen Kreisen hat der Ausdruck »geh ein Formular ausfüllen« dem guten, alten »fuck off« längst den Rang abgelaufen.

»Verraten Sie mir jetzt, wo wir unter uns sind …«, beginnt Walpar, aber der Inder unterbricht ihn: »Ich höre überhaupt nichts!«

»… was es genau mit der Urheberrechtsverletzung, die ich begangen haben soll, auf sich hat?«, komplettiert Walpar.

»Selbstverständlich«, freut sich der Gerichtsvollzieher und zeigt auf den staubigen Aktenordner unter seinem Arm. »Hier steht alles drin.«

Walpar schätzt die Seiten zwischen den Pappdeckeln auf dreihundert, plus/minus einhundertfünfzig. »Ist das alles?«

»Doppelseitig und klein gedruckt«, zuckt der Gerichtsvollzieher mit den Schultern. »Seien Sie froh, denn das Papier wird Ihnen in Rechnung gestellt.«

»Kann ich von den Steuern absetzen«, behauptet Walpar und hält die Hand auf.

»Augenblick. Sie müssen die Bereitstellungsgebühr begleichen, bevor ich Ihnen die Unterlagen übergebe.«

»Mein Pinguin ist derzeit außer Betrieb. Nehmen Sie einen Schuldschein?« Der Gerichtsvollzieher erbleicht. »Selbstverständlich nicht. Sind Ihnen die wirtschaftlichen Folgen nicht klar? Sie können uns gerne eine Einzugsermächtigung erteilen.«

»Bitte händigen Sie mir die Widerrufsformulare gleich mit aus. Falls Sie sie tragen können.«

»Machen Sie Witze?«

»Nicht vor weniger als einer Million Zuschauern. Und da Sie Ihre hübsche Kamerafrau draußen gelassen haben, muss ich leider ernst bleiben. Sie dagegen dürfen natürlich gerne ein paar Scherze verbreiten, solange es Ihrer Einschaltquote nicht schadet. Warum werden Sie so bleich? Schauen Sie in den Spiegel, wenn Sie keine Angst vor Zombies haben.«

»Wir sind alle verrrdaaammt!«

»Das genügt«, zischt der Gerichtsvollzieher. »Erteilen Sie mir jetzt die Ermächtigung, Gebühren von Ihrem Konto einzuziehen.« Er zückt ein Formular, das traditionell nur aus einer Seite besteht, welche allerdings mit ziemlich kleinen Lettern eng bedruckt ist.

»Gerne«, sagt Walpar, »haben Sie einen Bleistift für mich?«

»Das Formular arbeitet selbstverständlich biometrisch. Ihr Fingerabdruck neben dem Kreuz genügt.«

Walpar presst seinen Daumen auf die bezeichnete Stelle und bekommt ohne Weiteres den Aktenordner ausgehändigt, der die gegen ihn erhobenen Vorwürfe enthält.

Der Gerichtsvollzieher geht ein paar Formulare ausfüllen, und Walpar nimmt im nächsten Ledersessel Platz, nachdem er die ersten Seiten überblättert hat, weil sie Nutzungsbedingungen und Haftungsausschlusserklärungen enthalten, sowie eine umfangreiche Liste von Dingen, die man unter Androhung von Strafen nicht mit den Unterlagen anstellen darf. Dazu gehören auch »Papierflieger falten« und »Ausschnitte in Lyrik oder Prosa verwenden«. Ernsthaft erstaunt ist Walpar über den Satz »Die Verwendung zur Reinigung von Ausscheideorganen ist ausdrücklich ausgeschlossen«.

»Sieht harmlos aus«, meint der Inder plötzlich. Walpar weiß nicht, wie lange der Mann ihm schon über die Schulter schaut.

»Bis hierher«, nickt Walpar. »Obwohl ich wirklich gerne Papierflieger gefaltet hätte.«

»Ich heiße Jankadar«, sagt der Inder und setzt sich auf die Armlehne.

»Das Papier eignet sich nicht gut für Flieger. Das aus den Büchern in den Regalen funktioniert wesentlich besser.«

»Sind Sie schon lange hier drin?«

Jankadar zuckt die Schultern. »Schon. Aber ich habe die letzten drei Sub-Prozesse gewonnen. Allmählich wird denen die Angelegenheit zu teuer. Immerhin müssen sie die Kosten für meine Unterbringung zahlen.«

»Das tun die freiwillig?«

»Erst seit einigen Gegenprozessen, die ich gewinnen konnte. Letztes Jahr habe ich mein Apartment gekündigt und bin ganz hierher gezogen.«

»Wegen der attraktiven Wohnlage?«

»Meine alte Wohnung lag am südlichen Autobahnzubringer. Hier ist es deutlich ruhiger«, erklärt der Inder. »Die Luft ist besser und regelmäßige Mahlzeiten haben auch noch keinem geschadet.«

»Also nur Vorteile.«

Jankadar wirft einen Seitenblick auf den Mann mit dem Bauch. »Eins mehr, wenn Mister Zuscheks Fall abgeschlossen ist. Dürfte nur noch ein paar Monate in Anspruch nehmen. Öffentliches Urinieren ist schließlich ein Klecks im Vergleich zu meinem Fall.«

»Weshalb wurden Sie denn verklagt?«

»Software-Patente«, antwortet Jankadar. »Ziemlich kompliziert. Es geht um Bytecode-Kongruenzen und eingeschränkte Kompatibilität zu proprietären Interfaces.«

»Wir sind aaaalle verdammt!«

»Das ist ja schrecklich«, entfährt es Walpar.

»Schade ist«, meint Jankadar, »dass die betroffene Software seit zwei Jahren gar nicht mehr eingesetzt ist. Eine Universal-KI von der Konkurrenz hat die Kontrolle übernommen.«

»Wegen der … Kompatibilität?«

»Nein, um die Programmierer-Stellen abbauen zu können. So eine KI kostet weder Gehalt noch Rentenversicherung oder Arbeitsplatzsicherungssteuer, bloß ein bisschen Strom.« Jankadar sieht traurig aus. Spontan scheinen sich dunkle Flecken unter seinen Augen gebildet zu haben. »Es war eine sehr elegant programmierte Software.«

»Hat sie denn auch funktioniert?«

Jankadars Kopf schwankt hin und her. »Meistens. Und sie genügte auch den schärfsten Anforderungen der ITC.«

»ITC?«

»Initiative gegen Trashcode. Computerfreaks lieben Abkürzungen. Sie sind ihre Geheimsprache. Haben Sie auch eine?«

»Schlimmer. Ich muss ständig welche entziffern.«

»Tut mir leid.«

»Macht nichts, ist ja mein Job.«

»Vielleicht sollte ich doch mal Ihre Sendung einschalten.«

»Sie wurde abgesetzt.«

»Warum?«

»Das Übliche.« Walpar zuckt mit den Schultern. »Neuer Eigentümer, Umstrukturierung, Reorganisation, Programmgewichtungsumgestaltung …«

»Klingt nach unmenschlichen Bedingungen.«

»Auf meinem Sendeplatz läuft jetzt eine Pizzabäcker-Soap.«

»Ich muss zugeben«, meint Jankadar, »dass die vermutlich mehr Merchandising-Optionen bietet.«

»Und Slapstick. Mit Tomaten-Schlachten und Käse-Missgeschicken. Wo ist hier eigentlich die Toilette?«

»Da drüben«, zeigt Jankadar. »Aber Sie dürfen Ihre Akte nicht mitnehmen.«

»Ich weiß«, presst Walpar hervor. »Ich weiß.«

Nach mehreren Stunden Lektüre der Akten findet Walpar endlich heraus, warum er hier ist. Der Anwaltskonzern WeWin© hat ihn im Auftrag eines ungenannten Mandanten wegen Diebstahl urheberrechtlich geschützten Eigentums verklagt, und bei diesem Eigentum handelt es sich um nichts anderes als um den Dreck unter dem Fingernagel Gottes.

8 PharmaCode-Entgiftungsanstalt, Mars

Einlullendes KI-Gedudel, reinigende Infusionen, nostalgische Jump-and-Run-Spiele. Kerbil vergeht nach ein paar Stunden die Lust, entgiftet zu werden. Weil die Tür seiner Kammer verschlossen ist (sicher ein Versehen, das sich in Kürze aufklären wird), scrollt sich der Junge durch die Optionen des Zellencomputers. In der dritten Menüebene haben die Entwickler Testcode versteckt. Er ermöglicht Kerbil den Zugriff auf das Entlassungsformular.

»So einfach kann das nicht sein«, summt Kerbil vor sich hin und schließt das Formular. »Das muss eine Falle sein.« Nachdenklich liest Kerbil die Werbeaufschrift, die über die Stirnseite seiner Kammer flitzt. Möglicherweise ergeben die Anfangsbuchstaben eine Botschaft. Während Kerbil versucht, die zu entziffern, ohne die Vorzüge der beworbenen Produkte wahrzunehmen, merkt er, dass er zittert. Außerdem hat er furchtbare Kopfschmerzen. Dabei hat dieser blecherne Barkeeper ihm nicht einmal einen Drink eingeschenkt. Vermutlich hat er das Abendessen nicht vertragen.

Fröstelnd umklammert Kerbil seine Beine. Mit Schuhen ist das unbequem, also zieht er sie aus. Der Zellencomputer bietet in seinem ikonifizierten Menü einen Becher warmes Wasser, und Kerbil tippt mit dem Finger darauf. Eine Klappe in der elfenbeinfarbenen Plastikwand fährt herunter und ein Becher mit blauen Schmetterlingen wird herausgefahren. Vorsichtig, um nichts zu verschütten, greift Kerbil nach dem Getränk.

Viel zu spät kapiert Philip Marlowes Assistent, dass ihn jemand loswerden will. Das Wasser ist vergiftet! Jedenfalls schmerzt sein Magen, und die weiße Kammer fängt an zu schwanken. Auf den Bildschirmen lösen Grinsefratzen die simplen Animatics ab. Das knarrende Bett schwebt schwerelos hoch über dem Olympus Mons, tief unten sieht Kerbil den Kegel des größten Vulkans des Sonnensystems. Er ragt über 600 km empor, folglich muss Kerbil sich in einer noch größeren Höhe befinden. Terraforming hin oder her – hier ist kein Sauerstoff, und Kerbil hält die Luft an. Weit unten erahnt er die Lichter von Olympus City. Der Fußboden der Kammer ist verschwunden. Kerbil bedauert, dass er seine Schuhe nie wiedersehen wird, die dort standen. Er schwebt ungern auf Socken durchs Weltall, denn das scheint keine geeignete Kleidung im Vakuum des Kosmos zu sein.

Es dauert eine Weile, bis Kerbil wieder atmet. Der Trick ist, die Augen zu schließen. Dann befindet er sich nicht mehr im Weltraum, sondern im Magen eines Tyrannosaurus auf einer Achterbahn. Dummerweise verträgt der Dinosaurier das Geschaukel nicht besonders, daher muss er sich übergeben.

Er kotzt Kerbil aus, der sich über der Toilettenschüssel in der Ecke der Kammer wiederfindet und endlich die Reste seiner Psychips loswird.

Nach einer Weile findet Kerbil heraus, dass er aus einem Schlitz am Fußende seiner Liege eine Papierdecke mit aufgedruckten Sternschnuppen ziehen kann. Die hält ihn warm, und nachdem er sie in dieser Nacht mehrmals vollgekotzt hat, zerknüllt er sie einfach und spült sie die Toilette runter.

Am Morgen scheint das Wasser aus der Wandklappe nicht mehr vergiftet zu sein. Kerbil ist jetzt euphorisch, zumal seine Schuhe doch nicht im Kosmos verschollen sind. Eine Stunde lang versucht er noch, die Botschaft zu ermitteln, die in den Werbelaufschriften verborgen ist. Aber anscheinend geht es doch nicht um mehr als den unschlagbaren Geschmack gewisser Zwiebelriegel, die konkurrenzlos smarte KI der neuen Spiderman-Actionfigur und das digital gesteuerte Belüftungssystem der aktuellen Turnschuh-Kollektion.

Kerbil findet, dass die Entgiftung erfolgreich war. Es wird Zeit, dass er Mr. Marlowe zur Seite steht, um den größten Fall seines Lebens zu lösen. Er schlüpft in seine Schuhe, streicht seine Haare aus der Stirn und ruft das leidlich versteckte Test-Untermenü des Zellensystems auf.

Gut, dass er lesen kann. Im Gegensatz zu den anderen Menü-Optionen bestehen diese hier nicht aus Bildchen, sondern aus Buchstaben und Wörtern. Konzentriert tippt Kerbil auf die nötigen Tasten, die ihm der berührungsempfindliche Bildschirm anzeigt. Er füllt das Entlassungsformular aus, allerdings muss er gestehen, dass einige Einträge nicht ganz der Wahrheit entsprechen. Kerbil hat den Verdacht, dass er keinen Erfolg hat, wenn er ins Feld »Einlieferung« »gestern Abend« einträgt. Daher schreibt er »vorletzte Woche Dienstag« hin. Unter »Behandlungserfolg« trägt er nach kurzer Überlegung »beträchtlich« ein. Er begutachtet sein Werk wie das abstrakte Gemälde, das ihm vor einigen Wochen sein Metakunstlehrer als Hausaufgabe aufgetragen hat. Dann entfernt er die Buchstaben »beträch« und ersetzt sie durch »außerorden«.

Jetzt ist Kerbil zufrieden. Er drückt den Absenden-Knopf und beantwortet die obligatorische Frage »Sind Sie sicher?« mit »Unbedingt«. Er glaubt nicht, dass die Verwaltungssoftware, die den ganzen Laden hier steuert, auf die Idee kommt, dass Kerbils Entlassung nur ein Testformular ist. Der Junge kennt die Gedankengänge von Programmierern. Hacken ist an der Schule sein Lieblingsfach. Er ist einer der wenigen Schüler, die kapiert haben, dass das Hineindenken in die Entwickler der Schlüssel zu allen abgesicherten Systemen ist. Kerbil hat ständig Bestnoten kassiert und seine Eltern kräftig zur Kasse gebeten. Für jede Eins in einer Klassenarbeit oder im Zeugnis haben sie ihm einen Haufen Geld versprochen. Die Quittung lautete, dass für Kerbil leider kein Ticket nach Europa im Budget war. Tja, hätte er mal nicht so viele gute Noten nach Hause gebracht, dann könnte er jetzt den Ureinwohnern von Europa vom Kreuzfahrtschiff aus beim Aussterben zusehen.

Kerbil grinst in sich hinein, denn hier auf dem Mars kann er das natürlich auch. Er muss nur den betreffenden Fernsehkanal einschalten. Allerdings ist der höchst langweilig und eignet sich bestenfalls zum Einschlafen, wenn man keine Schlummerschnell-Pillen zur Hand hat. Wenn die Ethik-Kommission der Erde den Kanal nicht bezuschussen würde, hätte er längst Pleite gemacht, denn wer schaltet schon Werbespots zwischen Berichten über aussterbende, tumbe Meeressäuger, die bloß ihre heißen Tiefseequellen verlassen, um zu schauen, ob ihre geliebte Eisdecke immer noch verschwunden ist?

Auf dem Bildschirm erscheint ein Clowngesicht. Kerbil runzelt die Stirn. Er sieht auf den ersten Blick, dass das Gesicht ein Avatar ist. Computergeneriert, mitsamt Pickeln und Hautunreinheiten, aber auf dem technischen Stand von kurz nach der Marsbesiedlung.

»Hey, du wurdest erfolgreich entgiftet, ist das nicht Klasse?«, fragt der Clown und hüpft auf und ab.

»Oh ja«, nickt Kerbil übertrieben heftig. Er hört sofort damit auf, als er merkt, dass sein Kopfweh noch nicht ganz abgeklungen ist.

»Hey, bitte achte darauf, dass du kein Spielzeug, keine Kleidung und keine Pillen in dieser Kammer vergisst. Fetten Dank im Namen deiner Nachbewohner!«

Kerbil sieht pflichtschuldig in alle Richtungen, aber er ist ohne Gepäck gekommen und wird nichts zurücklassen. Abgesehen von der pulsierend leuchtenden Masse in der Toilette, die aus seinem Magen stammt.

Natürlich ahnt Kerbil, dass er nur die sterblichen Hüllen der Psychips hervorgewürgt hat. Ihre Seelen sind nach wie vor mit seiner eigenen verschmolzen. Allerdings schadet das nicht, ganz im Gegenteil. Seine Sinne sind geschärft, seine Ziele klar – dank der Chips noch deutlicher als sonst. Er ist der Assistent von Philip Marlowe, und er wird ihm bei der Lösung seines größten Falls zur Seite stehen.

Als die mit Vögeln und Blumen verzierte Tür der Kammer aufklappt, klettert Kerbil erfrischt hinaus. Er marschiert den Gang hinunter, ignoriert das Klopfen an einigen der anderen Türen, grüßt freundlich den Blechkameraden am Tresen, indem er den Hut zieht. Das sieht irgendwie seltsam aus, weil er ja gar keinen Hut hat, aber der Concièrge winkt arglos zurück.

Dann steht Kerbil draußen auf dem Boulevard, atmet die sandige Marsluft des neuen Tages und wirft einen Blick gen Himmel. Irgendwo da oben, hinter den braunen Wolken, versteckt sich die gute alte Erde. Kerbil hat das

Gefühl, dass ihn dort schwarzweiße Gassen erwarten, tiefe Schatten unter alten Bäumen und prasselnder Regen auf dunstigen Autoscheiben. Er ist sicher, dass seine Ermittlungen ihn dorthin führen werden.

Als Kerbil nach einigen Schritten an einem Gratisautomaten vorbeikommt, studiert er aufmerksam das Angebot. Erfreut stellt er fest, dass das richtige dabei ist. Er schirmt mit seinem Körper den Schirm vor neugierigen Blicken ab. Dann nimmt er die nötigen Eingaben vor. Minuten später summt und knirscht der Automat, als wäre ihm zuviel Marsstaub in die Innereien geraten. Trotzdem spuckt er ein Päckchen mit Visitenkarten aus. Auf der Vorderseite steht: »Kerbil Routwegen, Assistent von Philip Marlowe, Privatdetektiv.« Und auf der Rückseite: »Präsentiert von Dracula Zero, dem Szenegetränk echter Vampire.«

Kerbil begibt sich zu Walpars Wohnung und findet sie leer vor. Der Junge nickt wissend. Philip Marlowe ist natürlich unterwegs und stellt Nachforschungen an. Es wird höchste Zeit, dass Kerbil ihn dabei unterstützt. Leider ist die Chipstüte auf dem Sofa leer, also landet »Psychips kaufen« auf Platz eins von Kerbils mentaler Aufgabenliste. Als Nächstes wird er mit Araballa chatten, dazu setzt er sich vor Walpars Universal-Terminal. Mit ihr hat er als Kind im virtuellen Sandkasten Burgen, Schlösser und Raumstationen gebaut, die bei Invasionen tentakelbewehrter Aliens immer stark in Mitleidenschaft gezogen wurden, aber schließlich durch einen überraschenden Auftritt eines zufällig vorbeikommenden Leinwandhelden im letzten Moment gerettet wurden.

Araballa ist es gewesen, die Kerbil zum elften Geburtstag sein erstes Aktienpaket geschenkt hat, aber ein Jahr später bei ihrer ersten realen Begegnung meinte, sein Avatar sähe ihm viel zu ähnlich. Ihr eigener virtueller Körper besitzt riesige Mangaaugen und einen runden Bauch, der es mit der Wirklichkeit nicht aufnehmen kann. Als Kerbil feststellt, dass Araballa online ist, öffnet er einen Chatraum. Aus der Liste verwendbarer Räume wählt er den Sandkasten, vertauscht allerdings das Sonnenlicht vom Typ »Warmer Sommertag« gegen »Altersschwacher Scheinwerfer in nächtlichen Kunstnebelschwaden«. Er lädt Araballa mit einem gezielten Wischer seiner Hand in den Raum ein. Dann setzt er sich mit seinem Avatar auf die Kante des Sandkastens. Während seine nackten Zehen den Sand umgraben, wartet er.

»Ich habe gerade mit einer Freundin über den neuen Song von DJ Pappe gesprochen«, begrüßt Araballa ihn. »Wie ist deine Meinung dazu?«

»Keine Ahnung«, zuckt Kerbil mit den Schultern. »Ich habe ihn noch nicht gehört, weil ich derzeit Nachforschungen anstelle.«

»Ach wirklich? Laut Geotracking hast du die vergangene Nacht in einer

Entgiftungsanstalt verbracht.« Araballas Avatar klimpert mit den riesigen Augenlidern. »Was für Nachforschungen stellt man an so einem Ort an?«

»Alle möglichen«, entgegnet Kerbil säuerlich. Araballas Anwesenheit saugt seine Schlagfertigkeit auf. Das darf er nicht zulassen, also reißt er sich gehörig zusammen. »Ich muss dir jetzt ein paar wichtige Fragen stellen, und du beantwortest sie besser wahrheitsgemäß. Sonst muss ich das melden.«

»An wen?«

»An meinen Boss. Philip Marlowe. Der große Detektiv. Ich bin sein Assistent.« Stolz erfüllt Kerbils Stimme wie Araballas Hintern ihre knappe Glitzerjeans.

»Wer ist das?«

Kerbil seufzt und lässt seinen Avatar die Mitleidpose einnehmen. »Du hast in Popkultur einfach nicht aufgepasst.«

»Doch, aber vergiss nicht, dass das nach Geschlechtern getrennt unterrichtet wurde.«

»Und ihr habt Philip Marlowe nicht durchgenommen?«

»Nein, aber Brad Pitt und George Clooney. Ziemlich süße Kerle, kennst du die?«

Kerbil schüttelt den Kopf, und die neunmalkluge Sensorik in Walpars Heimcomputer kriegt das mit und überträgt die Bewegung auf den Avatar. »Vielleicht kannst du mir trotzdem helfen. Hack dich doch schnell in das Tagebuch von deinem Vater. Kann ja sein, dass da was Interessantes drinsteht.«

»Na gut, weil du es bist.« Araballa stellt ihren Avatar auf Automatik, woraufhin der damit beginnt, eine Sandburg zu formen. Komplett mit Türmchen, Wehrgängen und Wassergraben.

Kerbil verkneift es sich, eine Gruppe Actionfiguren herbeizurufen, um die Burg zu bevölkern. Er ist doch kein Kind mehr! Er sollte diesen Chatraum löschen, jawohl, das sollte er. Unzufrieden öffnet er ein Fenster und schaut sich ein paar Nachrichtensendungen über den Finger an. Er sieht, wie ein Trupp Forscher, die ein chinesischer Konzern verpflichtet hat, gewaltlos am Betreten des Fingers gehindert werden. Die dortige Pilgermiliz lehnt jede wissenschaftliche Untersuchung des göttlichen Phänomens ab und hat auch schon einen Reisebus zur Umkehr gezwungen, weil einer der Touristen wie ein Physiker aus einer Uni-Soap aussah.

Trotz intensiver Suche haben weder Astronomen noch Abenteurer oder Kleinkriminelle weitere Körperteile in der Erdumlaufbahn entdeckt. Auf der Erde ist man inzwischen dazu übergegangen, ein Gebet gen Himmel zu schicken, immer wenn der Finger nachts gut sichtbar seinen Weg von Ost nach West nimmt.

Araballa hört auf, im Sand zu spielen. »Viel habe ich nicht gefunden. Papa hat zu viel zu tun im Sektenaufklärungszentrum. Ständig rufen ihn Leute an, die fragen, welche Fingersekte die günstigste ist, wenn man Pflichtspenden und Seelenheil abwägt.«

»Das steht in seinem Tagebuch?«

»Nein, er hat gestern Mama davon erzählt. Beim Abendessen.«

»Ihr esst gemeinsam zu Abend?«

»Ja, und zur Belohnung, dass ich geduldig dabei sitzen bleibe, kriege ich mehr Taschengeld. Leistungsorientierte Bezahlung, weißt du?«

»Was steht denn nun in seinem Tagebuch?«

Araballa streicht sich ihre rosa Haarsträhne in die Augen. »Hüter des Brotbaumes halbiert Preis für heilige Blätter. Elben von Bruchwald verbieten gerichtlich Verbreitung ihres Nacktkalenders. Ankunftssekte hat Postwurfsendungen nach dreizehn Jahren offenbar eingestellt. Alles Einträge von letzter Woche.«

»Augenblick«, unterbricht Kerbil und befielt dem System mit einer fahrigen Handbewegung, Araballas letzten Satz als Text einzublenden. »Die Ankunftssekte?«

»Keine Ahnung, vielleicht hat mein Papa sich verschrieben.«

»Warum sollten die ausgerechnet jetzt ihre Postwurfsendungen einstellen?«

»Weil ihre Druckmaschine den Geist aufgegeben hat?«

»Nein«, versetzt Kerbil, »weil sie wussten, dass der Finger auftaucht.«

»So ein Quatsch«, meint Araballa, »das könnten auch die Brotbaumleute mit dem gleichen Argument ...«

»Schwatzi«, unterbricht Kerbil, »wer ist hier der Detektiv, du oder ich?«

»Keiner«, stellt Araballa fest, »du bist nur der Assistent von einem.«

»Das macht doch überhaupt keinen Unterschied«, wischt Kerbil den Einwand beiseite. Gleichzeitig öffnet er damit das Beenden-Menü. »Ich muss los. Du weißt schon. Nachforschungen anstellen. Ich lade dich zu einem Drink ein, wenn ich den Fall gelöst habe.«

»Tu dir einen Gefallen«, verabschiedet sich Araballa, »geh nicht zu vielen Leuten auf die Nerven, ja?«

Kerbil beobachtet, wie der Sandkasten zusammengefaltet wird und in der Ecke des Bildschirms verschwindet. Mit einem Wink schaltet er die Wandprojektion ab. Marlowe wird zufrieden sein, wenn er von seinen Fortschritten erfährt. Sein nächstes Ziel ist klar: Er muss ermitteln, wo sich das Hauptquartier dieser Ankunftssekte befindet. Dann muss er sich dort einschleichen und Gespräche belauschen. Notfalls muss er einem Vertreter der

Sekte die Fresse polieren, um an Informationen zu kommen. Sicher gibt es ein paar Ministranten, die ihm körperlich unterlegen sind.

Vorher aber geht Kerbil schnell noch aufs Klo. Dann nimmt er eine Pille gegen den Hunger sowie eine gegen Antriebslosigkeit. Als er gerade zur Wohnungstür gehen will, klappt die auf.

»Oh, hallo«, sagt Henriette. »Wir haben uns bestimmt in der Tür geirrt, Mama.«

»Mister Marlowe ist nicht da«, sagt Kerbil automatisch, als er Henriettes Mutter erkennt. Die schaut irritiert auf das Türschild. »Marlowe? Ach.« Sie fuchtelt mit ihrer Panda-Handtasche. »Du willst mich wohl veralbern, was? Hab ich sofort gemerkt. Mit mir nicht, junger Mann. Und halt dich von der Virenschleuder fern, Henriette. Er hat die Pest und kann außerdem lesen. Ich weiß nicht, was schlimmer ist.«

»Ich habe keine Pest«, protestiert Kerbil.

Henriette hüpft ins Wohnzimmer. »Darf ich den Fernseher anschalten, Mama?«

»Von mir aus. Hauptsache, du spielst nicht mit diesem …« Sie wedelt mit der Hand.

»Kerbil. Kerbil Routwegen. Assistent von Philip Marlowe.«

»… Kasper. Du wolltest gerade gehen, oder?«

Kerbil nickt. »Und was wollen Sie hier?«

»Das geht dich überhaupt nichts an. Ist schließlich nicht *deine* Wohnung, oder? Nein, ist sie nicht. Siehst du. Auf Wiedersehen.« Henriettes Mutter beobachtet, wie ihre Tochter es sich auf dem Sofa bequem macht. Die Schuhe hat sie ausgezogen, jetzt klaubt sie Reste von Knabberkram aus den Ritzen. »Oh nein«, haucht ihre Mutter. Sie fährt herum und hält Kerbil an der Schulter fest, obwohl der Junge keine Anstalten macht, die Wohnung zu verlassen. »Warte. Gibt es hier in der Nähe einen Spielplatz?«

»Eine Schrotthandlung«, zuckt Kerbil mit den Schultern. »Aber da ist's gefährlich.« Er sagt das, weil er keine Lust hat, mit Henriette spielen zu gehen. Er hat Wichtigeres zu tun. Nachforschungen.

Henriettes Mutter hält sich die Hand vor die Augen. »Oh nein was mach ich nur was mach ich nur«, flüstert sie immer wieder.

»Du, Kerbil?«, fragt Henriette kauend. »Was hältst du eigentlich von dem großen Finger?«

»Körperteile. Sind. Kein. Thema!«, keift ihre Mutter. »Was isst du da! Komm her, nimm sofort eine Breitspektrum-Entgiftungspille.« Sie wendet sich Kerbil zu. »Eine tolle Erfindung, willst du auch eine? Hilft bestimmt auch gegen deine Pest.«

»Sie wollen Marlowe umlegen«, presst Kerbil düster hervor.

»Umlegen? Ich? Wo denkst du hin? Ich kenne gar keinen Mahloff! Haha!«
»Marlowe. Philip Marlowe. Der berühmte Detektiv.«
Henriette kommt angehüpft und sperrt den Mund auf, um ihre Pille zu schlucken.
»Langsam begreife ich«, überlegt ihre Mutter und sieht Kerbil tief in die Augen. »Entrückter Blick Typ 3a, irreguläres Pupillenpulsieren.« Sie nickt wissend. »Du stehst unter dem Einfluss einer psychogenen Substanz. Deshalb hältst du deinen Onkel für Philip Marlowe.«
Derweil läuft Henriettes Wartezeit ab. Sie klappt den Mund zu, zwinkert und schleicht wieder zum Sofa. Eine unbekannte Kraft will Kerbil befehlen, ihr zu folgen. Aber er hat Wichtigeres zu erledigen. Er muss Marlowe das Leben retten. Das ist er ihm schuldig. Schließlich hat er ihm Unmengen Psychips gekauft.
»Mylady.« Kerbil stellt sich auf die Zehen und stemmt die Arme in die Hüften. »Sie können mich foltern oder töten, von mir werden Sie nicht erfahren, wo Mister Marlowe sich versteckt hält.«
»Aha«, macht Henriettes Mutter und piekt Kerbil den Zeigefinger in die Brust, »langsam zeigen sich Phobos und Deimos*. Er hat geahnt, dass ich mit ihm noch nicht fertig bin, und hält sich versteckt.«
»Äh«, quäkt Kerbil, »genau. Ja. Genau.« Er liebt es, Erwachsene zu leimen. Mit gespielter Traurigkeit, die jeden Regisseur in den Vorruhestand treiben würde, säuselt er: »Gehen Sie jetzt, um Mister Marlowe umzubringen?«
»Wie kommst du bloß auf so was? Du liest zuviel. Das ist es. Sieh mehr fern, hörst du?« Ihr Blick fällt auf ihre Tochter, die vom Sofa aus gebannt beobachtet, wie ein geflügelter Fantasie-Held quallenartige Monster abschlachtet. »Hör zu, ich mache dir einen Vorschlag.« Sie holt tief Luft. »Wenn du mir verrätst, wo dein Onkel …«
»Chef.«
»… dein Chef sich versteckt hält, und wenn du mir versprichst, Henriette nicht zu berühren, nicht einmal mit dem kleinen Finger …«
»Dann?«
Die Frau holt tief Luft. »… dann dürft ihr zwei hier einen netten Fernsehnachmittag verbringen. Und ich kümmere mich um den Rest. Das ist mein Job, weißt du? Du willst doch nicht, dass ich den verliere, oder?«
Kerbil schüttelt pflichtbewusst den Kopf.
»Also, wo ist er?« Die Frage kommt scharf wie ein Messer.

---

* Redensart auf dem Mars. Phobos und Deimos sind normalerweise sehr klein, lichtschwach oder unsichtbar, vor allem in den lichtverschmutzten Marsstädten.

Mit gesenktem Kopf schnieft Kerbil einmal, dann noch einmal, schluchzt ein wenig. Dann flüstert er: »Io. Er steckt in einem Casinohotel auf Io. Spielsucht, wissen Sie? Üble Sache. Und bei Detektiven leider ziemlich verbreitet.«

»Halb so wild«, tröstet Henriettes Mutter und tätschelt Kerbil die Haare. Dann wischt sie ihre Hand an der Seite des Sofas ab. »Habt viel Spaß, ihr zwei, und bestellt euch leckere Pizza. Ich bin bald wieder da.« Sie kramt das geblümte Pillendöschen hervor und knallt es auf den Tisch. »Henriette. Denk an deine Pillen, ja? Und fass. Hier. Nichts. An. Vor allem den Jungen nicht.«

»Tschüssi, Mami!«

Und raus ist sie.

Kerbil weiß nicht so genau, ob sie irgendwo zwischen Tür und Treppe ein bisschen nachdenkt, zurückkommt, ihm den Hintern versohlt oder ihn das Klo runterspült. Er setzt sich neben Henriette und hat keine Ahnung, was er jetzt machen soll. Also zählt er langsam bis zehn. Dann weiter bis fünfzig. Als Henriettes Mutter auch bei hundert noch nicht wieder aufgetaucht ist, fasst er Mut und bietet Henriette ein Glas Quatlingsaft an.

»Seit Mama ihre neue Stelle hat, versucht sie dauernd, mich irgendwo abzuladen«, sagt Henriette und trinkt von dem Saft.

»Das ist sicher doof«, meint Kerbil.

»Allerdings«, nickt Henriette. »Aber heute nicht.« Sie grinst, dann hält sie Kerbil das leere Glas hin. »Herr Detektivassistent, würden Sie einer hübschen Frau nachschenken?«

»Umgehend.« Kerbil füllt das Glas. »Als ihr gekommen seid, wollte ich gerade gehen.«

»Wohin?«

»Auf die Erde.«

Henriette ist Feuer und Flamme. »Auf die Erde! Da will ich auch mal wieder hin. Weißt du, Mama sagt immer, da wohnen nur degenerierte Schmarotzer, aber eigentlich meint sie damit bloß Papa.«

Kerbil erinnert sich daran, dass in Filmen wie »Tote schlafen fest« immer eine Frau vorkommt, die den Detektiv in Schwierigkeiten bringt. Diese Frauen haben eines gemeinsam: Sie sind alle blond.

Nachdenklich betrachtet Kerbil Henriettes goldblonde Mangafrisur und fragt sich, wie das Mädchen in Schwarzweiß aussehen würde. Er nimmt sich vor, bei Gelegenheit ein Foto von ihr zu machen und die Farben daraus zu entfernen.

»Wenn wir gleich aufbrechen, sind wir wieder zurück, bevor deine Mutter ... ihren Job erledigt hat.«

Henriette fängt an, sich die Schuhe anzuziehen. »Du hast dir das mit Io bloß ausgedacht, oder?«

Mit den Händen in den Hosentaschen steht Kerbil auf. »Och, ich glaube, er war mal da. Im Moment aber vermutlich nicht.«

»Du hast keine Ahnung, wo er ist, oder?«

»Nein, Miss.«

»Gut, dass sie dich nicht gefoltert hat.«

»Find … find ich auch.«

»Hätte sich ja gar nicht gelohnt. Gehen wir?«

Kerbil zeigt auf das geblümte Pillendöschen. »Nimmst du die nicht mit?«

»Hätt' ich fast vergessen«, sagt Henriette und strahlt.

Das wird bestimmt lustig, denkt Kerbil, als sie Walpars Wohnung verlassen.

9 Kerker der Anwaltskanzlei WeWin©, Mars

»Wir sind aaaalle verdammt!«

Der Großraumkerker der Anwaltskanzlei WeWin© ist Tag und Nacht gleich hell beleuchtet; aus Sicherheitsgründen, behauptet die Kurzfassung der Haftungsausschlusserklärung, die seitlich an dem schweren Regal hängt, an dem Walpar Tonnraffir lehnt.

Der Mann mit dem Bauch schläft in seinem schweren Ledersessel. Nur gelegentlich schreckt er auf und ruft seinen Lieblingsfluch.

»Sind Sie nicht müde?« Jankadar hat sich angeschlichen und steht direkt neben Walpar.

»Ich denke nach.«

»Oh, das kann man auch im Schlaf.«

Walpar tippt sich an die Stirn. »Ich kann es manchmal nicht einmal tagsüber.«

»Wie ineffizient. Sie sollten es mit Nichtschlaftraining versuchen.«

»Ich frage mich, wie ich hier rauskomme.«

Jankadar winkt ab. »Keine Hektik. Es ist doch gemütlich hier!«

»Dummerweise sind die Vorwürfe wohl berechtigt«, brummt Walpar unwillig. »Aus den Akten geht aber nicht hervor, wie ich mich freikaufen kann.«

»Sie denken an einen Vergleich? Doch nicht etwa?« Jankadar wirkt ehrlich erschüttert, dann ballt er eine Faust. »Man muss diesen Sumpf bekämpfen, sich nicht einschüchtern lassen von Ledersesseln, tausendseitigen Paragraphen und monatelanger Beugehaft. Sonst versinken auch noch unsere Kinder in diesem Morast! Nein, wir dürfen uns nicht verkaufen, wir müssen unsere Häscher mit Gegenklagen, Berufungen und verklausulierten Widerrufen überziehen, bis sie in ihrem eigenen Schlamassel ersticken!«

Walpar schnippt mit den Fingern. »Ich weiß!«

»Wirklich?«

»Ja. Ich weiß, warum Sie seit Jahren hier drinsitzen. Aber verlassen Sie sich drauf: Ich leiste Ihnen nicht besonders lange Gesellschaft. Ich habe Besseres zu tun.«

»Hören Sie zu, Herr Tonnraffir, ich mache Ihnen einen Vorschlag. Ich helfe Ihnen bei der Formulierung einer negativen Feststellungsklageschrift. Es wird Ihnen gefallen, wie die Anwälte dann anfangen herumzuwuseln wie elektrische Kaninchen mit abgestürzter KI. Es wird Ihnen gefallen, wirklich! Was wird Ihnen denn genau vorgeworfen?«

Walpar befühlt sein beschädigtes Ohr und zögert.

»Selbstverstümmelung?«, fragt Jankadar ehrlich erschüttert.

»Äh, nee«, macht Walpar. »Ich habe Schmutz unter dem Fingernagel Gottes entwendet.«

Jankadar sieht ihn an wie eine abgestürzte KI und entgegnet: »Wie niedlich.«

»Wenn ich doch nur telefonieren könnte«, entfährt es Walpar.

»Warum können Sie nicht telefonieren?«

»Jemand hat sich an meinem Pinguin zu schaffen gemacht.« Walpar zeigt Jankadar das bewusste Gerät. »Es behauptet, einem Philip Marlowe zu gehören, und will nur ihm gehorchen.«

»Soll ich dir den Pinguin umprogrammieren?«

Über die plötzliche Vertrautheit ist Walpar etwas erstaunt. Er wendet den Kopf und sieht in unendlich tiefe Augen – sie versprechen Geborgenheit, Wärme und verklausulierte Widerrufe.

»Kannst du das denn?«, fragt Walpar. Er hat nicht vor, etwas mit einem eingekerkerten Programmierer anzufangen, aber seine Hilfe möchte er gerne in Anspruch nehmen. »Und jetzt sag nicht: Ich habe viele Qualitäten.«

»Habe ich auch nicht«, winkt Jankadar ab. »Deshalb ziehe ich es vor, in diesem Kerker an Ledereinbänden zu schnüffeln, statt draußen mit anderen Leuten zu verkehren.«

»Du könntest dich in einer hübschen Wohnung einschließen und ausschließlich virtuell ... äh, verkehren.«

»Guter Vorschlag«, nickt Jankadar. »Ich werde es mal probieren, wenn die anstehenden 25 Verhandlungen vorüber sind.«

Walpar hält dem Inder seinen Pinguin hin. »Bringst du ihn in Ordnung? Ich fürchte allerdings, ich kann dir keine Gegenleistung anbieten.«

»Gib schon her. Hab schon kapiert, dass du nicht auf Männer stehst.«

Walpar schluckt trocken, als er seinen Pinguin übergibt. Er muss an Tilko denken, der ihm einmal etwas Ähnliches vor den Latz geknallt hat. Da Walpar aber ziemlich sicher ist, auch nicht auf Frauen zu stehen, fragt er sich, was da noch übrig bleibt. Plötzlich fällt ihm die Kamerafrau ein, die der Gerichtsvollzieher dabeigehabt hat. Nein, denkt er entschieden. Die ist süß, aber sie ist immer noch eine *Frau*.

Jankadar hat den Pinguin auf den Beistelltisch neben einem freien Sessel gelegt und sitzt vornübergebeugt daneben. Walpar geht zu ihm und sieht, wie Jankadars Stirnpiercing eine Tastatur auf den Tisch projiziert. Deren Tasten wechseln ständig die Beschriftung. Gerade haben sie noch verschiedene Symbole gezeigt, jetzt Buchstaben. »Nettes Spielzeug«, meint Walpar.

»Oh ja«, lächelt Jankadar, ohne den Kopf zu bewegen. »Octo Mega III. Ganz neues Modell. Das heißt: Vor ein paar Jahren war es das. Bevor ich hier gelandet bin. Inzwischen gibt es viel kleinere Geräte, die noch leistungsfähiger sind.«

»Wird mein Pinguin wieder der alte?«

»Er wird cooler denn je. Sozusagen Walpars Pinguin 2.0.«

Walpar schwant Fürchterliches. »Bleiben meine Kontaktdaten dabei erhalten?«

Jankadar sieht auf, sodass die Tastatur in Walpars Gesicht projiziert wird. »Seh ich aus wie ein Amateur?«

»Dann wärst du wohl kaum hier.«

Der Inder schaut wieder auf den Tisch. »Die Funkschnittstelle in meinem Octo Mega hat sich mit deinem Handy verbunden.«

»Das war ja leicht«, findet Walpar. »Gab es da keine Sicherheitsmechanismen?«

»Pah. Man braucht nur einen Backdoor-Wurm zu injizieren, der sich als kostenloses Update für ein installiertes Jump-and-Run-Spiel tarnt. So. Die Namensabfrage ist raus.«

»Danke«, seufzt Walpar erleichtert und streckt die Hand nach dem Pinguin aus.

»Warte«, hält Jankadar ihn auf. »Ich installiere noch schnell die aktuelle Version meiner Service-KI.«

»Ich brauche keine Künstliche Intelligenz auf dem Pinguin. Ich kann selber denken.«

»Ja, aber die KI kann's deutlich besser. Es handelt sich um Open-Source-Code, den ich an einigen Stellen deutlich gestrafft und optimiert habe. Sonst würde das Programm nicht in den ärmlich kleinen Speicher deines Gerätes passen. Es stört dich doch nicht, dass ich Everworld gelöscht habe? Das Spiel ist völlig veraltet und dein Avatar sowieso nur Level 16.«

»Ich hatte einfach nie die Zeit, ihn weiterzuentwickeln …«, entschuldigt sich Walpar. Seine Hände werden feucht, er hat Angst, seinen Pinguin nicht mehr wiederzuerkennen.

»Außerdem ist Tilko der Fürchterliche ein unerträglicher Name für einen Kampfzwerg.«

»Wenn du meinst.« Walpar ist ein bisschen zerknirscht. Er fand den Namen immer sehr fantasievoll, und der Avatar sah Tilko ein bisschen ähnlich.

»Fertig!« Die Lichttastatur erlischt, und Jankadar überreicht Walpar mit übertriebener Gestik seinen Pinguin.

»Ich würde jetzt gerne telefonieren«, sagt Walpar. Seine Hände fühlen sich kühl und klamm an, der Pinguin schön warm. Die Prozedur hat seinen Prozessor ganz schön auf Trab gebracht.

»Nera anrufen«, befiehlt der Detektiv. Jankadar wandert zufrieden vor seinem Lieblingsregal auf und ab. Der Pinguinschnabel tutet Walpar das Rufzeichen ins Ohr, dann erklingt Neras Stimme.

»Walpar! Treulose Tulpe! Und, hast du Tilko gefunden? Nein? Hör zu, ich ...«

»Äh nein«, sagt Walpar zerknirscht, »ich bin noch nicht dazu gekommen ...« Aber Nera lässt ihn nicht ausreden. »... ich werde mich selbst um die Sache kümmern und ...«

»Jetzt warte doch mal ...«

»Walpar«, meldet sich eine dritte, unbekannte Stimme in der Leitung. »Ich möchte dich gerne auf etwas hinweisen.«

»... und wenn ich ihn gefunden habe, werde ich ...«

»Was? Hallo? Wer ist da?«

»Hier spricht dein Pinguin.«

»Aber ...«

»... werde ich ihm erzählen, dass du ...«

»Ich möchte dich darauf hinweisen«, sagt die Pinguin-KI, »dass du mit einem personenspezifischen Anrufbeantworter ohne Dialogoption redest.«

»... dass du nichts Besseres zu tun hast, als einer Leiche mit neun Fingern nachzurennen ...«

»Was?«, macht Walpar und hält sich ratlos den Pinguin vors Gesicht.

»Gespräch beendet«, verkündet das Handy. »Die Gegenstelle war eine Software, die uns erkannt hat und einen vorher gespeicherten Text abgespielt hat.«

»Mit anderen Worten«, murmelt Walpar, »Nera ist gerade nicht dazu willens oder in der Lage, mich hier rauszuholen.«

»Das tut mir jetzt echt total leid«, sagt der Pinguin.

»Moment«, sagt Walpar. »Hast du gerade *uns* gesagt?«

»Wir sind alle *verda-haammt!*«

Es ist fast acht Uhr morgens, und Nera stochert müde in ihrem Nobelmüsli herum, das laut Leuchtschrift am Spender echte Sandbeeren von Ganymed enthält. Sie ist spät dran, sollte eigentlich schon in der Agentur auf Lang X warten. Aber die Begeisterung ist im Laufe der Nacht Ernüchterung gewichen. Das Bett war nicht so luxuriös, wie der Preis für eine Nacht versprochen hat. Die Minibar stellte die wiederholten Lobpreisungen ihres Inhalts erst ein, als Nera den Stecker zog. Der Seifenspender im Bad wies darauf hin, dass nur einmalige Benutzung im Preis inbegriffen sei, und war diesbezüglich zu keinerlei Zugeständnissen bereit.

Der Entschluss, Lang X ein wenig warten zu lassen, fällt Nera leicht. Sie schiebt die Müslischüssel zur Seite und greift nach ihrer Handtasche. Wühlt etwas herum, findet schließlich ein Röhrchen mit Pillen. Sie lässt drei Stück ins Müsli fallen. Will die Tasche weglegen, aber im gleichen Moment spielt sie eine ganz bestimmte Erkennungsmelodie. Nera ist kurz davor, die Tasche in den Müllschlucker zu werfen und das Müsli gleich hinterher. Nicht jetzt auch noch Walpar.

Neras Tasche der Marke *Praktikus* enthält einen einfachen, programmierbaren TV-Empfänger. Vor langer Zeit hat Nera ihm beigebracht, sich jedes Mal automatisch anzuschalten, wenn Walpar im TV erscheint. Eine Zeit lang wollte sie keine Folge seiner Detektiv-Soap versäumen. Die Serie ist abgesetzt, daher hat sich die Tasche schon lange nicht mehr gemeldet. Ausgerechnet jetzt scheint der Sender anzufangen, alte Folgen der Serie zu wiederholen. Nera hat im Augenblick weder Lust, alte Walpar-Abenteuer zu sehen, noch Lang X zu begegnen. Am liebsten würde sie ihr Leben für eine gewisse Weile abschalten, und zwar bis sie sich wieder dazu in der Lage fühlt, es zu genießen.

Dann aber siegt das Gemenge aus Langeweile und Neugier, das ihr schon mehr als einmal den Tag verdorben hat. Nera legt die Tasche auf den Tisch und beschreibt mit dem Zeigefinger einen Kreis auf der Außenseite. Die entpuppt sich daraufhin als Display und zeigt Walpars Gesicht in Großaufnahme. Sein Lächeln wirkt ein wenig gezwungen. Inzwischen haben die Pillen Neras Müsli an drei Stellen bläulich verfärbt. Ungefähr in dem Moment wird ihr klar, dass es sich nicht um die Detektiv-Soap handelt, sondern um eine Wiederholung auf einem Gerichtsshow-Sender. Die Sendung endet etwas später mit dem Abtransport des Detektivs und mit einem pathetischen Voice-over, das erklärt, dass die Gerechtigkeit mal wieder obsiegt habe und eine Rechtsschutzversicherung von *WeWin*© gar nicht so teuer ist, wie man üblicherweise glaubt.

»Wenn dir langweilig ist, hätte ich einen Vorschlag«, sagt Jankadar.

Walpar schüttelt verdrossen den Kopf und fährt damit fort, in einem der gewaltigen Ledersessel von einer Pobacke auf die andere zu rutschen.

»Wir können mit der KI deines Pinguins über gewisse Aspekte des Neo-Freudianismus philosophieren. Du würdest dich wundern, was für ungewöhnliche Ansichten KIs in dieser Hinsicht vertreten. Ein Mensch käme nie auf so was.«

»Kann ich mir vorstellen«, versetzt Walpar lustlos.

Jankadar schnippt mit den Fingern. »Weißt du, was auch spannend ist?«

»Die Bücher im Regal hinter mir? Zuscheks Schnarchrhythmus?« Walpar zeigt unzufrieden nach hinten. Er vermisst Zuscheks Verdammnis-Zwischenrufe. Im Gegensatz zu seinem Schnarchen kann man die leichter ignorieren.

»Rollenspiele.«

»Rol...« Walpar sieht ein oranges Blinklicht vor seinem geistigen Auge. Hauptsächlich, weil er vor Jahren schon selbst auf diese Tour versucht hat, attraktive Kerle zu verführen.

»Fantasy-Rollenspiele genaugenommen. Es ist geradezu faszinierend, was für Abenteuer sich so eine einfache KI ausdenken kann.«

»Eine KI als Meister?«

»Richtig«, nickt Jankadar begeistert. »Sie kann in beliebig viele Rollen von unterschiedlichen Nichtspielercharakteren schlüpfen, Spielsituationen mit dramatischem Sound unterlegen und verliert nie den Überblick.«

Walpar würde das unter anderen Umständen gerne ausprobieren, allerdings möchte er sich im Moment lieber den Kopf darüber zerbrechen, wie er hier wieder rauskommt.

»Ich würde einen Zauberer spielen«, tönt Jankadar und hebt die Arme, als wolle er ein paar Monster heraufbeschwören. »Einen mächtigen, zwiespältigen Zauberer, dessen Eingeweide zu jucken anfangen, wenn er sich rechtschaffen guten Klerikerinnen in weißen Roben nähert. Er hustet dann magischen Schleim, aus dem nachts fürchterliche Gallertmonster werden. Was würdest du für eine Figur spielen?«

Walpar muss nicht lange überlegen. »Eine Klerikerin mit einer weißen Robe, deren Langschwert scharf genug ist, um Gallertmonster in wabbelige Scheiben zu schneiden.«

Jankadar klatscht in die Hände. »Das wird ein Spaß!«

»Wie man's nimmt. Höhlen müsstest du alleine erforschen, damit meine Robe nicht schmutzig wird.«

»Dann behalte ich auch die vielen Schätze für mich, die ich finden werde.«

»Was ist das für ein Lärm?«

»Das ist Zuschek. Er trampelt manchmal im Schlaf, weil er träumt, vor Anwälten zu fliehen.«

Walpar schüttelt den Kopf. »Das kommt von der Tür.«

Das hat auch Jankadar gerade kapiert. Er dreht sich gerade im richtigen Moment um, als die Tür auffliegt. Herein donnert eine Horde Sportler in blau-weißen Trainingsanzügen, darunter einige, die Anweisungen brüllen. Die Männer verteilen sich im Raum, verschieben die Sessel, Regale, alles Inventar. Schon fliegen Jankadar und Walpar Bälle um die Ohren. Irgendwo purzeln Bücher schwer getroffen zu Boden, rechts hinten grätscht ein Kerl mit neongelbem Leibchen einem Kameraden in die Schienbeine, dass Walpar den Schmerz selbst zu spüren glaubt. Ein muskulöser Spieler mit einer leuchtenden 10 auf dem Rücken legt sich den Ball zurecht, während zwei Helfer eine Mauer aus umgekippten Regalen aufbauen. Der Zehner nimmt zwei Schritte Anlauf, die Helfer springen aus der Schussbahn, der Ball durchschlägt den Regalrücken und trifft Zuschek in den Bauch.

Es dauert eine ganze Weile, bis der aufhört zu japsen und mit bleichem Gesicht vornüberkippt.

10 Weltraumbus, Linie Rot

Kerbil und Henriette hocken nebeneinander im völlig überfüllten Weltraumbus und finden das Animationsprogramm total langweilig. Es scheint hauptsächlich für Erwachsene ausgelegt zu sein. Ein Androide namens Jakki veranstaltet ein Verkaufsquiz, bei dem man gegen eine geringe Teilnahmegebühr Grundstücke auf der Venus gewinnen kann. Leider klappt das Terraforming auf dem zweiten Planeten des Sonnensystems noch nicht besonders. Immerhin preist der Androide hauptsächlich die potenzielle Wertentwicklung der Grundstücke an und nicht das vermeintlich gesunde Klima.

Als Jakki begreift, dass das Interesse an seinem Quiz deutlich nachlässt, beginnt er mit einer Karaoke-Show und projiziert Liedverse auf den Fußboden. Kerbil merkt sofort, dass es sich bei den Liedern um Werbejingles handelt, und er stupst Henriette den Ellenbogen in die Rippen. Im nächsten Moment fröstelt ihm, weil ihre Mutter ihm jede Berührung verboten hat. Er hofft, dass sie nichts davon erfährt. Dass Henriette ihn nicht verpfeift.

»Europas Wunder, Eko-Spirit«, runzelt Henriette die Stirn. »Ist das aus dieser neuen Parfümwerbung?«

»Nee«, schüttelt Kerbil den Kopf. »Schlafzimmermöbel.«

Henriette hebt den Finger. »Ich weiß! Luxus-Haarfestiger.«

»Kann sein. Mit so was kenn ich mich nicht aus.«

»Sieht man an deiner Frisur«, versetzt Henriette.

»Frisuren sind was für Mädchen. Jungs haben *Haare*.«

Henriette fährt beleidigt herum und rupft eine Frauenzeitschrift aus der Sitztasche, steckt die Nase hinein und schweigt eisern.

»Und Männer haben Hüte«, ergänzt Kerbil unhörbar. Vor seinem geistigen Auge erscheint Philip Marlowe und sucht seinen Hut, nachdem ihn jemand zusammengeschlagen hat. Schließlich findet er seine Kopfbedeckung auf dem Rücken einer Leiche, darunter ragt der Knauf eines Messers aus dem Toten. Marlowe brummt unwillig, und Kerbil lehnt sich zufrieden zurück. Er verengt die Augenlider zu Schlitzen, sodass sich das Kabinenlicht bunt an seinen Wimpern bricht. Bisher hat alles vergleichsweise problemlos geklappt. Ganz ohne Leichen. Kerbil hat die Busfahrkarten umsonst bekommen. Dafür haben seine Eltern ein einjähriges Abo eines Diät-Bringdienstes, wenn sie aus ihrem Urlaub zurückkommen. Kann vermutlich nicht schaden, findet Kerbil. Nach seinem Alter hat der Ticketautomat nicht gefragt, vermutlich wäre das schlecht fürs Geschäft.

Der Bus der Linie Rot ist gefürchtet für seine mangelhafte Beinfreiheit, aber Kerbil ist noch nicht ganz ausgewachsen. Deshalb ist ihm auch die geringe Deckenhöhe egal – im oberen Geschoss soll etwas mehr Platz sein, sodass sich auch normal gewachsene Erwachsene nicht bücken müssen, aber *zwei* Jahre Diät-Abo fand Kerbil dann doch übertrieben: *So* dick sind seine Eltern auch wieder nicht.

Die Sitzreihen sind voll besetzt mit allen möglichen Passagieren: Geschäftsleute, die in ihren Anzügen aussehen wie aus dem letzten Jahrhundert, Wanderarbeiter in ihren traditionellen Trainingsanzügen, Konsumenten mit riesigen Einkaufstaschen mit animierten Logos und schließlich Gelegenheitsreisende, die vielleicht gerade ein Diät-Abo gebrauchen konnten.

Der Neutronenantrieb dröhnt gewaltig, die Lüftung bekommt die vielfältigen Ausdünstungen nicht unter Kontrolle, der Karaoke-Android jodelt mit gut gelaunten und bierseligen Fahrgästen um die Wette.

Kerbil schläft ein.

Ein »Hey« weckt ihn Minuten später. »Willst du eine?«

Henriette hat Kerbil den Ellenbogen in die Seite gestoßen und hält ihm ein buntes Döschen mit Tabletten hin.

»Hm«, macht Kerbil, »nicht meine Sorte.«

»Das sediert mich«, sagt Henriette. Es klingt, als würde sie über Seife sprechen, die besonders sauber wäscht.

»Wozu?«, fragt Kerbil müde.

»Ich bin etwas nervös. Weil …« Sie spielt mit der Pillendose. »… ich hab so was noch nie gemacht.«

»Was? Mit dem Bus zur Erde geflogen?«

Kopfschütteln. »Mit einem Jungen. Du weißt schon.«

Kerbil merkt, dass er rot wird. »Aber wir *machen* doch gar nichts.«

»Immerhin sind wir alleine in einem Bus.«

»Wir sind nicht alleine«, sagt Kerbil und stochert mit dem Finger in der Umgebung herum. »Siehst du? Alles voller Leute.«

»Ach«, winkt Henriette ab. »Du verstehst das nicht.«

»Das stimmt«, muss Kerbil zugeben.

Einen Moment lang schweigt Henriette. Vielleicht wirkt ihre Medizin. »Nimmst du keine Pillen?«, fragt Henriette plötzlich.

»Hm«, überlegt Kerbil. »Manchmal. Aber die sind nur gegen Aufmüpfigkeit und andere Nebenwirkungen der Pubertät.«

»Papa sagt, Kinder *müssen* aufmüpfig sein.«

»So was sagt dein Vater?«

Henriette verdreht die Augen. »Er ist nicht mein richtiger Papa. Eher so eine Art … Ersatzprogramm.«

»Verstehe«, lügt Kerbil.

»Ich hab ihn dabei, hier …« Henriette holt eine Manga-Puppe hervor.

»Ein Mädchenhandy«, sagt Kerbil, als würde er über eine ansteckende Krankheit sprechen.
Henriette streichelt ihrer Puppe über die Haare. »Papa?«, flüstert sie dabei.
»Hallo mein Liebling«, sagt eine Männerstimme aus dem Mund der Puppe. »Geht's dir gut? Sollen wir was spielen?«
»Vielleicht später«, entgegnet Henriette. »Ich bin gerade mit einem Jungen auf dem Weg zur Erde.«
Papa klingt verschwörerisch: »Ihr erlebt bestimmt ein spannendes Abenteuer, oder?«
»Hm, könnte sein ... ja, bestimmt! Hier, Kerbil, sag Hallo zu Papa.« Sie hält ihm die Puppe hin.
»Ha... hallo«, bringt Kerbil hervor. Er kennt natürlich diese Personensimulationen, man kann sie ziemlich leicht aus dem Konzept bringen. Normalerweise macht Kerbil das 'ne Menge Spaß, aber diesmal hält er sich lieber zurück. »Ich bin der Assistent von Philip Marlowe«, sagt er.
»Oh, du flunkerst gerne, was? Hoffentlich gehst du mit Henriette etwas vertrauenswürdiger um.«
»Äh«, macht Kerbil. »Müssen wir dieses Gespräch führen?«
»Ich bin gerade aufmüpfig«, verkündet Henriette.
»Bist ein großes Mädchen, erinnerst mich an deine Mutter«, gluckst die Papa-Puppe. Eine deutlich teurere Variante mit eingebauten Servos würde Henriette jetzt liebkosen.
»Mama muss arbeiten«, erklärt das Mädchen. »Ich bin schon ziemlich verantwortungsbewusst, weil ich so oft alleine bin.«
»Ich bin wirklich stolz auf dich, meine Prinzessin.« Kerbil schaut nach, ob die Puppe sabbert. Das ist nicht der Fall, aber der letzte Satz klang sehr feucht.
Henriette setzt sich die Puppe auf den Schoß. »Was sollen wir spielen? Du könntest mir auch eine Geschichte erzählen.«
»Das würde ich gerne tun«, sagt Papa. »Aber leider ist mein Akku fast leer. Du solltest mich möglichst bald an eine Steckdose anschließen. Würdest du das tun, ja?«
Jetzt stöhnt Henriette, schickt eine stumme Beschwörung an die niedrige Decke. Kein kapazitativer Dämon steigt herab, um die Papa-Puppe zu erfrischen. »Ich kümmere mich um dich, sobald ich kann.«
»Auf dich kann man sich verlassen, das weiß ich. Ich schalte mich besser erst mal ab, sonst geht mir noch mitten im Satz der Strom aus. Auf Wiedersehen, Henriette. Auf Wiedersehen, Junge.«

»Auf …« Kerbil stockt, schüttelt den Kopf. Er muss sich nicht von einer Simulation verabschieden. Er muss sich um seine Mission kümmern.

Während Henriette wieder in der Frauenzeitschrift blättert, aktiviert Kerbil den Bildschirm in der Rückenlehne des Sitzes vor ihm. Es dauert eine Weile, bis alle Einschaltsponsoren ihre Produkte angepriesen haben, dann geht Kerbil auf die Homepage der Ankunftssekte.

Es handelt sich um eine Web-3D-Homepage, die hauptsächlich aus einem Tempel mit einem verglasten Kuppeldach besteht. Sonnenlicht filtert durch die Scheiben und erzeugt eine Atmosphäre wie in einem alten Bahnhof. Auch Philip Marlowe hält sich gerne in der Grand Central Station auf, die so ähnlich aussieht wie der Tempel der Ankunftssekte.

Unter dem Kuppeldach stehen in regelmäßigen Abständen Glasvitrinen, in denen Plakate aufgehängt zu sein scheinen. Kerbil tippt mit dem Finger auf eine der Vitrinen. Die virtuelle Kamera zoomt und enthüllt, dass das Plakat einen sehr langen Text mit äußerst kleinen Buchstaben enthält. Darüber steht: »Allgemeine Geschäftsbedingungen«. Erleichtert seufzt Kerbil. Das muss er also nicht lesen. Er tippt in eine Bildschirmecke, um zur Gesamtansicht zurückzukehren. Die nächste Vitrine, die er genauer anschaut, zeigt eine grobe Straßenkarte: die Anfahrtsskizze. Kerbil drückt einen Knopf an seiner Jacke, und die macht ein Foto.

»Riech mal«, sagt Henriette und hält Kerbil ihre Illustrierte unter die Nase, »Madame Singsang hat ein neues Schlammshampoo rausgebracht. Wie findest du das?«

Ein großes, buntes Foto der Sängerin füllt die Seite und verbreitet einen erdigen Geruch. »Ungeeignet für Damen unter 17 Jahren, steht hier«, liest Kerbil vor.

»Das steht da? Ich dachte, die Buchstaben sind nur zur Zierde.«

»Unwahrscheinlich«, brummt Kerbil.

»Aber sie sehen sehr hübsch aus«, beharrt Henriette.

Kerbil starrt auf das Bild der Sängerin. Es ist eine miese Fotomontage, Madame Singsang würde sich nie Matsch in die Frisur schmieren. Sie hat ein Edel-Image, weil es keinerlei Nacktkalender von ihr gibt. Außer solchen mit Fotomontagen. Kerbil weiß das, weil sein Vater sich einmal lautstark darüber beschwert hat. »Jede Tussi zieht sich aus, bloß die da ist sich zu gut dafür. So eine Schlampe!« An diese Worte erinnert Kerbil sich noch sehr genau, denn seine Mama wurde daraufhin sehr wütend. Als Folge musste Papa in Kerbils Bett schlafen und Kerbil selbst auf dem Kuscheleuropäer, der extra dafür wieder aus dem Keller geholt wurde. Das Plüschtier roch so ähnlich wie die Zeitschrift vor Kerbils Nase.

»Ich glaube, wie landen gleich«, sagt Kerbil. »Und wenn wir in der ISS sind, nehmen wir ein Shuttle nach Hattingen.«
»Hattingen? Ist das etwa in Finnland?«
»Wie kommst du darauf? Klingt das so?«
»Ich will nicht nach Finnland. Da gibt's so viele Mücken.«
Kerbil schüttelt verzweifelt den Kopf. »Es liegt nicht in Finnland. Es liegt in der Nähe des Tempels der Sekte der pünktlichen Ankunft.«
»Gibt's da Mücken?«
»Nicht so viele wie in Finnland«, behauptet Kerbil.
»Wenn du lügst, sag ich's meiner Mama.«
»In Ordnung«, nickt Kerbil verkniffen.

Der Tempel ist ein ehemaliges Möbelhaus. Anstelle von Plakaten mit Sonderangeboten schmücken kunstvoll bemalte Banner die Fassade. Sie zeigen Zifferblätter, Finger und Handshakes. Gegenüber steht ein Junkfood-Fressladen, der sich durch den reichen Schmuck des Ankunftsjünger-Tempels herausgefordert fühlt und offenbar alle Sonderaktions-Fahnen aufgehängt hat, die auffindbar waren. So preist die Franchise-Filiale gleichzeitig Fettbrötchen mit Glasur, Pferdefüße à la Jupiter und Matschburger Extra Geil an, und das alles so gut wie gratis.

Kerbil bemüht sich redlich, keinen Hunger zu haben, denn er hat Wichtigeres zu tun, als sich den Bauch vollzuschlagen. Die Mission hat Priorität. Das sagt er auch Henriette, die sehnsüchtig zu den bunten Fahnen hinüberschielt, die im Wind flattern wie die Standarten einer Armee verwirrter Ernährungswissenschaftler.

»Nehmen wir die Rolltreppe?«, fragt Henriette.

Kerbil rollt mit den Augen. »Wir sind in geheimer Mission hier, schon vergessen?« Er hat nicht die beste Laune, weil er sich eingestehen muss, dass er auf einen simplen Trick hereingefallen ist. Das beeindruckende Bild auf der Webseite der Sekte entspricht nicht der Realität. Mit viel Wohlwollen ähnelt das Vordach des Möbelhauses der majestätischen Bahnsteighalle, es ist bloß viel kleiner und von hübsch aufgefächerten Sonnenstrahlen ist auch nichts zu sehen. Das, muss Kerbil zugeben, liegt freilich am schlechten Wetter. Er ist ehrlich gesagt ziemlich unzufrieden: Da er viel mehr wiegt als auf dem Mars, kommt er sich fett und klobig vor, das allgegenwärtige Grau von Himmel und Parkplatz lässt seine Finger hervorzucken, aber sie finden keinen Regler für die Farbintensität, den irgendjemand versehentlich fast auf null gedreht hat.

Kerbil legt den Finger auf den Mund und winkt Henriette in ein schmales Treppenhaus. Sie schleichen gemeinsam die Stufen hinauf. Aufs Geratewohl nimmt Kerbil den Ausgang im ersten Stock – Volltreffer: Vor den beiden liegt eine Empore, von der aus sie einen hervorragenden Überblick haben. Unter ihnen erstreckt sich ein geräumiger Saal, reich geschmückt mit grünen Fähnchen und verzierten Transparenten. Mehrere Kuttenträger laufen ohne Eile zwischen Sitzreihen herum und gehen nicht erkennbaren Tätigkeiten nach.

»Was steht da?«, fragt Henriette und zeigt auf ein gelbes Banner mit fetten, roten Buchstaben, das über dem Altar hängt.

»Verspätung ist die Fahrkarte aufs Abstellgleis«, liest Kerbil vor.

»Versteh ich nicht.« Henriette zuckt die Schultern.

»Heilige Schriften muss man nicht verstehen«, erklärt Kerbil. »Man legt sie aus.«

»Wie Teppiche?«

»Genau.« Kerbil hat nicht zugehört. Er kaut auf seiner Unterlippe, während er versucht, aus dem Treiben im großen Saal schlau zu werden. Auf der rechten Seite sind drei Sektenjünger damit beschäftigt, einen Wandbehang zu entfalten, auf den man einen großen Zeigefinger gemalt hat. Kerbil ist nicht ganz sicher, ob er das als Beweis dafür werten kann, dass die Sekte etwas mit dem Finger in der Erdumlaufbahn zu tun hat. Vielleicht sollte er einen der Jünger hinterrücks überfallen und durch geschickte Fragen dazu bringen, ihm alles zu verraten. Während er diesen Plan abwägt, merkt er, dass Henriette schon die ganze Zeit versucht, ihn durch wiederholtes »Pssst!« auf sich aufmerksam zu machen. Sie hockt ein wenig entfernt hinter einem großen Pappkarton und gestikuliert. Kerbil findet, dass jetzt nicht der richtige Zeitpunkt für Welcher-Promi-bin-ich ist und winkt ab.

»Wer bist du denn?«

Kerbil fährt zusammen. Über ihm steht ein Sektenjünger mit funkelnden Augen, Schere und Klebstreifen, bereit, zum Todesstoß auszuholen.

»Das geht dich überhaupt nichts an«, versetzt Kerbil.

Der Jünger greift sich den Arm des Jungen. »Du stehst nicht im Fahrplan. Das ist eine Sünde, weißt du?«

Kerbil windet sich, sein Blick fällt auf den großen Pappkarton, aber Henriette ist nicht mehr da.

Ein zweiter Jünger nähert sich, er trägt einen silbernen Bart und einen Haufen Papiere unter dem Arm. »Waren da nicht zwei?« Der Kuttenträger sieht sich misstrauisch um.

»Profis arbeiten immer alleine«, behauptet Kerbil.

»So, du bist also ein Profi«, sagt der hinzugekommene Jünger. »Bei uns fängst du allerdings als Novize an, wie jeder andere auch.«

»Bei euch ... anfangen?«

Der Jünger zuckt mit den Schultern, der andere zieht Kerbil auf die Beine. »Du stehst nicht im Fahrplan«, wiederholt er. »Um deine Schuld gegenüber der Göttlichen Pünktlichkeit zu tilgen, wirst du zunächst einige Kursbücher auswendig lernen.«
»Aber ...«
»Am besten fängst du gleich an, dann kannst du vielleicht schon bei der nächsten Abendandacht im Chor mitmachen. Komm, wir bringen dich in deine Zelle. Dort gibt es nichts, das dich von deiner Buße ablenken kann.«
Väterlich lächelnd nehmen die beiden Jünger Kerbil in die Mitte und führen ihn durchs Treppenhaus in den Keller. Neonröhren flimmern und surren, beleuchten Stahltüren mit verkratztem Lack. Kerbil hält es für wahrscheinlich, dass nachts Zombies durch die Gänge schleichen, auf der Suche nach dem richtigen Gleis.
Die Zelle ist ein kalkweißer Kubus ohne Fenster, in der sich nichts befindet, nur eine Pritsche, auf der ein Stapel augenscheinlich ziemlich alter Bücher mit roten Pappeinbänden liegt. Die Bücher sind sehr, sehr dick.
Auf dem obersten ist eine fröhliche Frau in einem Schlafanzug abgebildet. In großen Buchstaben steht darüber: Sommer 1983. Deutsche Bundesbahn.

11 Kerker der Anwaltskanzlei WeWin©, Mars

»Der Feind in Ballbesitz!«, brüllt ein Kerl, der ungepflegte Bärte für ein Zeichen von Männlichkeit zu halten scheint. »Doppeln, Forechecking und böse gucken! Bert, das geht auch böser! Roberto, auf den Mann! Das ist hier keine Seniorenanstalt!«

»Trainer«, brummt der Freistoßschütze mit der 10 auf dem Trikot, »ich glaube, der Torwart ist bewusstlos.«

»Er ist gar kein Torwart«, schiebt sich Walpar dazwischen. »Sein Name ist Zuschek.«

Der Bärtige gafft Walpar mit zuckenden Äuglein an, als bräuchte er dringend eine frische Dosis Psychobonbons. Sein Trainingsanzug spannt sich bedrohlich über Muskelpaketen, die Walpar Respekt einflößen. Lediglich die Gesundheitslatschen unterscheiden den Trainer äußerlich von seinen Spielern, die alle elektronisch geregelte Stollenschuhe tragen. »Wer ist das denn?«, zischt der Trainer. »Balljunge?«

»Weltraumdetektiv«, widerspricht Walpar und stemmt die Fäuste in die Hüften, um so was wie Autorität auszustrahlen. »Walpar Tonnraffir ist mein Name.«

»Und was machst du auf unserem Trainingsgelände, Tonni?« Der Trainer verengt die Augen zu gefährlichen Schlitzen. »Spionieren für Borussia Olympus City, gegen die wir nächsten Samstag spielen?«

»Chef«, sagt der Zehner, »Wir spielen erst Sonntag.«

»Hast du etwa Pause, Günter?«, giftet der Trainer den Spieler an.

»Nee, aber es ist ein Loch in der Mauer.«

Walpars autoritäre Pose scheint nicht zu wirken. »Was machen Sie hier eigentlich?«, fragt er.

Der Trainer beäugt ihn kritisch. »Bist du schwul?«

»Was dagegen?« Walpar hat nicht das Gefühl, als habe er irgendeinen Einfluss auf das Gespräch.

»Wir hatten mal einen schwulen Balljungen«, sagt der Trainer vage. Günter unterbricht ihn: »Chef, unser altes Trainingsgelände gefiel mir besser.«

Kurz schließt der Bärtige die Augen, seufzt demonstrativ, dann: »Günter. Tu mir einen Gefallen, ja? Baller von mir aus noch ein paar Löcher in die Mauer. Hauptsache, wir gewinnen Samstag gegen Borussia.«

»Sonntag.«

»Es scheint, als wäre eine wichtige Frage nach wie vor unbeantwortet«, drängt Walpar sich dazwischen.

Günter zeigt mit dem Kinn auf die Regale. »Ich finde die ganzen Bücher so bedrohlich.«

Walpar holt tief Luft, dann brüllt er: »Warum trainiert Ihr im Kerker einer Anwaltskanzlei?«

Einen Moment herrscht Ruhe. Sogar die Abwehrreihe stellt ihre Bemühungen ein, dem bewusstlosen Zuschek den Ball abzunehmen. Jankadar hört damit auf, den Mittelfeldspielern seine Vorstellungen von effektiver Raumaufteilung zu vermitteln, und wie man ein Programm schreiben könnte, um sie zu optimieren.

Da erklingt eine helle Frauenstimme in der Nähe der Kerkertür: »Vielleicht kann *ich* diese Frage beantworten.«

Fassungslos starrt Walpar seine Quasi-Ex-Schwiegermutter an, vor allem aber den verdammt attraktiven Asiaten neben ihr.

»Nera«, entfährt es Walpar, kann aber nicht den Blick von dem Asiaten lösen. Der Mann trägt einen dunkelgrauen Anzug und sieht darin einfach umwerfend aus.

Nur ein kleines Vögelchen zwitschert in seinem Hinteroberstübchen, dass auch Neras Attraktivität durch den schwarzen Lederfummel, den sie trägt, deutlich steigt.

»Boah«, macht Günter. Zwei Abwehrspieler lassen von Zuschek ab und stammeln etwas Unverständliches, während sie sich langsam Richtung Nera bewegen, als wollten sie sie heimlich in Manndeckung nehmen oder ihr zumindest leise Fangesänge in die Elfenohren flüstern.

»Frauen haben keinen Zutritt zum Trainingsgelände«, schnappt der Trainer. »Das ist viiiel zu gefährlich.«

»Testosteron«, murmelt Walpar und fragt sich, ob der Asiate absichtlich den obersten Knopf seines schneeweißen Hemdes geöffnet hat, um einen wohlkalkulierten Ausschnitt seiner braunen Haut zur Schau zu stellen.

»Die Mannschaft hat Sexentzug wegen der Niederlage letzten Sonntag«, erklärt der Trainer.

»Freitag«, haucht der Zehner.

Walpar schluckt zweimal und denkt an Thunfischpizza mit Essiggurken. Das hilft. Endlich kann sein Gehirn die dringend notwendige Frage formulieren: »Ob ich in seinen Augen gut aussehe, zwischen diesen ganzen muskulösen, knapp bekleideten Fußballer-Körpern?« Glücklicherweise gelingt es Walpars Zunge, einen unverfänglicheren Satz auszusprechen. Er lautet: »W-w-was?«

»Wir sollten besser gehen«, winkt Nera.

Der breite Rücken des Abwehrspielers mit der Drei schiebt sich in Walpars Sichtlinie wie der Mond vor die Sonne. »Gut«, sagt Walpar zu der Finsternis. Dann fällt ihm etwas ein. »Jankadar«, ruft er und findet den Programmierer neben Zuscheks Sessel, »komm, raus hier.«

Zu Walpars Erstaunen schüttelt der Inder den Kopf. »Dies ist mein Zuhause, und jemand muss sich ja um Zuschek kümmern, falls er wieder aufwacht.«

Walpar fällt kein schlagkräftiges Gegenargument ein. Er wirft einen letzten Blick auf den dicken, bewegungslosen Mann im Sessel, dann wendet er sich ab. Vorsichtig überholt er den Dreier, in der Hoffnung, nicht mit einem Gegenspieler verwechselt und umgesenst zu werden. Er erreicht Nera und ihren Begleiter und schluckt, bevor er die Hand ausstreckt und sich vorstellt: »Walpar Tonnraffir, Weltraumdetektiv. Sehr, äääh, angenehm.«

Der Asiate grinst. »Mein Name Lang X. Madame Nera mich engagiert hat bei MaxAdventure-Agentur. Sie äußerst intelligente Frau. Und ich Meister von geheime Nahkampfkunst.«

»Die würde ich auch gerne lernen«, rutscht es Walpar raus.

»Gerne wir anbieten kostengünstige Kursus. Einfach anmelden bei Büro von Agentur…«

Nera unterbricht: »Los, raus hier, bevor die Sache außer Kontrolle gerät.«

Ein Blick verrät Walpar, dass sie recht hat. Eine Testosteronwolke mit elf kristallisierten Lustzentren nähert sich, unbeeindruckt vom Lamentieren des Trainers, der aufgrund der absehbaren kommenden Niederlage um seinen Job fürchten muss. Die Medien zerreißen einen Trainer gnadenlos in der Luft, wenn der Hühnerhaufen die Borussia auf dem Platz nicht in den Marssand trampelt.

Rückwärts schleichen Walpar und Lang X mit Nera in der Mitte aus dem Kerker.

Als sie endlich außer Sichtweite sind und unangefochten die Kellertreppe hinaufhasten, freuen sie sich darüber, dass es keine Todesopfer gegeben hat. Dass dies auch wirklich der Fall ist, beweist endgültig der markerschütternde Schrei aus dem hinter ihnen liegenden Kerker: »Wir sind alle verdaaaaaaaaa…!«

»Das kam so«, erklärt Nera, während sie mit Walpar und Lang X durch den Nobelvorort von Olympus City eilt, in dem die Kanzlei von WeWin© liegt. »Ich habe meine Handtasche darauf programmiert, bei jeder deiner Sendungen automatisch anzuschalten, vor langer Zeit.« Der Klang des letzten Satzes bemängelt anscheinend, dass Walpar zugelassen hat, dass seine Soap abgesetzt worden ist. »Auf diese Weise bin ich Zeuge deines ruhmreichen Abtransports durch den Gerichtsvollzieher geworden.«

Sie verharren kurz an einem Haltestellenschild, bloß um festzustellen, dass hier nur der Nachtbus für angeheiterte Privilegierte verkehrt. Es ist aber helllichter Tag, da liegen die Bonzen hinter den hohen Zäunen am Pool in der Marssonne und warten darauf, dass der Aktienmarkt den vergangene Nacht versoffenen Geldbetrag wieder reinholt.

»Taxi!«, ruft Lang X einem vorbeirollenden Wagen zu, aber der entgegnet bloß lapidar: »Tut mir leid, ich habe kein Zweite-Klasse-Abteil.«

»Um der Sache auf den Grund zu gehen, habe ich Lang X gebeten, dein E-Mail-Konto zu hacken …«

»Passwort wirklich leicht war zu erraten«, grinst der Chinese. Walpar wird rot.

»Es war nur so eine Ahnung«, zuckt Nera mit den Schultern. »Aber es gab da tatsächlich eine interessante, anonyme E-Mail.«

»Taxi!«, ruft Lang X und springt dem heranrollenden Fahrzeug vor die Kühlerhaube. »Ist Ihnen was passiert?«, fragt das Taxi.

»Nein, aber dir gleich was passieren, wenn du nicht Türen aufmachst.«

»Ich weise Sie darauf hin, dass Schäden in voller Höhe in Rechnung gestellt werden«, erklärt das Taxi pikiert, aber die Türen klappen auf.

»Madame?«, macht Lang X und hält Nera die Tür auf.

»Danke.«

»Was stand in dieser … *meiner* – danke, Mr. X – E-Mail?« Auch Walpar steigt ein.

»Der Absender hat die Sendung auf dem Anwaltskanal ebenfalls gesehen«, erzählt Nera. »Zum Charterbusbahnhof!«

»Gerne. Bitte nicht die Sitze beschmutzen!«, sagt das Taxi und setzt sich in Bewegung.

»Was wollen wir denn da?«, fragt Walpar. »Was stand in dieser E-Mail?«

Nera verstellt die Stimme und verzieht das Gesicht, als sie rezitiert: »Ich helfe einem kompetenten Kosmodetektiv doch immer gerne, einfach anrufen!« Sie setzt wieder ihr überlegenes Lächeln auf, bevor sie ergänzt: »Die dort angegebene Nummer habe ich angerufen. Du selbst warst ja verhindert.«

»Pinguin sehr hübsch«, lächelt Lang X. Walpar sieht auf seine Hände, die ohne sein Wissen mit seinem Telefon spielen. Er hört zähneknirschend damit auf. »Und dann?«

»Mein Gesprächspartner war ein gewisser Signore Costello.«

»Nein!«, entfährt es Walpar.

»Bitte nicht die Inneneinrichtung beschädigen«, ruft das Taxi ängstlich und erhöht die Geschwindigkeit.

»Du kennst ihn?«

»Ich … nun …« Walpar denkt an die Sache im Oman. »Er ist meines Wissens ein, äh, erfolgreicher Geschäftsmann.«

Lang X nickt. »Besitzer von größte Herrenrasierroboterfirma in Sonnensystem.«

Walpar starrt den Chinesen einen Moment lang an. »Äh, ja. Und der größte Quatlingsaftproduzent. Was … was hat er denn gesagt?«

»Da WeWin© deine Organe gepfändet und dich eingekerkert hat, hat er kurzerhand deren Firmengebäude gekauft.«

»Einfach so?«

»Signore Costello über unermessliche Reichtümer verfügen«, wirft Lang X ein. Das Taxi fährt eilig um eine Kurve, um seine Zweite-Klasse-Fahrgäste schnellstmöglich wieder loszuwerden. Die Fliehkraft drückt Walpar leicht gegen Lang X, und er genießt diesen vergänglichen Moment.

»Dann hat er das Gebäude an den FC Mars Schalke vermietet. Die suchten gerade ein preisgünstiges Trainingsgelände.«

Walpar nickt. »Ob Signore Costello das aus Altruismus für mich getan hat?«

Nera zuckt mit den Schultern. »Ich habe den Eindruck, er verlangt nur eine kleine Gegenleistung.« Wieder verstellt sie die Stimme, um Costello nachzuahmen: »Sagen Sie Mr. Tonnraffir, dass ich die DVD-Box für läppische drei Millionen ersetzt habe. Er soll mir einfach den Rest bringen.«

»Den *Rest*?« Walpar ahnt nichts Gutes. Seines Wissens gibt es keine weiteren DVD-Boxen von Captain Future. Er schluckt, weil er Lang X dabei beobachtet, wie er zärtlich die Armlehne streichelt.

Nera nickt. »Den Schmutz unterm Fingernagel Gottes hast du schon beschafft. Costello will den Rest.«

»Den Rest Gottes«, haucht Walpar und kann den Blick nicht von der Armlehne abwenden.

»Charterbusbahnhof!«, plärrt das Taxi und bremst scharf ab. »Bitte zügig aussteigen!« Es klingt ein wenig schrill.

»Dann mal los!« Kindliche Vorfreude schwingt in Neras Stimme mit, als sei sie kurz davor, den Hund des Nachbarn zu vergiften. Dann steigt sie eilig aus.

»Was wollen wir hier eigentlich?«, fragt Walpar, als er realisiert, wo sie sich befinden. Als niemand antwortet, rutscht er über den Sitz, um Nera zu folgen.

»Augenblick.« Lang X hält ihn am Arm fest, seine dunklen Augen leuchten. »Eines Sie sollten wissen.«

»Äh… ja?« Walpar merkt, dass er plötzlich zittert.

Lang X schaut, ob Nera ihn hören kann. Dann flüstert er Walpar zu: »Ich haben ... dunkles Geheimnis.«

»Bitte jetzt dringend aussteigen!«, kreischt das Taxi.

»Kommt ihr endlich?«, ruft Nera von draußen. »Oder könnt ihr euch nicht einigen, wer bezahlt?«

»Spesenrechnung«, gibt Lang X zurück und trägt jetzt wieder sein professionelles Lächeln. »Ich zahlen.«

Walpar stürmt aus dem Taxi, an Nera vorbei hinein ins Busterminal, stolpert über einen Reinigungsroboter und kann sich so gerade an einer vollschlanken Touristin festhalten, die in beiden Armen riesige Einkaufstaschen trägt, deren Wegwerfdisplays in bunten Farben die neueste Hormonkontrollpille von Bayer 2.0 anpreisen.

»Gerhard«, heult die Frau unter Einsatz ihres beeindruckenden Körpervolumens, »so hülf mir doch!«

Gerhard zieht es allerdings vor, Neras Hinterseite zu begutachten, während die sich bückt, um Walpar aufzuhelfen.

»Alles in Ordnung, Walpar?«, fragt Nera fürsorglich. »Brauchst du eine Pille?«

»Nein«, ächzt Walpar. »Besser zwei oder drei.«

»Dies nicht Schlange zu Finger«, stellt Lang X fest. »Dies Schlange nach Fort Worth Texas.«

»Zum Finger geht's da hinten«, sagt Gerhard und zeigt schräg nach oben, wo ein großer Zeigefinger aus Pappe auf den richtigen Schalter zeigt.

»Danke«, lächelt Nera ehrlich.

»Gern geschehen«, antwortet Gerhard. Er spricht es allerdings aus wie »Lass uns gemeinsam durchbrennen«.

»Oh nein«, haucht seine Frau und hält ihm die Einkaufstaschen vors Gesicht.

12 Charterbus, Weltraum

Walpar muss zugeben, dass er sich ziemlich fremdgesteuert fühlt. Gut, bei einem Detektiv, der gegen Geld Aufträge ausführt, ist das in gewisser Weise normal. Aber Walpar hat die Lage nicht unter Kontrolle. Nicht einmal seinen Neffen. Er fragt sich, ob er vielleicht ein mutloser Schlappschwanz ist. Immerhin hat er inzwischen mit seinem Pinguin Zugriff auf sein E-Mail-Postfach, und darin befindet sich unter anderem die lapidare Mitteilung, dass Kerbil aus der Entgiftungsanstalt entlassen worden sei. Und das mit »außerordentlichem Erfolg«.

Jetzt hockt Walpar unzufrieden auf dem Platz am Gang im Charterbus zum Gottesfinger. Vielleicht hat Kerbil sich ebenfalls auf den Weg dorthin gemacht, sodass sie einander auf dem Finger wiedersehen.

Vielleicht ist Kerbil aber auch etwas Furchtbares zugestoßen. Wurde er gar entführt? Dass er wirklich geheilt entlassen worden ist, hält Walpar für unwahrscheinlich. Die Werbung von PharmaCode verspricht zwar das Rote vom Marshimmel herunter, aber eine Überdosis Psychips hält sich eine Weile im Körper. Walpar weiß das aus eigener Erfahrung, schließlich war er mal Rockmusiker: Nach jedem Auftritt wurden massenweise Groupies und Psychips vernascht, und mangels Ersterer meistens deutlich mehr von Letzteren.

Wenn der Kosmodetektiv ehrlich zu sich selbst ist, muss er sich eingestehen, dass er keine große Ahnung hat, wie er vorgehen soll, wenn sie auf dem Finger ankommen. Es bleibt nichts anderes übrig, als an der Stelle, wo der Finger vom Körper getrennt wurde, nach Spuren zu suchen. Dort hat man ihm allerdings bei seinem ersten Besuch den Zutritt verwehrt, und Walpar hat keinen Anlass zu glauben, dass das diesmal anders ist. Er wird sich beizeiten etwas einfallen lassen müssen.

»Sehr verehrte Fahrgäste«, quäkt ein Lautsprecher, »hier meldet sich Ihr Busfahrer Version 8.1, Service Pack 5, mit aktuellen Hinweisen zu unserer Fahrt.«

»Das nicht neueste Version«, zischt Lang X.

»Wir können Ihnen heute leider keinen Bordverkauf anbieten, weil das Lizenzabo der Software des Androiden überraschend abgelaufen ist.«

»Buuuh!«, ruft eine ältere Dame zwei Reihen weiter vorn.

»Ferner habe ich gerade die Mitteilung erhalten, dass der Ausstieg auf dem Finger leider nicht möglich sein wird.«

»Buuuuuuh!«, ruft die Frau und übertönt die restlichen Unmutsäußerungen im Bus.

»Sie haben die Möglichkeit, gegen geringe Gebühr auf der Rückfahrt Fotomontagen anfertigen zu lassen, die Sie winkend auf dem Gottesfinger zeigen. Wir bitten um Ihr Verständnis.«

»Warum dürfen wir nicht aussteigen?«, ruft ein junger Mann, der ein Käppi mit Werbespotdisplay trägt.

Er erhält keine Antwort, darauf ist Version 8.1 offenbar nicht programmiert.

Stattdessen blinkt der Großbildschirm, auf dem bisher Werbung für Merchandising-Artikel lief, gelegentlich unterbrochen durch Slapstick-Sketche. Die Großaufnahme eines Anzugträgers erscheint. Walpar erkennt sofort zwei Dinge: Erstens handelt es sich um eine improvisierte Aufnahme, denn man sieht jede verstopfte Pore des Typs, und er hat viele davon. Zweitens kennt Walpar den Kerl, weil der vor ein paar Tagen seine Organe gepfändet hat.

Version 8.1 kommt auf die Idee, den Ton lauter zu drehen. »... im Namen der provisorischen Regierung der Orbitalkanzlei gebe ich bekannt: Jeder Versuch einer Landung stellt einen Akt kriegerischer Invasion nach Paragraph 195 bis 197 des Erneuerten Völkerrechts dar und erlaubt es der provisorischen Regierung, Gegenmaßnahmen und, aufgrund des durch die provisorische Regierung verhängten Ausnahmezustands aufgrund Paragraph 204 bis 208, Vergeltungsangriffe gegen die Heimatländer der Invasoren und ihrer Verwandten bis zu zweiten Grades ...«

»Buuuh!«

»Warum läuft so ein Psychopath frei herum?«, fragt Nera.

Walpar legt den Finger auf die Lippen. »Er ist doch nur Jurist. Er kann nicht anders.«

»... weise ich, obschon nicht dazu verpflichtet, darauf hin, dass jegliche Berichterstattung über die politischen Ereignisse im Zusammenhang mit der Inmachtsetzung der provisorischen Regierung der Orbitalkanzlei der noch nicht eingerichteten lokalen Zensurbehörde vorzulegen ist, die aufgrund Paragraph 1081 bis 1083 der Zweiten Weltpresserechterklärung jegliche Inhalte zu streichen ermächtigt ist, die geeignet sind, eine unzutreffende oder ungenaue Wahrnehmung des Vorgangs in der Öffentlichkeit ...«

»Der Kerl kommt mir irgendwie bekannt vor«, murmelt Nera.

»Es ist derselbe, der meine Organe gepfändet hat«, versetzt Walpar. »Er gehört zu dem Laden, dem ihr die Fußballer auf den Leib gehetzt habt. WeWin.«

»WeWin©«, korrigiert Lang X. »Man erhebliche Ärger mit Patentfragen bekommt, wenn man vergisst das ©.«

»Mehr als meine Organe pfänden können sie wohl kaum«, murrt Walpar.

»Ich da nicht so sicher«, schüttelt Lang X den Kopf.

»Haben die den Finger beschlagnahmt oder was?« Nera aktiviert ihre Handtasche und schaut, ob sie im Netz Informationen zu diesem bedeutungsvollen Vorgang findet. Die Schlagzeilen sind im Moment allerdings voll von spirituellen Wichtigtuern, die Nagelknipser als wahre Schlüssel zum Paradies identifiziert haben wollen.

Walpar lauscht derweil den weitschweifigen Erklärungen des ehemaligen Gerichtsvollziehers, der nun zum Sprecher der provisorischen Regierung des unabhängigen Staates namens Orbitalkanzlei aufgestiegen ist. Die Einreise, so der Sprecher, sei nur mit speziellen Visa möglich, deren Ausstellung allerdings aufgrund eines wirren Paragraphen des Interplanetaren Bürokratie-Dekrets bis zu drei Jahre in Anspruch nehmen könne.

Langsam begreift Walpar, was das geschraubte Gefasel von bewaffneten Milizen und obskuren Gesetzen soll: reine Ablenkung. Solange Charterbusse und Reisende damit beschäftigt sind, die ganzen Paragraphen zu lesen, auf die der Sprecher sich bezieht, sehen sie von einer Landung besser ab. Ärger mit Anwälten kommt nur in Betracht, wenn man sicher ist, das Recht auf seiner Seite zu haben. Dies erweist sich im Nachhinein allerdings oft als kostenintensiver Irrtum.

»Die Anwälte haben den Finger nicht ohne Grund in Besitz genommen«, überlegt Walpar laut.

Lang X legt die Stirn in Falten. Nera sieht von ihrer Handtasche auf und findet das unheimlich sexy.

»Uns Gründe nichts angehen«, sagt Lang X. »Nicht aus den Augen verlieren Auftrag.«

»Welchen Auftrag?«

Nera seufzt. »Er soll mir dabei helfen, du weißt schon wen zu finden.«

»Kerbil?«

Nera klatscht sich die flache Hand vor die Stirn. »Den hätte ich fast vergessen! Auf dem Finger ist er vermutlich nicht. Oder kann er sich eingeschlichen haben, bevor die Anwälte ihn besetzt haben?«

»Dann werden sie ihn früher oder später abschieben«, ist sich Walpar sicher. »Manische Marlowe-Fans erhalten kein politisches Asyl.« Er hat durchaus begriffen, dass Nera vom eigentlichen Thema abgelenkt hat. Aus Erfahrung weiß er genau, dass sie zu stur ist, um die Wahrheit so einfach preiszugeben. Walpar kann es sich ohnehin leicht vorstellen. Sie sucht Tilko, und Lang X soll ihr dabei gutaussehende Gesellschaft leisten.

»Vielleicht sie erhoffen sich Präzedenzfall«, sagt Lang X.

»Bitte?«

»Sie nehmen Finger, und wenn Rest von Körper auftaucht, sie erheben Folgeanspruch.«

»Klingt logisch«, findet Walpar.

»So einen Unfug nennst du logisch?«, fragt Nera.

»Logisch aus der Sicht der Anwälte«, kontert Walpar.

»… unter keinen Umständen erlaubt es die provisorische Regierung, dass Teile ihres Territoriums entfernt oder durch Dritte an andere Orte verbracht werden. Teile ihres Territoriums, die vor der Regierungsübernahme entfernt wurden, gehen in den Besitz der provisorischen Regierung über und sind ihr oder einem Repräsentanten auszuhändigen. Die provisorische Regierung behält sich aufgrund von …«

»Dies Klausel, die ich meinte«, sagt Lang X und zeigt auf die Nase des Regierungssprechers.

»Richtig«, nickt Walpar. »Man kann das so auslegen, dass der Rest des Körpers den Anwälten gehört.«

Mittlerweile sind einige der Touristen eingeschlafen, andere vertreiben sich die Zeit damit, über die eingeschlafenen Touristen zu lästern.

»Schau dir das an«, sagt Nera und hält Walpar ihre Handtasche vors Gesicht. Lang X beugt sich herüber, um auch etwas sehen zu können.

»Südkalifornien erkennt die Orbitalkanzlei offiziell als souveränen Staat an«, liest Walpar. Er weiß nicht so recht, was er mit dieser Schlagzeile anfangen soll.

»Das viel zu schnell ging«, meint Lang X und kneift seine ohnehin schmalen Augen noch weiter zu. »Das seeehr verdächtig.«

Walpars Pinguin bimmelt. Der Weltraumdetektiv ist zuerst irritiert, dann kramt er eilig nach dem Telefon. Schließlich könnte es Kerbil sein, der sich endlich meldet.

»Ja?«, fragt Walpar.

»Die Inbetriebnahme eines interplanetaren Telefons kann die Bordtechnik des Charterbusses beeinträchtigen«, schnarrt der Pinguin, »sind Sie sicher, dass Sie das wollen?«

»Nein!«, entfährt es Walpar.

»Schade«, quittiert der Pinguin, »das wäre möglicherweise unterhaltsam geworden.«

»Warum hast du geklingelt?«

»Ich wurde darauf programmiert, Ihre Gespräche zu belauschen.«

»Von wem?« Walpar kann sich die Antwort denken.

»Von einem überaus fähigen Programmierer, soviel darf ich verraten«, plaudert der Pinguin und scheint sich prächtig zu amüsieren.

Lang X nickt anerkennend. »Das sehr fortschrittliche KI-Software. Innenpolitische Berater in China haben ganz ähnliche Humor.«

Walpar würde gerne nachhaken, denn er kann nicht glauben, dass in China die Innenpolitik von einer Software gesteuert wird. Dann überlegt er es sich anders und wendet sich wieder an seinen Pinguin. »Ich glaube, diesen Programmierer kenne ich.«

»Wie Sie meinen«, erklärt das Telefon jovial. »Ich konnte Ihrem Gespräch gewisse Elemente entnehmen und in einen höheren Zusammenhang bringen.«

»Bei Gelegenheit«, murmelt Nera, »erklärst du mir sicher, was für einem Programmierer du unter welchen Umständen begegnet bist.«

»Möchten Sie den höheren Zusammenhang erfahren, den ich ermitteln konnte?«

»Mach es nicht so spannend«, entfährt es Nera.

»Ich frage das nur, um Ihre Aufmerksamkeit zu erhöhen«, erläutert das Telefon.

»Du hast unsere volle Aufmerksamkeit«, sagt Walpar fest.

»Ich weiß.« Der Pinguin schweigt einen Moment, und Walpar fragt sich, ob es hilft, wenn er ihn ein wenig schüttelt. »Südkalifornien gehört seit der Pleite der Vereinigten Staaten der Werbeagentur All Comm United.«

»Mir ist so, als hätte ich das in der Schule gelernt«, nickt Walpar langsam.

»Ferner ist WeWin© der Premium-Partner der All Comm in allen juristischen Fragen«, verkündet der Pinguin nicht ohne Stolz. »Schlussfolgerungen müssen Sie selber ziehen, mein betreffendes Programmmodul ist noch ein bisschen buggy und daher aus Sicherheitsgründen auskommentiert.«

»Sehr umsichtig«, meint Walpar.

»Umsichtiger als Innenministerium von China«, sagt Lang X leise.

Walpar lässt den Pinguin sinken und zählt eins und eins zusammen. »Diese Werbeagentur hat was mit der Sache zu tun.«

»Mit dem Finger?«

Langsam schüttelt Walpar den Kopf und sieht andächtig zum großen Bildschirm hinauf, auf dem Version 8.1 gnädigerweise den Regierungssprecher durch eine Totale des Gottesfingers ersetzt hat. »Mit dem ganzen Leib.«

Schritte vor der Tür.

Kerbil hasst es, wenn der Onkel kommt. Der Onkel ist ein Jünger mit großem Bauch und kleinen Äuglein. Er schnauft bei jeder Bewegung, und als er Kerbils Zelle betritt, nimmt er seinen zeremoniellen Schal vom Hals und verdrillt ihn zu einem Züchtigungsinstrument. Dann nimmt er vor der Tür im Schneidersitz Platz.

Mit verschränkten Armen sitzt Kerbil auf der Pritsche. Am ersten Tag hat er noch so getan, als könne er gar nicht lesen, am zweiten haben sie ihm »erhebliche Konsequenzen« angedroht, wenn er nicht endlich seiner heiligen Pflicht nachkäme, am dritten kam der Onkel zum ersten Mal.

»Heute wollen wir uns über die Inlands-Schlafwagenzüge im Sommerfahrplan 1983 unterhalten«, zwitschert der Onkel. »Beginnen wir mit dem D 711. Von wo nach wo bringt er seine müden Reisenden?«

»Von Dortmund nach München«, knirscht Kerbil und zieht die Knie ans Kinn.

»Welche Uhrzeit sah wohl seine Abfahrt?«

»22 Uhr 39.«

»Und wann endete die spirituelle Fahrt der Reisenden des D 711?«

»Um 8 Uhr 49. Es sei denn, sie stiegen vorher aus.«

Der Onkel lächelt und entblößt dabei seine enorme Zahnlücke. »Du machst Fortschritte, lieber Novize.«

»Wann lasst ihr mich gehen?«

»Das steht geschrieben in den unergründlichen Seiten des Großen Fahrplans.«

»Und was steht da?«

»Oh, selbst ich bin nicht fromm genug, um diese göttlichen Seiten zu schauen.«

Kerbil sieht betreten nach unten und zupft an seinen Socken, die es irgendwie geschafft haben, halb um seine Füße zu rotieren. »Ich vermisse meinen richtigen Onkel.«

»Oh, wir alle sind jetzt deine richtigen Onkel. So hat es unser Hohepriester im Großen Fahrplan gelesen.«

»Und da hat er auch gelesen, dass der Zeigefinger auftaucht?«

Der Jünger nickt andächtig. »Ist das nicht herrlich? Und wir haben so viele neue Freunde gefunden, die uns Unmengen Geld spenden. Wir sind reich und werden bald noch reicher sein!« Schlagartig ändert sich sein Tonfall. »Lass uns nun über die Eilzüge zwischen Lübeck und Hamburg sprechen ...«

»Das ist unfair, die hab ich mir noch nicht angesehen.«

Der Onkel zieht ein Gesicht, als hätte ihm jemand gegen die Kniescheibe getreten. »Das ist gemein von dir, Novize Kerbil. Du weißt, wie anstrengend es für mich ist, mich zu erheben.«

»Von mir aus bleib sitzen.«

Stöhnend entwirrt der Onkel seine Beine und stemmt seinen Wanst in die Höhe. »Der Große Fahrplan sieht keinerlei Verspätungen vor.«

Kerbil verdreht die Augen. Er weiß, was jetzt kommt, und hält dem Jünger seine Rückseite hin. Die Schläge mit dem zusammengewickelten Schal tun nicht weh, sind eher symbolisch. Er muss auch nicht die Hose runterziehen oder so: Der Onkel ist nicht in *dem* Sinne pervers, er steht bloß auf akkurat auswendig gelernte Fahrpläne.

Das ändert aber nichts daran, dass Kerbil dringend aus diesem verrückten Tempel fliehen muss – er hat bloß keinen Schimmer, wie er das anstellen soll.

13 Zeigefinger, Weltraum

»Liebe Fahrgäste«, meldet sich Busfahrer Version 8.1 Service Pack 5, »aus aktuellem Anlass teile ich Ihnen mit, dass wir nun doch die Genehmigung erhalten haben, auf dem Busbahnhof des Fingers zu landen.«

»Das höchst erstaunlich«, zieht Lang X die Brauen hoch.

»Die Sache hat einen Haken«, murrt Walpar, »das spür ich in beiden Ohrläppchen.«

»Allerdings«, fährt der Busfahrer fort, »wird es nicht möglich sein, auszusteigen. Vielmehr werden wir zusätzliche Fahrgäste aufnehmen.«

Walpar sieht den Gang hinunter und hinauf. »Viele freie Plätze gibt's aber nicht mehr«, meint er.

»Es handelt sich dabei«, so der Busfahrer weiter, »um abgeschobene Pilger, die wir bis zum nächsten Weltraumbusbahnhof kostenfrei befördern werden. Da ich darauf programmiert wurde, weise ich darauf hin, dass weder ich noch meine Entwickler für daraus resultierende Komforteinbußen haftbar gemacht werden können. Ich bitte alle Fahrgäste für die Unannehmlichkeiten im Voraus um Verständnis, vielen Dank. Aufgrund der vielen Nachfragen schalten wir jetzt noch einmal live zum Sprecher der provisorischen Regierung der sogenannten Orbitalkanzlei.«

»Ach du Scheiße!«, entfährt es Nera, und es ist unklar, ob sie die letzte Anmerkung des Busfahrers meint oder die durch ihr Fensterchen erkennbaren Menschenmassen, die sich um die Bushaltestelle drängen.

Walpar kratzt sich die Bartstoppeln. Seine letzte Rasur liegt bereits eine Weile zurück. Lang X wirft ihm einen überlegenen Blick zu. Der Asiate streicht sich demonstrativ über die glatten Wangen. Walpar fragt sich, was diese Geste soll. Glaubt der gemietete Abenteurer, dass es eine Art Konkurrenzkampf zwischen ihnen gibt? Wenn ja, um wen oder was? Um die Lösung des Falls? Um das perfekte Aussehen? Um Nera? Oder hat es etwas mit dem dunklen Geheimnis zu tun, von dem Lang X sprach? Ist er etwa schwul? Für einen Moment fühlt Walpar ein Summen im Magen, als er sich vorstellt ... Nein. Der Bus ist bloß gelandet, Version 8.1 hat einen Generator hochgefahren, der Vibrationen durch das ganze Fahrzeug schickt. Die Schleusen klappen auf, und mindestens ein halbes Dutzend Leute in Raumanzügen quetscht sich in den winzigen Raum. Die Pumpen zischen kläglich, die Nervosität unter den Fahrgästen wächst. Man murmelt, man fürchtet die Invasion abgeschobener Pilger, die möglicherweise einen Sitzplatz beanspruchen, weil sie an der Haltestelle total lange stehen mussten. Es ist die Ruhe vor dem Sturm. Dann piepst der Druckausgleich, die innere Schleusentür klappt auf und die Pilger stürmen den Bus. Draußen drängeln schon die nächsten, als die Neuankömmlinge die letzten Sitzplätze bespringen wie ausgehungerte Karnickel ein Bündel Karotten. Richtig schlimm wird es, als sie versuchen, ihre Raumanzüge auszuziehen und mitsamt Hab und Gut in den Ablagefächern zu verstauen, während sich die Schleuse öffnet und einen weiteren Trupp Abgeschobener ausspeit, der nur noch Stehplätze vorfindet. Und das alles ohne merkliche Schwerkraft.

Neben Walpar schwebt ein verschwitztes Männlein aus seinem Anzug, murmelt ständig »Verzeihung«, und setzt sich fast auf Walpars Schoß, als sich ein weiterer Pilger vorbeidrängelt. »Können Sie das mal halten? Danke«, surrt das Männlein und drückt Walpar die obere Hälfte seines Raumanzugs ins Gesicht, während er gleichzeitig versucht, aus der unteren zu klettern.

»Wie viele will dieser Fahrer denn noch mitnehmen?«, heult eine Frau in der Reihe hinter Walpar.

»Offiziell verfügt dieses Fahrzeug über Stehplätze für 32 Personen«, antwortet Version 8.1, die offenbar über gute Mikrofone verfügt.

»32 Personen – aber ohne Raumanzüge!«, schnappt Nera, die an ihrem Fensterplatz weitgehend unbehelligt vor sich hin brütet.

»Warten Sie mal drei Tage im Raumanzug auf einen Bus«, meckert das mittlerweile fast freigelegte Männchen, »nach vier Tagen Andacht an der Fingerwurzel.«

»Um Himmels willen, lassen Sie die Stiefel an!«, brüllt plötzlich die Frau hinter Walpar.

»Schon gut«, winkt das Männchen ab, »ich trage diese neumodischen Nanofiltersocken von Happy Feet.«

»Wirklich?«, fragt die Frau und bückt sich neugierig. »Und, funktionieren sie, wie die Werbung verspricht?«

»Ohne Zweifel«, sagt das Männchen und streift die Stiefel ab.

Walpar schließt die Augen und hält unwillkürlich die Luft an.

»Wieder anziehen! Sofort wieder anziehen!«, kreischt die Frau.

Endlose Minuten später hat Walpar einen neuen Rekord im Luftanhalten aufgestellt, das Männchen hat die Stiefel wieder an und die Klimaanlage ihren Teil des Jobs erledigt. Ungefähr gleichzeitig kommt der Busfahrer zu dem Ergebnis, dass die Stehplätze voll besetzt sind, und hebt ab.

»Sagen Sie«, fragt Walpar das Männchen, das sich an seiner Armlehne festklammert, um nicht von den Kurskorrekturen herumgewedelt zu werden, »wie war das so an der Fingerwurzel? Sicher ein bedeutsames Erlebnis, äh, dem Fleisch Gottes so nah zu sein, oder?«

»Wir haben spontan eine Pilgermiliz gebildet, um Touristen daran zu hindern, ein furchtbares Sakrileg zu begehen.«

»Fleischbeschau?«

Das Männchen schüttelt den Kopf. »Souvenirs mitnehmen.«

»Oh.«

»Sie wissen sicher, dass es drei Stufen gibt, in denen Touristen ihre Triebe ausleben.«

»Eine ist sicher, dass sie Fotos von sich selbst vor der jeweiligen Sehenswürdigkeit anfertigen.«

»Das ist die nicht-invasive Form, einen Beweis für den Besuch der Sehenswürdigkeit zu erbringen.«

Walpar gefällt die Unterhaltung. Sie erinnert ihn an die Befragung von Sachverständigen in seiner Soap. »Ein solcher Beweis ist unbedingt erforderlich?«

»Selbstverständlich«, bestätigt der Pilger energisch. »Ohne einen Beweis war man in gewisser Weise gar nicht dort. Die ganzen Reisekosten wären für die Katz gewesen.«

»Verstehe.«

»Stufe zwei ist das Hinterlassen einer Inschrift.«

Während er die verständnislosen Blicke von Lang X und Nera auf sich spürt, spinnt Walpar den Gesprächsfaden weiter: »Aber die Zielgruppe der Inschrift ist eine andere als die des Fotos.«

»Interessant, dass Sie das erwähnen«, meint das Männchen und stößt einem aufdringlichen Stehplatznachbarn den Ellenbogen in die Rippen. »Wir können davon ausgehen, dass das soziale Umfeld entscheidend dafür ist, ob ein Tourist Stufe eins oder Stufe zwei wählt.«

»Sie meinen, ob es zu Hause jemanden gibt, der sich die Fotos ansieht?«

»Zum Beispiel.«

»Sie sprachen aber vorhin von Stufe drei?«

Angewidert verzieht der Pilger den Mund. »Physikalische Beweisstücke. Fotos kann man fälschen. Es gibt im Internet unzählige Dienste, die das kostenlos bewerkstelligen. Aber: Etwa ein Viertel aller Meereskorallen der Erde befindet sich in Wohnzimmerregalen.«

»Fleisch«, flüstert Walpar fast andächtig.

»Vom Leib Gottes«, haucht das Männchen und bekreuzigt sich.

»Man stelle sich vor«, phantasiert Walpar, »der Rest des Leibes würde gefunden werden. Es gäbe eine Gottesbeweis-Hysterie.«

»Nicht auszudenken«, entfährt es dem Pilger. »Ein so großes Objekt könnte nur durch ein massives Aufgebot von Streitkräften beschützt werden.«

»Und wenn nicht?«

»Die Stufe drei des Touristen-Beweistriebs wird in der Fachliteratur Piranha genannt.«

In diesem Moment fliegt der Busfahrer Version 8.1 unangekündigt eine enge Kurve, die Stehplätze werden ordentlich durcheinandergewirbelt. Als Walpar seinen Gesprächspartner das nächste Mal sieht, klemmt er kopfüber zwischen den letzten beiden Reihen.

Während Walpar Lang X dabei zusieht, wie er in seinem grauen Anzug einfach nur umwerfend aussicht, werden ihm zwei Dinge klar. Erstens hofft er, dass der Asiate schwul ist. Und zweitens muss er den Leib Gottes finden, bevor es die Touristen tun.

Henriettes Mutter ist angepisst, um es vorsichtig auszudrücken. Ihrer Meinung nach sind alle Männer verräterische Schweine, bis auf jene, die einem ein Kind machen und dann so tun, als wäre das nicht ihre Idee gewesen – für solche Exemplare hat sie noch keine wirklich angemessene Bezeichnung gefunden, obwohl sie schon ziemlich viele ausprobiert hat.

Auf Io hat sie in acht Casinos den Mindesteinsatz verloren, digitale Croupiers und Barkeeper ausgefragt, bis ihr aufgegangen ist, dass sogar Männer, die nicht einmal voll ausgewachsen sind, schon zu allerlei Unverschämtheiten imstande sind, vermutlich, weil sie einfach nicht genug Pillen nehmen.

Gerade stürmt Henriettes Mutter über den Flur vor Walpar Tonnraffirs Apartment Nummer 234, in der einen Hand eine Plastiktüte mit zollfrei eingekauften Damendüften und der berühmten Io-Vulkanseife, in der anderen Hand eine geladene und entsicherte Krawtov 0,9.

Mit ein-, zweimal *Bamm!* öffnet sie die Wohnungstür, springt in den Korridor, der leer ist. Dann ins Wohnzimmer, das ebenfalls leer ist.

Auf dem Tisch steht ein Glas mit einem klebrigen Rest Getränks, aufgrund der Farbe mutmaßlich Quatlingsaft.

»Henriette?«

Zwei große Schritte, sie tritt die Tür zum Bad auf, dann die zum Schlafzimmer. Das Bett ist ordentlich gemacht und verwaist. Henriettes Mutter kann sich gerade noch zusammenreißen und verkneift es sich, die Matratze in ein Sieb zu verwandeln.

Der Junge, dessen Onkel auf ihrer Sterbeliste steht, hat sie nicht nur eiskalt getäuscht und auf eine falsche Fährte geschickt. Er hat auch noch ihre Tochter entführt. Dergleichen hat bisher nur einer gewagt, nämlich Henriettes Erzeuger. Und der wird dergleichen nie wieder tun.

Henriettes Mutter hat es nicht leicht als alleinerziehende Auftragsmörderin. Aber verdammt, sie liebt ihre Arbeit, und sie wird auch diesen Job erledigen. Sie wird Walpar Tonnraffir das Licht auspusten, und seinem vorwitzigen Neffen am besten gleich mit.

Sie ärgert sich bloß ein bisschen darüber, dass ihr einfach nicht mehr einfallen will, wer ihr diesen vermaledeiten Auftrag ursprünglich erteilt hat.

14 Dantes Imbiss-Klo, Weltraum

Der Charterbus steht kurz vor einer Meuterei. Diverse Pilger haben sich nun doch die Stiefel ausgezogen, andere haben mit der Missionierung der anderen Reisenden begonnen. Auf den hinteren Plätzen scheint eine Schlägerei stattzufinden, allerdings versperren mehrere Pilger die Sicht, sodass Walpar nicht erkennen kann, was genau da passiert. Falls sich der Schauplatz der Auseinandersetzung nähert, muss Lang X vielleicht seine Martial Arts anwenden, auf die Walpar sich die ganze Zeit freut.

»Verehrte Reisende«, verkündet der Busfahrer Version 8.1, »aufgrund der Lage an Bord hat sich eine Notfallfunktion aktiviert, die dafür sorgt, dass wir umgehend die nächstgelegene Weltraum-Raststätte aufsuchen. Dort können sich die unerwünschten Passagiere eine andere Beförderungsmöglichkeit suchen. Wir bitten um Ihr Verständnis und wünschen weiterhin eine angenehme Reise.«

»Das gute Nachricht«, sagt Lang X.

Neras Handtasche bimmelt. »Eine Videonachricht, bittefön«, blubbert die Tasche und klingt dabei, als hätte sie Trageschlaufen in der Nase.

»Abspielen«, sagt Nera und hält die Handtasche so, dass Lang X und Walpar das seitliche Display sehen können.

»Tilko!«, entfährt es Walpar, als das Gesicht seines Exfreunds auftaucht.

»Hallo Mama«, sagt Tilko. »Dies ist eine zeitversetzte Aufzeichnung, die dir meine, äh, Entführer senden.«

»Tilko«, haucht Nera. »Wer hat dich entführt?« Sie fragt das, obwohl er ihr gerade erklärt hat, dass er sie nicht hören kann.

»Äh, ich soll euch sagen, kommt besser nicht hierher.« Er gestikuliert, zuckt mit den Schultern. »Sonst machen sie Suppe aus mir.«

»Aber …«

»Suppe?« Walpar runzelt die Stirn, genau wie Lang X.

»Tschüss, Mama.« Und weg ist er.

»Das war alles?«

»Das sehr aufschlussreich«, behauptet X.

»Er hat dir nicht einmal Grüße an mich aufgetragen!«, beschwert sich Walpar.

Nera ist vorübergehend sprachlos, dann lässt sie die Handtasche sinken. »Mein Tilko«, haucht sie, »entführt …«

»Äh, ich …«, macht Walpar und fragt sich, was er Tröstendes sagen könnte.

Nera sieht geradeaus.

»Das heiße Spur«, sagt Mr. X.

Walpar fragt sich, was an dieser kurzen Nachricht so aufschlussreich gewesen sein soll. Zugegebenermaßen fällt es ihm schwer, sie mit hinreichender Distanz zu betrachten. Er hat Tilko immerhin eine Weile nicht gesehen. Einerseits haben sie sich getrennt, okay, aber andererseits kann es ihm nicht egal sein, dass er entführt wurde. Er fragt sich bloß, wo er das Lösegeld auftreiben soll, das freilich bislang nicht einmal gefordert wurde.

»Dantes Imbiss-Klo«, sagt Nera.

»Was?«

»Steht da.« Nera zeigt aus dem Fenster. Walpar streckt den Kopf rüber, kann aber nichts sehen. Dafür ist er jetzt näher an Lang X dran als je zuvor.

»Leuchtbuchstaben«, erklärt Nera. »Vielleicht heißt es auch Dantes Imbiss+Klo. Kann ich nicht genau erkennen. Jedenfalls bekomme ich Lust auf einen Imbiss. Am besten mit Alkohol. Zum Runterspülen.« Sie kramt ihr *MyCare*-Pillendöschen aus der Handtasche.

»Wir halten doch nur, um die Pilger aussteigen zu lassen«, gibt Walpar zu bedenken.

»Vielleicht gute Idee, hier aussteigen«, gibt Lang X zu bedenken.

»Wieso denn das?«

»Bus geht nach Mars zurück«, sagt der Asiate und zeigt mit der Handfläche vage nach vorn. »Tilko aber ist auf Erde.« Er zeigt in die andere Richtung.

»Wie kommen Sie darauf, dass er auf der Erde ist?«

Lang X sieht Walpar nachdenklich an. »Da müssten Sie eigentlich von selbst drauf kommen«, steht in seinem Gesicht geschrieben.

»Ja, wie?«, fragt Nera.

»Körpersprache und Bewegung verraten Schwerkraft. Tilko auf Erde.« Wieder dieser Blick zu Walpar. »Oder auf Planet mit annähernd gleiche Schwerkraft wie Erde.«

»Venus«, sagt Walpar automatisch. »Aber die ist nicht besiedelt.«

»Daher einzige Schlussfolgerung«, nickt Lang X. »Tilko auf Erde. Also wir fliegen zu Erde.«

Walpar verkneift sich den Hinweis darauf, dass Tilko eigentlich darum gebeten hatte, nicht zu ihm zu kommen. Möglicherweise hat er sogar weitere versteckte Hinweise gegeben. Intensiv überlegt Walpar, um vor X auf die nächste Idee zu kommen, aber er wird abgelenkt.

»Verehrte Reisende«, plärrt der Busfahrer, »wir landen nun in Dantes Imbiss mit Klo. Ich bitte alle zugestiegenen Gäste, den Bus hier zu verlassen.« Einige Pilger fangen eilig damit an, in ihre Raumanzüge zu schlüpfen. Dabei bleibt es nicht aus, dass Walpar einen Ellbogen an den Hinterkopf bekommt. »Bitte beachten Sie, dass wir in einer Großschleuse landen, Sie müssen daher keine Raumanzüge anlegen«, ergänzt der Fahrer.

»Also steigen wir aus?«, fragt Nera.

»Soll mir recht sein«, gibt Walpar ohne Begeisterung zurück.

Dantes Imbiss ähnelt einem Schildkrötenpanzer mit Leuchtbuchstaben. Innen parken mehrere Busse und Taxen, von bunten Werbevideo-Displays preist ein Typ mit langen Haaren – vorgeblich Dante, der Besitzer des Ladens – heute im Sonderangebot frittierte Algenbällchen und Ersatzschnitzel mit Kirschdessert an.

Die Pilger machen sich über die Taxis und Ersatzschnitzel her, während sich Nera, X und Walpar mit je einer Tüte Algenbällchen in eine Sitzecke zur Beratung zurückziehen. Wummernde Musik und plappernde Gäste weben einen dichten Teppich aus Lärm, der sich dumpf über Walpars Schädel legt. Der Detektiv bekommt fast augenblicklich Kopfweh.

Am Nebentisch debattieren zwei abgeschobene Pilger, am anderen Ende liefert sich ein Jugendlicher ein Duell mit einem an die Wand projizierten Drachen. Unter der Decke schweben längliche, graue Zigarren – Miniatur-Zeppeline, die die Bestellungen ausliefern.

»An deiner Stelle würde ich erst mal Kerbil suchen«, nuschelt Nera zwischen zwei Algenbällchen.

»Der kann auf sich selbst aufpassen«, brummelt Walpar unzufrieden. »Außerdem habe ich keinen Anhaltspunkt, wo er stecken könnte.«

»Das gilt für den Leib Gottes auch, oder?«

»Einfacher zu finden ist«, wirft Lang X ein. »Weil größer.«

»Das ist nicht witzig«, versetzt Walpar.

Der Asiate überlegt einen Moment, dann steht er auf. »Ich mich zurückziehe für einige Minuten.«

»Von mir aus.«

»Bis später«, singsangt Nera.

»Jetzt hör mir mal zu«, beginnt Walpar, als Lang X Richtung Klo verschwunden ist. »Tilko kann auf sich selbst aufpassen.«

»Normalerweise schon. Aber diesmal ist ihm etwas zugestoßen. Wir müssen ihn da rausholen. Es ist unsere heilige Pflicht. Heiliger als dieser ominöse Gottesleib. Sollen sich die Sekten mit den Anwälten herumschlagen. Wir suchen Tilko.«

»Mein Auftrag sieht etwas anders aus.« Walpar klopft mit seiner Algenbällchentüte auf den Tisch. »Wenn einer wie Costello eine Drohung ausspricht, dann muss ich die ernst nehmen. Ich muss tun, was er sagt. Ich muss den Rest finden.«

»Und Kerbil?«

»Der kann …«

»… auf sich selbst aufpassen?« Nera funkelt Walpar an. Sie strahlt in ihrem schwarzen Fummel eine Magie aus, die Walpars gewöhnlich anders gepolten Magnete zum Schwingen bringt.

»Der kann nicht weit sein«, knirscht Walpar. »Ich rufe gleich mal in der Entziehungsanstalt an. Vielleicht ist er da wieder aufgetaucht.«

»Einfach so?«, zweifelt Nera.

»Einfach so«, bestätigt Walpar. »Jungs machen so was. Verschwinden und wieder auftauchen, meine ich.« Er beugt sich vor. »Sucht ihr mal den verlorenen Sohn. Vermutlich ist der eh nur einem hübschen Hintern hinterher gelaufen.«

»Walpar!«

»Ich geh nach Südkalifornien. Diese Werbeagentur, All Comm, hat was mit der Sache zu tun. Sie erheben Besitzansprüche. Auf das Ganze. Nicht nur auf den Finger.«

»Wie kommst du darauf?«

»Teile ihres Territoriums, die vor der Regierungsübernahme entfernt wurden, gehen in den Besitz der provisorischen Regierung über«, zitiert Walpar.

»Ja und?«

»Damit ist der Rest gemeint.«

»Und daraus schließt du, dass die All Comm Bescheid weiß? Vielleicht wollen sie einfach nur verhindern, dass sich jemand anderes den Leib unter den Nagel reißt. Wie die Pilger zum Beispiel.«

»All Comm hat kommerzielle Beweggründe.«

»Madame?«, meldet sich Lang X zu Wort, der mit einem Mal wieder neben dem Tisch steht. »Ich nun verfüge über weitere Information.«

Walpar lässt sich gegen die Lehne seines Stuhls fallen und schaut von Nera zu X und zurück. Er fragt sich, warum er sich fragt, welche der beiden Personen er attraktiver findet.

»Zeitversetzte Videobotschaft wurde gesendet in Ort namens Hattingen.«

»Nie gehört.«

X lächelte. »Dort Tempel von pünktliche Ankunft.« Er schüttelt den Kopf. »Das kein Zufall.«

Walpar verschränkt die Arme vor der Brust. »Und woher wollen Sie das wissen, Mr. X?«

»Ich Service-Callcenter von Videobotschaftdienst angerufen.«

»Ja und?«

»Ich meinen Charme spielen lassen«, lächelt Lang X. »Das immer funktioniert.«

»Daran habe ich keinen Zweifel«, rutscht es Walpar raus.

»Mr. X«, sagt Nera mit einem Seitenblick zu Walpar, »Sie sollten Detektiv werden.«

»Für Sie ich werde alles, Madame«, entgegnet X und deutet eine Verbeugung an. »Draußen warten Taxi.« Er hält Nera die Hand hin, und sie steht auf.

Walpar versucht, nicht beeindruckt, sondern verärgert zu sein. »Wiedersehen«, nuschelt er und widmet sich seinen verbliebenen zwei Algenbällchen. »Und viel Erfolg.«

Nera klopft auf die Tischplatte. »Melde dich, wenn du Kerbil gefunden hast.« Er entgegnet nichts, sie dreht sich um und verschwindet mit ihrem Söldner zu der Reihe mit den Taxis.

»Wir sind hier alle ganz cool drauf«, sagte Tilkos neuer Chef. »Kaffee?« Er zeigte auf eine Schale mit braunen Pillen.

»Danke, aber ich versuche gerade, von einer Sucht loszukommen. Mit einer neuen fange ich erst an, wenn der Stress richtig losgeht.«

»Nimm eine Pille«, grinste der Project Manager und hielt Tilko energisch die Schale hin. Sie zeigte ein penetrantes Blümchenmuster und stammte schätzungsweise aus dem 17. Jahrhundert. »Unser Projekt lässt nur Zeit für Süchte, die sich schnell befriedigen lassen. Kein Sex, keine Frauen. Stattdessen Koffeinpillen und Heavy Metal. Obwohl wir es manchmal schaffen, zum Kaffeeautomaten zu pilgern. Den Weg findest du bald im Schlaf. Ha ha.«

»Beruhigend«, sagte Tilko.

»Du wirst im Bereich Ausstattungsverfügbarkeitsmanagement arbeiten. Alles coole Leute.«

»Muss ich mir auch die Haare wachsen lassen?«

»Huahaha, du bist hier richtig. Ich prophezeie dir große Aufstiegschancen, so wahr ich Projektmanager bin. Vielleicht sitzt du eines Tages sogar auf meinem Stuhl. Wenn ich an einer Überdosis Pillen gestorben bin, ha ha.«

»Ausstattungsverfügbarkeit?«

Der Projektmanager schnippte mit den Fingern. »Klar, im Kino. Du weißt schon, Werbemittel installieren und den Bestand managen. Inklusive Projektionslinsen auswechseln, Nachfüll-Popcorn ordern und Verbrauchskurven berechnen. Du kannst doch rechnen?«

Tilko seufzte und bediente sich an der Blümchenschale. »Wenn ich genug Pillen nehme, bestimmt.«

Ein Lastwagen überfuhr die Fratze seines Chefs und hinterließ ein breites Grinsen. »Solche Leute brauchen wir!«

»Gut«, brachte Tilko hervor, während er versuchte, den herben Geschmack der Kaffeepille zu ignorieren. »Gut.«

15 Südkalifornischer Einreiseschalter, Erde

Walpar hat Multi-Kopfschmerzen. Sie haben angefangen, als Nera und X das letzte Taxi genommen haben. Diverse Pilger hatten bereits zuvor den Vorrat beinahe erschöpft. Über eine Stunde hat Walpar auf ein Taxi gewartet, das nicht rein zufällig gerade einen hohen Sondertarif verlangte.

Das Taxi war ein Fiat mit Partikelturbine, die während des Fluges wummerte, als stünde eine Explosion unmittelbar bevor. Außerdem ließ sich die Beschallung durch italienischen Weichspül-Hardrock nicht abschalten.

Zu allem Überfluss hat Walpar feststellen müssen, dass es vor dem südkalifornischen Einreiseschalter im ehemals nicht-kubanischen Guantanamo zwar keine nennenswerte Warteschlange gibt, aber ein Schild mit der Aufschrift »Keine Einreise ohne Ausbeutungsnachweis«. Die Schlange vor dem Büro für Ausbeutungsvermittlung ist dafür anscheinend mehrere Kilometer lang.

Beide Büros sind in einem angerosteten Container untergebracht, hinter dem verlockend die südkalifornische Flagge weht, unverkennbar durch den grinsenden Yuppie mit der Zigarre zwischen den Zähnen. Seit dem Großen Erdbeben, das den nördlichen Teil Kaliforniens im Sankt-Andreas-Graben versenkt hat, gehört der Rest des Landes aus Gründen, die hauptsächlich mit clever vereinbarten Versicherungsprämien zusammenhängen, der All Comm – die die Konkursmasse der restlichen Vereinigten Staaten für einen symbolischen Dollar übernommen hat. Einige Werbekampagnen später gehörten auch Puerto Rico, Mexiko und Sizilien zur All Comm.

Walpar reiht sich hinter einem dürren Asiaten ein, der zwei Samuraischwerter auf dem Rücken trägt und den Eindruck erweckt, als würde es nicht mehr lange dauern, bis er sich den Weg frei mäht.

Hinter Walpar stellt sich eine Französin mit Modelfigur und geblümter Handtasche und unterhält sich ununterbrochen mit jemandem, der nicht anwesend ist. Ein Telefon kann Walpar nicht erkennen, vermutlich steckt es in dem knappen Oberteil oder den riesigen Ohrringen.

Die Schlange bewegt sich im Schneckentempo vorwärts und kubanische Bauchladenhändler bieten unentwegt und lautstark ihre Waren feil: Eis, Chips, Sandwiches. Bislang hat Walpar nur einem ziemlich hübschen Señor nicht widerstehen können, der eisgekühlte Drinks mit echtem kubanischen Rum anbietet.

Da haben wir ihn schon, den nächsten Grund für Walpars Kopfschmerzen.

»Señor«, spricht ihn eine braungebrannte Kubanerin an, »kaufen Fidel. Billig und lustig, guck!«

Walpar langweilt sich in der Warteschlange, also schaut er sich an, was die Verkäuferin anbietet. In ihrem Bauchladen sitzen zwei Dutzend Puppen mit schmächtigem Körper und verhältnismäßig riesigem Schädel. An den Kinnen sind lange, graue Bärte befestigt, und die Puppen tragen olivfarbene Uniformen.

»Können die auch sprechen?«, fragt Walpar desinteressiert.

»In 333 Sprachen«, sagt die Kubanerin glücklich. »Fidel-Puppe verbreitet wahren Sozialismus in ganze Welt!« Sie gestikuliert ausladend, wobei ihre Brüste die Fidels in der hintersten Reihe umwirft. »Sogar Malediven Weisheit dank kleinen Fidel erkannt und Sozialismus eingeführt!«

»Sind die Malediven nicht untergegangen?«, fragt Walpar misstrauisch.

»Sie keine Ahnung von Weltklimafolgengeschichte, Mister?«

»Nun …«, sagt Walpar und scharrt mit den Füßen.

»Malediven befinden sich jetzt auf festgebundenen ausgemusterten Öltankern an ungefähr gleicher Stelle wie zuvor. Und großartige Beispiele für Sozialismus!« Die Verkäuferin stellt geduldig die Fidel-Figuren wieder auf die Beine, die ihre Brust umgeworfen hat. Dann hält sie Walpar eine der Puppen vor die Nase und drückt einen Knopf an ihrem Hintern.

»Im Namen der internationalen Solidarität fordere ich die Arbeiter in allen Ländern auf, sich der sozialistischen Bewegung anzuschließen. Ich glaube fest daran, dass eine bessere Welt möglich ist. Ideen brauchen keine Waffen, wenn sie knarz knarz …« Die Puppe bewegt sogar den Mund dabei.

Walpar verzieht das Gesicht. »Das ist mir zu politisch.«

»Zu politisch? Jeder Mensch ist zutiefst politisch«, fährt Klein-Fidel aus der Haut und ballt die winzige Faust.

»Schon gut«, beschwichtigt Walpar. »Wie viel kostet er?«

»Señor, für Sie nur 15,99!«

»Ich überlege es mir«, sagt Walpar. »Ich winke dann, ja?«

»Gerne, Señor.«

Der Weltraumdetektiv nimmt mit Erleichterung zur Kenntnis, dass die Verkäuferin den nächsten möglichen Interessenten in der Schlange lokalisiert hat.

Dann fällt sein Blick auf ein Schild mit der Aufschrift »Ab hier Wartezeit zwei Tage«.

So lange wird Walpar die karibische Sonne nicht ertragen können, und die unentwegt plappernde Französin auch nicht. Er benötigt eine Fahrkarte für die Überholspur. Links und rechts von der Warteschlange gibt es aber nur die fliegenden Händler, ein Palmendickicht und einen Bauzaun, der fingerdick mit Werbung tapeziert ist.

Einen Moment überlegt Walpar, ob er warten soll, bis der Asiate vor ihm die Nerven verliert und die Warteschlange niedermetzelt. Dann schüttelt er den Kopf und fasst einen Entschluss. Er winkt der Kubanerin mit den Fidel-Figuren. Als sich die Señora lachend nähert und in ihrer Muttersprache den nächsten bekehrten Sozialisten bejubelt, unterbricht er sie: »Was kostet es, wenn Sie mir Ihren Bauchladen für eine Stunde leihen? Einhundert?«

»Señor, Sie beschämen mich! Sehe ich aus wie Kapitalistin schäbige?«

»Überhaupt nicht«, wehrt Walpar ab.

»Ich bekomme von alle Verkäufe 95 Prozent.«

»Dann sind wir uns einig«, lächelt Walpar.

»Hier, dann nehmen Sie, Señor, ich machen Siesta. Hasta la vista!«

Walpar tritt aus der Schlange, die sofort die Lücke schließt. Weder der Samurai noch die Französin beachten, was neben ihnen geschieht. Der Detektiv hängt sich den Bauchladen über die Schultern und stolziert neben der Schlange her Richtung Büro. »Kaufen Sie die Ikone der Freiheit, Klein-Fidel heute nur für 99,99!«

Walpar ist sich der unverschämten Preiserhöhung bewusst, aber erstens will er überhaupt nichts verkaufen und wenn, dann wenigstens von seinem Anteil den nächsten Drink bezahlen können.

»Nieder mit dem Kapitalismus!«, ruft Walpar fröhlich, »Ausgebeutete aller Länder, vereinigt euch!«

»Verpiss dich«, knirscht die Warteschlange.

»Fidel ist für alle da«, phantasiert Walpar, »auch als Geschichtenerzähler zum Einschlafen bestens geeignet!«

»Hey du da«, raunzt ein bärenähnlicher Wartender, der vermutlich einen Job als Trucker sucht.

»Wer, ich?«, fragt Walpar.

»Verkaufst du auch Bier?«

»Leider nicht«, entgegnet Walpar, »obwohl ich zugebe, dass ich damit vielleicht ein besseres Geschäft machen würde als mit diesem anspruchsvollen Erwachsenenspielzeug.«

»Ich brauch 'nen Bier«, sagt der Bär weinerlich und guckt mit einem Auge an Walpar vorbei.

Der tätschelt dem Mann die haarige Wange und tröstet ihn: »Wenn ich einem Getränkeverkäufer begegne, schick ich ihn zu dir, okay?«

Dann geht er weiter, probiert neue Slogans aus: »Kauft politisch fortschrittliche Fidel-Figuren, garantiert ohne faule Kredite und absolut unamerikanisch!« Er merkt, dass er übermütig wird und sich lieber überlegen sollte, wie er es schafft, sich vorne wieder in die Schlange einzureihen.

Das erweist sich als unkompliziert, da der Container eine Art Schleuse zwischen Schlange und Schalter besitzt. Walpar muss nur »Verzeihung« murmeln, die Schleuse betreten, dort den Bauchladen mit den Fidels auf einen Mülleimer stellen und die Tür ins Allerheiligste aufstoßen.

»Hab ich etwa *Next* gerufen?«, mault der Cowboy hinter dem Tresen. Als Walpar sich nähert, nimmt der Kerl trotzdem nicht die Stiefel vom Schreibtisch, stattdessen zieht er intensiv an der obligatorischen Zigarre.

»Hab ich genau gehört«, behauptet Walpar. »Ich brauche einen Job.«

»Es gibt im Moment keinen, stell dich hinten wieder an«, brummelt der Cowboy und pustet Walpar eine Qualmwolke entgegen.

»Sie haben mich nicht einmal nach meinen Fähigkeiten gefragt.«

»Bist du ne süße Tussi mit dicken Titten?«

»Nein«, muss Walpar zugeben.

»Nen muskulöser Stecher auf Steroid, der gerne vor laufender Kamera süße Tussis bumst?«

»Äh, auch nicht.«

»Oder ein Knastbruder, der Baseballschläger bei Stalkern anwendet, die süße Tussis und geile Stecher nerven?«

Mutlos betrachtet Walpar seine früher mal gut trainierten Oberarme.

»Oder biste nen abgefuckter Kreativer, der sich 20 Stunden täglich megacoole Kampagnen für Erwachsenenunterhaltung ausdenkt, die dann vom Agenturchef durch den Kakao gezogen werden?«

»Leider nein.«

»Tja«, meint der Cowboy geringschätzig, »dann hätte ich nur noch eine Stelle als knackige Hostess auf einem Stand von *AAA Best Gay Movies Inc.* auf der Medienmesse, die morgen startet.«

Walpar will schon den Kopf schütteln und zu seinen Fidels zurückkehren, dann hält er inne. Er zieht seinen Pferdeschwanz fest, baut sich breitbeinig vor dem Schreibtisch auf und jodelt: »Was meinste, weshalb ich hier bin, du knackarschiger Prachtkerl? Jetzt mach hin, ich hab einen Job zu erledigen!«

Als Walpar mit seinem digital unterschriebenen Ausbeutungsnachweis winkend ins Büro nebenan tritt, entlockt er der ganzen Warteschlange ein neidisches Stöhnen. Bevor jemand auf die Idee kommt, ihm das Dokument mit Gewalt abzunehmen, macht Walpar, dass er in den Container kommt.

Eine verschrumpelte Tante, der man anscheinend das Silikon abgezapft hat, thront jenseits eines vergitterten Fensterchens und ist die Herrin über das stählerne Tor, hinter dem die Freiheit Südkaliforniens wartet.

»Ausbeutungsvermittlung is andere Tür«, nuschelt die Tante knapp.

Walpar schiebt sein Dokument durch die Öffnung. Der Schrumpeltante klappt die Kinnlade runter, dann nimmt sie die Papiere entgegen und setzt sich eine goldene Brille auf die Nasenspitze. Kopfschüttelnd hält sie die digitale Signatur vor den Scanner. »Es ist echt«, haucht sie, als hätte sie nie zuvor etwas Derartiges gesehen. Dann gafft sie Walpar über ihre Brille hinweg an. »Ein Job als schwule Hostess?«

Walpar verschränkt die Arme vor der Brust. »Was dagegen?«

Die Züge der Tante verhärten sich, soweit es ihre Falten zulassen. »Ist ja Ihre Sache.« Energisch donnert sie einen Stempel auf Walpars Dokument, zupft einen Durchschlag heraus und lässt ihn unter ihrem Schreibtisch verschwinden. Dann dreht sie einen Schlüssel an einem Plastik-Bedienpult und drückt eine rote Taste direkt daneben. Ein metallisches Summen ertönt, das Schloss schnappt auf.

»Hasta la vista, Baby«, sagt Walpar und tritt durch die quietschende Tür hinein ins reichste Land der Welt.

16 Tempel der pünktlichen Ankunft, Erde

Nera und Lang X überqueren vor einem Schnellrestaurant die breite Straße und stehen vor dem Tempel der pünktlichen Ankunft. Diverse Banner verleihen dem ehemaligen Möbelhaus ein spirituelles Flair, ein Spruchband verkündet großbuchstabig: »WIR WUSSTEN ES.«

»Schleichen wir uns rein?«, fragt Nera unschlüssig.

Lang X sieht sich nach allen Seiten um. Sie sind derzeit die einzigen Menschen auf der Straße und unübersehbar für jeden Sektenjünger, der zufälligerweise gerade aus dem Fenster guckt. »Nein«, schüttelt der Asiate den Kopf, »wir nehmen Rolltreppe.«

»Und dann?« Nera setzt sich in Bewegung.

»Dann wir lassen durchführen Pünktlichkeitsritual.«

»Muss das sein?«

»Ritual dient dazu, Weltlinie von bestimmte Person zu ermitteln.« Inzwischen stehen die beiden auf der Rolltreppe, die sie sanft ins erste Stockwerk trägt. In einer von hier aus sichtbaren Nische klebt noch ein bestimmt hundert Jahre altes Werbeplakat »Sonntag große Küchenschau, ohne Beratung und Verkauf«.

Eine melonenbusige Blondine ziert die klobigen Buchstaben. Ein sonderbarer Marketing-Schachzug, schließlich sollen keine Autoteile vorgeführt werden.

Das Plakat lenkt Nera ab, außerdem hat sie keine Ahnung, was eine Weltlinie ist. Na ja, immerhin verrät ihr die große, spiegelnde Wand am oberen Ende der Rolltreppe, dass sie ziemlich cool aussieht in ihrem schwarzen Fummel, auch ohne zwei Melonen im BH.

Plötzlich stehen zwei Sektenjünger in grünen Kutten im Weg, die ein bisschen an Laurel und Hardy erinnern, was ihren Körperbau angeht.

»Pünktliche Ankunft«, sagt Lang X und tippt sich auf die Armbanduhr. Die Jünger erwidern den Gruß ohne Begeisterung.

»Wir gekommen für Pünktlichkeitsritual.«

»Das ist kostenpflichtig«, sagt der Jünger Laurel und grinst.

»*Sehr* kostenpflichtig«, betont Jünger Hardy.

X wischt die Einwände beiseite. »Kosten keine Rolle spielen, alles Spesen.«

Nera klappt den Mund auf, aber die Jünger nicken zufrieden. »So folgt uns, im Namen des Großen Fahrplans.«

»Ich doch sehr hoffe, Große Priester höchstpersönlich Ritual durchführt?«, plaudert Lang X, während Nera beobachtet, dass die Jünger unter den grünen Kutten farblich passende Socken und Sandalen tragen.

Sie folgen den Männern in einen großen Saal, der mit Bannern und Wimpeln reich geschmückt ist. Auf ordentlich aufgereihten Holzbänken sitzen Dutzende Jünger im Gebet vertieft, viele von ihnen mit dicken Büchern auf dem Schoß.

Vorn steht ein Altar, über dem eine große Uhr hängt, Zifferblatt weiß, Zeiger schwarz. Darunter stützt sich Gern den Wool, der Hohepriester, auf seinen zeremoniellen Stab. Er ist in ein Gespräch mit einem Mann vertieft, den grauer Anzug und Köfferchen als Versicherungsmakler oder Steuerberater identifizieren.

Die beiden Jünger bleiben in gebührendem Abstand stehen. »Es sind noch alle Gleise belegt«, flüstert der dünnere.

»Das fahrplanmäßige Verzögerung, nehme ich an«, sagt Lang X spitz.

»Sie sprechen zwar komisch«, sagt der Jünger, »aber Sie kennen sich gut aus.«

»Ich immer lege Wert darauf, gut informiert zu sein.«

»Sagen Sie«, zupft Nera den Oliver-Hardy-Ersatz an der Kutte, »wie kommt es eigentlich, dass man bis zum Auftauchen des Fingers nichts von Ihrer Sekte gehört hat?«

Der dicke Jünger dreht sich zu ihr um. »Wir sind hervorgegangen aus einem Fahrgastverband namens Pro Bahn. Es gab eine düstere Vorzeit, in der unsere Brüder und Schwestern für die Pünktlichkeit ihrer Züge gebetet haben. Das war, bevor sie dazu in der Lage waren, den Großen Fahrplan zu lesen.«

»Aha, und was genau ist der Große Fahrplan?«

Hardy zeigt auf den Altar. Jetzt sieht Nera es auch: ein riesiges, in dickes Leder gebundenes Buch, das aufgeschlagen auf dem Altar liegt. »Ich habe das für eine Bibel gehalten«, gibt sie leise zu.

»Oh nein«, schüttelt der Jünger heftig den Kopf, sodass sein Doppelkinn vibriert, »die Bibel ist viel ungenauer. Man muss sie erst auslegen, und selbst das führt meistens zu völlig gegensätzlichen Aussagen.«

»Und in diesem …Fahrplan steht alles ganz genau? Ich meine … *alles?*«

»Oh ja«, nickt der Jünger.

»Aber wie passt das alles in ein Buch?«

»Es ist sehr dicht mit äußerst kleinen Zeichen bedruckt, außerdem werden zahlreiche Abkürzungen verwendet«, erklärt der Jünger. »Übrigens haben Sie hübsche Ohren.« Er entblößt gerade, weiße Zähne.

»Sie auch«, gibt Nera zurück, woraufhin Hardy irritiert seine Hörorgane betastet.

Lang X streicht sich mit der Hand über die Nasenspitze. »Ich gerne in diesem Buch lesen würde.«

»Oh nein«, wehrt der andere Kuttenträger ab, »das ist nur dem Hohepriester erlaubt. Nur er besitzt die Weisheit und Geisteskraft, um seine Kräfte zugunsten unserer Bewegung zu nutzen. Wir Jünger müssen zunächst die Sprache der vorzeitlichen Kursbücher erlernen, bevor wir den Großen Fahrplan studieren und begreifen können.«

»Pssst«, macht Jünger Hardy. »Es ist gleich soweit.

In der Tat packt der Anzugträger gerade einige Papiere in sein Köfferchen und verabschiedet sich mit einem Händedruck vom Hohepriester. Der schickt noch eine segensreiche Geste hinterher, dann marschiert der Besucher davon. Als er an Nera vorbeikommt, meint sie ein geflüstertes »so ein Hurensohn« zu hören.

Die Kuttenträger setzen sich in Bewegung, Nera und X folgen.

»Oh Weiser des Großen Fahrplans«, salbadert der dicke Jünger mit gefalteten Händen, »hier sind zwei zahlungswillige Reisende, die eine Information aus dem Großen Fahrplan wünschen.«

Gern den Wool macht eine väterliche Geste. »Willkommen, willkommen. Ich bin bereit, eure Frage zu hören.«

X ergreift das Wort. »Oh großer Fahrplanleser, wir wünschen zu erfahren den Aufenthaltsort ...«

Den Wool wackelt mit dem Zeigefinger. »Der Große Fahrplan berichtet nur über Ankunft und Abfahrt.« Lächelnd umklammert der Hohepriester seinen Stab.

Der Asiate runzelt die Stirn. »Verstehe. Dann wir zu erfahren wünschen Ankunft und den Bahnhof von dem Sohn von Madame.« Dabei zeigt er auf Nera, die verlegen lächelt.

Gern den Wool nickt langsam. »Die Gebühr für diese Auskunft beträgt 499,99.«

»Spesenkonto«, winkt Lang X ab und sucht ausgerechnet jetzt Blickkontakt zu Nera. »Ein Foto hilfreich wäre«, sagt er.

Nera nickt und befummelt kurz ihre Handtasche, auf deren seitlichem Display daraufhin ein etwas unscharfes Foto von Tilko erscheint. Die Handtasche kann vieles und war auch ziemlich teuer, aber für vernünftige Fotos braucht man nach wie vor eine ordentliche Kamera. Andererseits führen Kameras der gehobenen Kategorie heutzutage automatisch Verschönerungen der Motive durch, sie entfernen beispielsweise Pickel und Hautunregelmäßigkeiten, was nicht unbedingt dabei hilft, einen Menschen anhand seines Fotos wiederzuerkennen. Aber darum geht es bei Fotos ja gar nicht, sie sollen bloß hübsch aussehen. Wenn man schon eine Stange Geld für so eine

Kamera bezahlt, soll die nicht bloß die schnöde Realität abbilden. Dafür genügen die Augen, und die erledigen den Job sogar kostenlos, wenn man Brille oder Laseroperation mal außen vor lässt.

Als Gern den Wool das Foto von Tilko sieht, blitzt es in seinen Augen auf. Er prallt zurück und macht »Oh«. Doch er hat sich sofort wieder unter Kontrolle. »Oh, mir fällt gerade ein, dass im Großen Fahrplan steht, dass ich zu einer wichtigen, ich meine ... segensreichen Reise aufbrechen muss. Ihr müsst mich entschuldigen.«

»Das aber jetzt nichts kostet, oder?«, fragt Lang X und macht einen Schritt auf den Hohepriester zu, bevor die Jünger ihn daran hindern können.

»Nein, nein«, wehrt den Wool ab und eilt Richtung Seitenausgang.

»He!«, ruft Nera und will hinterher, aber der Abenteuersöldner hält ihren Oberarm fest.

»Wir jetzt gehen«, sagt Lang X entschlossen und winkt Nera Richtung Ausgang.

»Aber er hat auf Tilkos Foto eindeutig reagiert!«, flüstert Nera im Gehen.

Der Asiate sieht sich demonstrativ um. »Zu viele Ohren«, zischt er. »Wir hinaus. Ich hungrig.«

»Wie bitte?«, entfährt es Nera. »Wie kann man jetzt an Essen denken, wo wir endlich eine Spur ...«

»Wir später zurückkommen.« Inzwischen durchqueren sie das Foyer des Tempels, treten auf den Vorplatz. »Mit Waffen.«

Ein Lächeln erobert Neras beinahe jugendliches Gesicht. »Das klingt schon besser.«

Sie verlassen den Tempel entschlossenen Schrittes. Auf der anderen Straßenseite bleiben sie stehen. »Wollen Sie wirklich da rein?« Nera nickt abfällig Richtung Glastür des Restaurants, wo ein animierter Clown lockende Gesten macht, die auf Kinder niedlich und auf Erwachsene frivol wirken sollen.

»Nichts gehen über Ratespieße mit Gorgonzola«, grinst Lang X. »Sie etwa noch nicht probiert?«

»Äh nein«, quetscht Nera hervor. »Muss ich?«

»Ich darauf bestehe«, sagt X und hält seiner Auftraggeberin die Tür auf.

Das Innere des Junkfood-Restaurants riecht wie eine ausgebrannte Pferdeschlachterei, die versehentlich mit Zuckerbrause gelöscht worden ist. An Wänden und Säulen stopfen animierte Clowns unentwegt Matschburger Extra Geil in sich hinein, nur unterbrochen durch Ansagen einer vollbusigen Blondine, die gesundheitliche Unbedenklichkeit der angebotenen Nahrungsmittel garantiert. Am Ende der Ansage rutscht ihr versehentlich die Bluse zur Seite und entblößt für eine fünfzigstel Sekunde ihre linke Brustwarze.

Die Blondine kommt Nera irgendwie bekannt vor, bloß die Sache mit der Bluse erscheint ihr völlig unpassend.

Lang X beobachtet einen Androiden im Ninja-Kostüm, der vor einer Schar kerngesunder, nur leicht übergewichtiger Kinder mit Matschburgern jongliert und zwischendurch mit Fettbrötchen beworfen wird. Nera zieht Lang X am Ärmel, bevor sich der Söldner einmischen kann.

Die beiden wählen einen Tisch, der etwas abseits liegt. In der Nachbarschaft sitzt ein Harlekin-Androide zusammengesunken auf einer Eckbank. Entweder schläft er, oder er ist kaputt. Nach kurzer Wartezeit taucht eine junge Bedienung in der albernen Uniform der Junkfood-Kette auf, spuckt auf den Tisch und wischt mit dem Ärmel darüber. »Unser Bedienungsandroide ist kaputt«, sagt das Mädchen und nickt in Richtung Harlekin, »ihr müsst mit mir vorliebnehmen.«

»Macht nichts«, sagt Nera.

»Ich vergesse aber die meisten Bestellungen.«

»Schreib sie doch auf.«

»Ich kann nicht schreiben«, sagt das Mädchen entnervt. »Willste jetzt was bestellen oder nicht?«

Lang X ergreift das Wort: »Zweimal Ratespieß mit Gorgonzola.«

»Das ist leicht zu merken«, freut sich die Bedienung und eilt davon, bevor Mr. X Getränke ordern kann.

»Also«, beugt Nera sich vor, »wie gehen wir weiter vor?«

Lang X sieht nachdenklich nach draußen. Dann zeigt er auf ein Banner, das neben dem Zugang zum Tempel hängt. »Heute Abend große Zeremonie, Eintritt frei«, liest X vor. »Wir uns unauffällig mischen unter Zuschauer. In richtige Moment entführen Hohepriester.«

»Einfach so?«

»Nein«, lächelt Lang X. »Mit Waffengewalt.«

Nera streicht sich über den Lederfummel. »Endlich.«

»Dann wir führen Befragung durch und bekommen alle Informationen, die wir suchen.«

»Einfach so?«

»Hier bitte, zwei Matschburger mit Geiler Soße. Guten Appetit. Ich find die Dinger ja nicht so lecker.«

Nera schaut fassungslos auf den Pappteller, den ihr die Bedienung hingestellt hat.

»Mademoiselle«, sagt Mr. X, »wir Ratespieße bestellt, nicht Matschburger.«

»Mist, schon wieder falsch«, schluchzt das Mädchen und stampft mit dem Fuß auf. »Jetzt muss ich wieder die Toiletten putzen.«

»Ist ja nicht so schlimm«, lügt Nera.

»Ist es wohl! Der Kindergeburtstag da vorne macht nämlich mit voller Absicht immer daneben!« Sie zieht Rotz hoch. »Zuerst lass ich mich auf diese Busfahrt ein, und jetzt muss ich hier arbeiten, um nicht zu verhungern.«

»Das klingt wirklich schlimm«, nickt Nera verständnisvoll, versteht allerdings rein gar nichts.

»Daran ist bloß dieser Philip Marlowe schuld. Wenn er zu Hause gewesen wäre, hätte Mama ihn erschießen können, und wir wären wieder gegangen.«

»Das Leben läuft eben nicht immer so, wie man …« Nera stutzt. »Augenblick. Hast du Philip Marlowe gesagt?«

»Ja. Der Privatdetektiv vom Mars. Der ist schuld. An allem.« Sie setzt einen Schmollmund auf und verschränkt die Arme vor der Brust.

»Hör zu«, sagt Nera, »ich mache dir einen Vorschlag. Wir verraten deinem Boss nicht, dass du uns Matschburger statt, äh …«

»Ratespieße«, hilft Lang X. So etwas wie Unzufriedenheit schwingt selten in seiner Stimme mit, aber jetzt ist das eindeutig der Fall.

»Ratespieße«, wiederholt Nera.

»Mit Gorgonzola.«

»Ja. Wir sagen niemandem was davon.«

»Was muss ich dafür tun? Doch nichts Unanständiges?«

»Nein nein, du musst dich nur kurz zu uns setzen und genauer erzählen, was passiert ist. Wirst du das tun?«

Das Mädchen schüttelt den Kopf. »Nee.«

Nera atmet hörbar aus. »Warum denn nicht?«

»Da hinten sitzt ein Mann, der die ganze Zeit auf seine Frösche mit Pommes wartet. Wenn ich den bedient habe, hab ich kurz Zeit.«

»Gut«, lacht Nera, »dann bis gleich.«

Als die Bedienung Richtung Küche verschwunden ist, fragt Lang X: »Philip Marlowe? Ist das nicht Figur aus sehr alte Film?«

»Stimmt«, nickt Nera und schaut sich nach dem Mädchen um. »Aber der Name ist mir in letzter Zeit schon einmal begegnet. Im Zusammenhang mit Walpars Neffen.«

»Verstehe«, nickt Lang X.

»Wirklich?«

»Ja. Neffe von Walpar Tonnraffir ist großer Fan von alte Filme.«

»Genau«, nickt Nera.

»Er so großer Fan, dass er seinen Onkel Marlowe nennt.«

»Scharfsinnig«, bestätigt Nera voller Respekt.

In diesem Moment taucht das Mädchen wieder auf und bringt dem anderen Gast sein Essen. Offenbar ist es nicht ganz verkehrt, jedenfalls gibt es keine Beschwerde. Mit einem Plastikstuhl im Schlepptau nähert sich die Bedienung und nimmt Platz. »Hat's geschmeckt?«

»Äh«, macht Nera. Sie hat völlig vergessen, ihren Matschburger zu probieren. »Ist noch zu heiß.«

»Mein Name Lang X«, stellt der Asiate sich vor. »Dies Madame Nera Zerhunnin. Und wie dein Name lauten?«

»Spricht der immer so komisch?«

»Das ist cool«, nickt Nera.

»Ich heiße Henriette. Meine Mama hat gesagt, ich darf mit dem Jungen spielen. Und jetzt bin ich hier und muss für den Rest meines Lebens Toiletten putzen.«

»Was für ein Junge?«

»Ach, der. Kerbil heißt der.«

Nera zuckt zusammen. »Du hast Kerbil getroffen?«

»Klar. Wir sind mit dem Bus geflogen.«

»Nur ihr beide?«

»Wir sind schon groß genug dafür!«, behauptet Henriette nachdrücklich. »Wieso hast du so komische Ohren?«

»Die sind cool«, sagt Nera, in der Hoffnung, dass ein vielleicht 14-jähriges Mädchen das schon verstehen wird. »Ihr seid also mit dem Bus zur Erde geflogen. Und wieso?«

»Wegen Ermittlungen. Kerbil ist ja Assistent von Philip Marlowe, dem Detektiv. Und er wollte drüben in dem Tempel nach Spuren suchen.«

»Und wo …«, Nera zögert. »Wo ist Kerbil jetzt?«

»Das auf der Hand liegt«, mischt Mr. X sich ein.

Nera sieht nach draußen, wo die bunten Banner vor dem Ankunftstempel fröhlich im Wind flattern.

17 Interplanetares Medienzentrum, Erde

Man hat Walpar ein kirschrotes Sakko aufgezwungen. Es trägt auf der Brusttasche das Logo von *AAA Best Gay Movies*. Das sieht aus wie zwei verknotete Spargelspitzen, aber mit ein bisschen Fantasie kann man sich leicht was anderes drunter vorstellen. Der Stand selbst besteht zum großen Teil aus rosa getönten Glasbausteinen, dazwischen Displays mit posierenden Stars der Firma.

»Dein Job ist es«, hat ihm der Marketing-Fuzzi der Firma erklärt, »süß zu lächeln und allen Typen, die irgendwas von dir wollen, einen Hochglanzkatalog in die Hand zu drücken. Es sei denn, jemand hat einen Termin, den schickst du zu mir. Capito?«

Walpar findet die Anweisungen nicht schwer zu verstehen, allerdings hat er nicht vor, seine wertvolle Zeit hier zu verschwenden. Die erste Kaffeepause wird er dazu nutzen, das rote Sakko mit den Spargelspitzen auf dem Klo zu vergessen und sich abzusetzen.

Er hätte das schon deutlich eher getan, allerdings hat ihn sein Taxi direkt am Personaleingang des Messegeländes von Santa Monica abgesetzt, wo sein Ausbeuter schon auf ihn wartete.

Gegenüber vom Stand der *AAA Best Gay Movies* präsentiert sich eine Firma namens *Alimpo*, die Betriebssysteme für Penis-Implantate hergestellt. Die neueste Version von *AlimpoSys* enthält ein Sprachmodul, sodass Mann sich nun endlich mit seinem besten Stück unterhalten kann. Ein Werbefilm in Endlosschleife demonstriert das eindrucksvoll: Das Corpus Delicti ist zwar aus Pietätsgründen nie im Bild und man hört es nur aus dem Off plappern, aber sein Besitzer lässt in detailliertem Zwiegespräch die vergangene Nacht Revue passieren.

»Monsieur«, spricht Walpar plötzlich eine Stimme von unten an, »können Sie mich helfen bitteschon?«

Walpar senkt seinen Blick: Vor ihm steht ein pomadisiertes Männlein mit dünnem Oberlippenbart und roter Digitalbrille. Automatisch greift Walpar nach hinten zu dem Stapel Hochglanzkataloge. »Bitteschön«, sagt er und hält dem Männlein das Heftchen vors Gesicht.

Aber der Interessent ist damit nicht versorgt, seine Brille taucht links neben dem Katalog auf. »Monsieur«, nuschelt er, »isch 'abe eine Termin.«

»Oh«, macht Walpar, lässt den Katalog wieder verschwinden und zeigt auf den Marketing-Fuzzi. »Hier entlang, der Herr.«

Fuzzi und Männlein begrüßen sich, als wären sie verheiratet und verschwinden im Separee hinter einer Pappwand.

Das ist die Gelegenheit, auf die Walpar gewartet hat. Gelassen wandert er den Gang entlang, lässt fleischfarbige und rosa geschmückte Stände der Konkurrenz hinter sich und betritt die Toilette. Das Sakko hängt er innen an den Haken an der Kabinentür. Kurz darauf betritt er die benachbarte Messehalle, in der hauptsächlich Dienstleistungen über der Gürtellinie angeboten werden.

Vor dem Stand von *TV Every12* verharrt er. Diesen Sender kennt er. Vor einiger Zeit hat er eine Detektiv-Soap im Programm gehabt, in der ein Ermittler Rentenbetrügern auf der Spur war. Mitten auf dem Stand langweilt sich ein kakaohäutiger Repräsentant, die Hostess ist ein Torso mit KI und auf einem hüfthohen Sender-Logo festgeschraubt.

Walpar findet, dass sich eine persönliche Anfrage lohnen könnte, und tippt dem Repräsentanten auf die Schulter. Der Mann trägt graue Locken, ein Namensschild (Mr. Mbu) und ein kariertes Hemd, typisch TV-Produzent. Solche Leute respektieren einen nur, wenn man direkt zur Sache kommt. »Ich habe ein Angebot für Sie«, improvisiert Walpar, »keine Zeitverschwendung.«

Der Lockenkopf taxiert Walpar von oben bis unten. »Ich kenne Sie«, behauptet er.

»Walpar Tonnraffir. Sie kennen vermutlich meine Detektiv-Soap.«

Einen Moment scheint der Produzent zu überlegen. »Nein. Es ging um einen Gerichtsvollzieher. Sie hatten Ärger mit WeWin©.«

»Das war Werbung in eigener Sache«, knirscht Walpar.

»Leute wie Sie kann man immer gebrauchen«, sagt Mr. Mbu und führt Walpar zu einer mikroskopisch kleinen Nische, die eine komplette Bar zu enthalten scheint. Er zapft zwei Gläser Energydrink und drückt eines davon Walpar in die Hand. »Wir suchen gerade ein paar C-Promis für eine Vampir-WG.«

Walpar ist nicht sicher, ob er sich zuerst über die C-Einstufung oder die Vampir-WG echauffieren soll.

Mbu nutzt diese Unentschlossenheit und redet weiter. »Die Teilnehmer der Show ernähren sich ausschließlich von Blut, und jede Woche wird einer in ein Häufchen Asche verwandelt. Wer das ist, bestimmen die Zuschauer.«

»Interessantes Konzept«, gibt Walpar zu, »allerdings mag ich leider überhaupt kein Blut.«

Mbu wiehert los, als hätte jemand ein »Laut lachen«-Schild hochgehalten. »Sehr gut, sehr gut. Sie gefallen mir. Aber im Ernst: Es kommt natürlich nur darauf an, dass die Zuschauer glauben, dass die Promis sich ausschließlich von Blut ernähren. In Wirklichkeit gibt es ganz normale Mahlzeiten hinter den Kulissen, und das Blut, das vor der Kamera verzehrt wird, ist Erdbeersirup.«

»Ah«, kapiert Walpar. »Der Zuschauer wird verarscht.«

»Selbstverständlich«, nickt Mr. Mbu und klopft Walpar auf die Schulter. »Schließlich können wir nicht ernsthaft einen Teilnehmer in ein Aschehäufchen verwandeln, oder? Wer aus der Sendung gewählt wird, steht ohnehin vorher fest. Bei den dichten Terminkalendern heutzutage ergibt sich die Reihenfolge des Ausscheidens ohnehin fast von selbst.« Mbu nimmt einen Schluck Energydrink und guckt Walpar glasig an.

»Und an einer Live-Suche nach einem verlorengegangenen Familienmitglied wären Sie nicht interessiert?«

»Familienquark!«, entfährt es dem Produzenten. »Ernsthaft, Herr Tonnraffir, wer interessiert sich heute noch für Familiendramen? Familie sind Leute, mit denen man nie einen trinken gehen würde, wenn man nicht zufällig mit ihnen verwandt wäre. Ein verschwundener Onkel ist ein guter Onkel, weil man sich keine Vorwände mehr einfallen lassen muss, um seiner Geburtstagsfeier fernzubleiben!«

Walpar seufzt. Ob Kerbil dasselbe empfindet? Er nimmt sich vor, das bei Gelegenheit herauszufinden.

Hier hat er jedenfalls nichts mehr verloren. Es war den Versuch wert, findet er. Immerhin hat er einen Energydrink gratis bekommen und fühlt sich jetzt wacher als vorher, obwohl er abgesehen von einem kurzen Schlummer im Taxi seit gut zwei Tagen auf den Beinen ist.

In diesem Moment zwitschert Walpars Pinguin. »Sicher mein Agent«, sagt er grinsend als Entschuldigung, dann verlässt er den Stand von *TV Every12*.

»Ja bitte?«

»Hallo Walpar«, grüßt eine knarzige Stimme. »Ich wollte mich nur nach dem Zustand meiner Organe erkundigen.«

»Blutig?«, versucht Walpar. »Wer ist denn da?«

»Mario Costello natürlich. Sie wissen schon, der Kerl, dem derzeit Ihre Leber gehört. Und das ganze andere Zeug.«

»Nicht mein Penis!«, entfährt es Walpar.

»Ich wollte mich nach dem Fortschritt der Nachforschungen erkundigen«, tut Costello geschäftig.

»Äh ja«, stottert Walpar, »es tut sich was, Signore Costello. Ich verfolge gerade eine, äh … heiße Spur.«

»Gucken Sie in ein Kanonenrohr oder wieso drucksen Sie so herum?«

»Nein«, gibt Walpar zu, »ich kann frei reden.«

»Details, Kerl, geben Sie mir Details!«

Walpar seufzt. »Ich befinde mich in Santa Monica. Südkalifornien.«

»Und da befindet sich der Rest des Fingers?«

»Davon gehe ich nicht aus«, entgegnet Walpar.

»Puh«, macht Costello, »die Mehrheit der Aktien der All Com wäre ziemlich teuer geworden.«

»Was wollen Sie eigentlich mit … dem Rest?«

»Junge«, blafft Costello, »haben Sie's immer noch nicht kapiert? Die ganze Welt ist geil auf den Leib Gottes. Jeder will ihn zuerst haben und für seine Zwecke missbrauchen, um verdammt viel Geld damit zu machen. *Capito?*«

»Ja«, sagt Walpar. »Sie wollen derjenige sein, um Ihren unzähligen Milliarden ein paar weitere hinzuzufügen.«

»*Siiii!*«, kommt es langgezogen aus dem Schnabel des Pinguins, »ja, Mr. Tonnraffir, Sie haben die Sache endlich verstanden, wie es scheint. Wann kann ich mit Ihrer Erfolgsmeldung rechnen?«

»Würde es Ihnen morgen passen?«, fragt Walpar zurück.

»Hm«, macht Costello, »ich esse gegen eins mit der Innenministerin zu Mittag, danach hätte ich Zeit.«

»Bis dann also«, sagt Walpar und beendet das Gespräch. Er macht sich nicht die Mühe, Mr. Mbu für den Energydrink zu danken, und verlässt das Messegelände.

Draußen stellt sich heraus, dass sich das Messegelände quasi im Innenhof der All-Com-Zentrale befindet, die demzufolge ganz schön riesig sein muss.

Walpar wählt einen Eingang, der die Bezeichnung »Süd 235« trägt. Das ist ebenso gut wie jeder andere. Die Frage ist nur, wie er an der Zugangskontrolle vorbeikommt, die einige Meter weiter den Weg versperrt: ein massives Stahlgitter mit einer Tür darin, die sich öffnet, wenn sich jemand mit dem richtigen Ausweis nähert. Walpar zweigt vorher ab, aber da geht's nur zum Klo. Eines der blau-metallicfarbigen Pissoirs ist mit einem Schild »Wartungsarbeiten« versehen.

Immer noch grübelnd erledigt Walpar sein Geschäft nebenan, verlässt das Klo wieder, grübelt, grübelt noch mehr, bis ihm der Kopf summt. Das Summen kommt allerdings von unten. Ein Putzroboter von der Größe eines Pissoirs nähert sich und zieht eine feuchte Spur hinter sich her. Walpar klaut schnell das »Wartungsarbeiten«-Schild vom Klo und klemmt es notdürftig an den wehrlosen Putzroboter. Dann steckt er die Hände in die Hosentaschen und schlendert in aller Ruhe hinter dem Gerät her. Die Zugangskontrolle identifiziert den Roboter und klappt die Tür auf. Walpar schlüpft unangefochten hinterher. Wenn ihn jemand fragt, wird er behaupten, dass er eine In-vivo-Qualitätskontrolle an dem frisch überholten Roboter durchführt. Das Gerät wird hoffentlich so dumm sein, nicht zu widersprechen.

Roboter sind eine großartige Erfindung, findet Walpar. Man kann sie viel leichter verarschen als Menschen, denn Misstrauen ist ihnen fremd.

Walpar begegnet niemandem, und selbst die Büros, in die er schaut, sind verlassen. Die riesigen Bildschirme sind schwarz, die Betten leer. Auf einem liegt ein T-Shirt mit dem All-Com-Logo. Walpar braucht nur drei Sekunden, um es an sich zu nehmen und überzuziehen. Nur mit einer untergeordneten Abteilung seines Hirns nimmt er wahr, dass auf der Rückseite der Satz »21 ist nur die halbe Wahrheit« steht, und er ahnt, dass es irgendeinen Zusammenhang zwischen ihm und dieser ominösen Wahrheit gibt, aber er kommt nicht drauf.

An der nächsten Ecke will der Putzroboter links abbiegen, während Walpar dem Geruch frischen Kaffees folgen möchte. Selbst energische Fußtritte bringen den starrsinnigen Roboter nicht vom Kurs ab, sodass Walpar schließlich alleine die Cafeteria betritt.

Am Tresen lümmeln drei langhaarige, schwarz gekleidete Figuren auf Barhockern. »Nee kannse knicken«, sagt einer gerade und nimmt einen Schluck aus einer gelben Tasse mit großen Augen und rotem Schnabel.

»Ich will ja nicht übertreiben, aber ohne mich geht das Projekt den Bach runter«, erklärt der dünnste der Typen, die offensichtlich zur Kreativabteilung von All Com gehören. Walpar ist am Ziel. Wenn diese Jungs hier nichts über den Leib Gottes wissen, dann vielleicht noch ihr Intranet, in das er sich notfalls hacken müsste. Leider hat Walpar gerade keine Schusswaffe dabei, daher kann er die nicht einfach zücken und sagen: »Erzähl mir, was ihr über den Rest vom Finger wisst oder es knallt.«

Ersatzweise versucht er es mit: »Hat jemand Marvin gesehen?«

Umgehend fahren die drei Barhocker fort, ihn zu ignorieren. »Ich hab's von Anfang an gesagt«, meint der dickste von den dreien. »Da hat wieder keiner den Aufwand richtig abgeschätzt«, antwortet der zweite.

»Marvin ist im Hotel«, sagt der Schlanke. »Ich *habe* den Aufwand richtig geschätzt. Bloß haben die Kollegen vom Verkauf meine Zahlen ignoriert.«

»Ist noch was in der Kanne?«, fragt Walpar und zeigt auf die gigantische, silbern glänzende Tonne mit Kaffeeflecken, die hinter dem Tresen thront wie ein Reliquienschrein. Er macht ein paar Schritte und greift sich lässig die nächste leere Tasse, die nicht allzu benutzt aussieht.

»Noch sind immerhin keine Menschen gestorben«, sagt der mit der Ententasse. »Die Kanne ist leer. Wir trinken einfach direkt das Kaffeekonzentrat.« Er nickt zu einer braunen Flasche hinüber, auf der ein Totenkopf abgebildet ist.

»Danke«, sagt Walpar und hält die Luft an, während er sich einen Schluck Konzentrat in die Tasse tropft.

»Die hätten mich mitnehmen müssen. Keiner kennt das Verwaltungssystem so gut wie ich«, schimpft Ententasse.

»Du hast sicher 'ne hervorragende Dokumentation geschrieben«, sagt der Dünne, woraufhin betretenes Schweigen eintritt.

Bisher hat Walpar Glück gehabt. Er hat Insider gefunden, sie haben ihn nicht gleich getötet, und mit Marvin lag er auch richtig. Der Name stand auf einem Schild neben einer Bürotür; mit etwas Pech hätte auch einer der drei hier selbst Marvin sein können.

»Ich muss dann mal wieder«, sagt Ententasse, »sonst denkt noch einer, ich arbeite nicht.« Das Kaffeekränzchen löst sich auf, bloß Walpar hängt sich an den Dünnen, den er als Chef der Truppe identifiziert hat. »Ich hab da noch ein Vier-Augen-Thema«, murmelt Walpar verschwörerisch und macht die Bürotür hinter sich zu, neben der »Hilbert Falk« und »Project Manager« steht.

»Klar, ich bin doch immer für dich da«, sagt Falk gemütlich und sinkt in seinen Ledersessel. Der Fußboden ist vollgestellt mit fußgroßen Roboter-Actionfiguren, eingefroren während eines epischen Kampfes zwischen Gut, Böse und den Noch Schlimmeren Bösen, die Gut und Böse auf niederträchtigste Weise gegeneinander ausspielen wollen.

Walpar bleibt an der Tür stehen. »Und das, wo du mich nicht einmal kennst.«

»Doch klar«, sagt Falk und streicht sich die langen Haare aus dem Gesicht, »ich hab dich schon ein paarmal gesehen, du arbeitest in Sallys Team.«

»Mein Name ist Walpar Tonnraffir, Weltraumdetektiv.«

»Ah«, klatscht Falk sich die Hand vor die Stirn, »jetzt weiß ich: Mariannas Team.«

»Ich bin mein eigenes Team«, erläutert Walpar geduldig. »Und ich habe nicht vor, dich lange von deiner Arbeit abzuhalten. Erzähl mir einfach, wo sich der Rest befindet.«

»Im Hotel«, antwortet Falk im »Wo denn sonst?«-Tonfall.

Leider hat Walpar keine Ahnung, wovon Falk redet, und er kann sich jetzt keine Blöße erlauben. Er muss in die Offensive gehen. Zwei Schritte quer über das Schlachtfeld der eingefrorenen Helden, dann stützt er die Arme auf Falks Schreibtisch, setzt seinen gefürchteten »Wehe dir«-Blick auf: »Du redest jetzt besser, sonst kommen wir in heftige Schwulitäten.«

Falk scheint ein paar Millimeter zu schrumpfen.

»Und?«, hakt Walpar nach. »Wo. Befindet. Sich. Der. Leib. Gottes?« Er hofft inständig, dass die Antwort nicht wieder lautet: »Im Hotel.«

Tut sie nicht.

18 Tempel der pünktlichen Ankunft, Erde

»Im Angesicht des Heiligen Fahrdienstleiters sind wir hier zusammengekommen, damit ihr, Liese und Jörge, euch vereinigt in der Ehe, und zwar pünktlich in eineinhalb Minuten, wie es der Große Fahrplan vorsieht.«

Gern den Wool schließt die Augen und breitet beide Arme aus, verborgene Lautsprecher sabbern synthetische Fahrstuhlmusik. Die vier Assistenten in grünen Kutten heben die großen Uhren, die sie bisher vor der Brust getragen haben, hoch über ihre Köpfe, damit alle Zuschauer das Vorrücken des dürren, roten Zeigers verfolgen können.

Braut und Bräutigam schauen einander selig in die Augen und turteln irgendwas, während die Verwandtschaft im Publikum eifrig mit Videokameras den derzeit völlig statischen Teil der Zeremonie filmt.

»Wie lange noch?«, zischt Nera, die sich mit Lang X unters Publikum gemischt hat.

»45 Sekunden«, flüstert der Asiate.

»Nein, bis wir diesem Priester die Pistole auf die Brust setzen.«

Der Abenteurer antwortet nicht, verfolgt gebannt weiter das Geschehen vor dem Altar.

Als die Zeit abgelaufen ist, ertönt ein Gong, und der Hohepriester greift zu seinem zeremoniellen Stab. Er legt ihn nacheinander Braut und Bräutigam auf die Schultern, als würde er sie zu Rittern schlagen. »Hiermit erkläre ich euch gemäß dem Großen Fahrplan auf die Sekunde pünktlich zu Mann und Frau.«

Die Zuschauer klatschen, Lang X erhält die Tarnung aufrecht und stimmt ein. Nera verdreht die Augen und verschränkt die Arme vor der Brust. »Und jetzt?«, fragt sie.

»Wir warten, bis …«

»Liebe Gläubige und Spender«, hebt Gern den Wool in diesem Moment an, »wir alle beugen uns der Macht des Großen Fahrplans, so auch diese beiden Menschen, deren Pünktlichkeit das Wohlgefallen des Obersten Fahrdienstleiters findet, dessen Finger unseren Planeten umkreist. Ihr alle wisst, dass seine Ankunft im Großen Fahrplan verzeichnet ist, aber auch seine Abfahrt.«

»Das eine Überraschung«, flüstert Lang X. »Aber sehr logisch.«

»Wie wir uns sowohl seiner Ankunft als auch seiner Abfahrtszeit beugen, so beugt sich dieses fromme Paar dem Willen des Großen Fahrplans. Und der verlangt in diesem Fall bekanntlich die kirchliche Scheidung in genau drei Minuten. So lasset uns singen …«

»Bitte?«, macht Nera. »Ist er jetzt völlig durchgedreht?«

»Er logisch handelt«, gibt Lang X zu bedenken. »Er tut was steht in Große Fahrplan.«

Nera deutet fassungslos nach vorn. »Und das Brautpaar lächelt immer noch! Entweder haben sie nicht zugehört oder sie sind genauso *mal à la tête* wie ihr Hohepriester.«

»Acht Uhr neun an Gleis drei, grün leuchten die Signale … die Fahrt ist freeii…« Die Gemeinde singt inbrünstig das Lied, das Gern den Wool seinerzeit über Nacht berühmt gemacht hat.

»Wir warten«, sagt Lang X.

»Ich habe keine Lust mehr. Ich bin ausschließlich von Idioten umgeben«, ärgert sich Nera. »Ich will wissen, was der Kerl da vorne mit meinem Sohn gemacht hat. Was ist, wenn in seinem tollen Fahrplan stand, dass Tilko vorgestern um Viertel vor eins verstirbt, und er nachgeholfen hat, damit's auch stimmt?«

»Nicht so laut«, gebietet Lang X. »Sein Fahrplanbuch ist riesige Sammlung voll mit Buchstaben und Zahlen. Da *alles* drinsteht.«

»Alles?«

»Alles, was er lesen will darin.«

»Auch eine Scheidung drei Minuten nach der Hochzeit?«

»Er seine Gründe hat, vermutlich.«

»Vermutlich kassiert er dafür auch noch zweimal eine Gebühr.« Nera schüttelt den Kopf. Sie ist eine ziemlich geduldige Person, aber Geisteskrankheiten gehen ihr gegen den Strich. Es gibt total wirksame Pillen gegen so was, hat sie gehört. Wobei man diesen Hohepriester vermutlich besser direkt an einen Tropf anschließen würde, vorzugsweise mit Tollkirschmarmelade oder Düsseldorfer Senf, extrascharf. Der Kerl hat nicht nur Tilko, sondern auch Kerbil aus dem Weg geräumt. Vermutlich sind sie ihm auf irgendeine Weise in die Quere gekommen, und daraufhin stellte er fest: Schau an, in meinem Fahrplan steht, dass ihr eigentlich schon vorgestern von uns gegangen seid. Tja, dann werden wir dem Willen des Obersten Neunfingrigen Fahrdienstleiters mal fix Geltung verschaffen, bevor der noch was merkt.

Die Verwandten filmen eifrig die Scheidung, das Paar geht in entgegengesetzte Richtungen auseinander, die jeweiligen Familien werfen sich noch ein paar Verwünschungen an die Köpfe. Dann verläuft sich die Menge langsam und tröpfelt nach und nach aus dem Tempel, vermutlich zu ein oder zwei Hochzeitsscheidungskaffeetrinken.

X und Nera halten sich unauffällig in der Nähe der Familie der Braut auf und tun so, als wären sie furchtbar ungehalten über das ungehörige Verhalten des Bräutigams, das zu der unwürdigen Scheidung geführt hat. In Wirklichkeit beobachten sie sehr genau, wie der Hohepriester mit ein paar Kuttenträgern palavert, bevor er seinen Stab längs auf den Altar legt und in Richtung Seitengang marschiert.

»Jetzt«, zischt Lang X, nimmt Neras Hand und folgt dem Hohepriester.

»Wieso?«

»Er alleine.«

»Vielleicht muss er mal für kleine Fahrdienstleiter.«

»Ich das hoffe«, grinst der Asiate.

Sie folgen Gern den Wool unbemerkt in den Seitengang und sehen gerade noch, wie er hinter einer weißen Tür verschwindet, auf der ein eindeutiges Symbol prangt.

»Da geh ich nicht rein«, bockt Nera.

»Weil das ist Herrenklo?«

»Ich bin eine brave Frau, schon vergessen?«

»Wir jetzt böse«, legt Lang X fest und schneidet eine Grimasse.

»Wurde auch Zeit.«

Der Abenteurer legt die flache Hand auf die Tür. »Wir jetzt rein. Sie dafür sorgen, dass kein anderer reinkommt.« Und schon huscht er in den gefliesten Waschraum. Nera entfährt ein Seufzer, folgt ihrem Söldner, dann stellt sie fest, dass der Schlüssel von innen steckt. Das macht die Sache vorläufig leicht.

Lang X langt in seine Westentasche und hat plötzlich ein kleines Schächtelchen in der Hand, das er direkt neben die Türklinke der einzigen verschlossenen Klokabine klebt. Das bleibt nicht ungehört.

»Hallo?«, kommt es aus der Kabine.

»Herr den Wool«, sagt Lang X, »ich soeben Sprengladung mit Bewegungssensor an Tür von Ihre Kabine geklebt. Sie jetzt unsere Geisel.«

Einen Moment herrscht Stille, dann scharrt jemand mit den Füßen und zieht sich die Hose hoch.

»Das heißt, wenn ich versuche die Tür zu öffnen, geht sie in die Luft?«

»Richtig«, bestätigt Lang X.

»Dann geht ihr Idioten mit drauf.« Der Hohepriester versucht fröhlich zu klingen, aber es geht schief.

»Wir Selbstmordgeiselnehmer.«

Nera kneift die Augen zu. Das ist doch alles nicht wahr.

»Aber abziehen darf ich?«, fragt der Mann in der Kabine.

»Ich darum bitte«, entgegnet X freundlich.

Die Spülung wird betätigt, dann räuspert sich Gern den Wool, sagt aber nichts. »Er fragt sich gerade bestimmt, ob wir im Fahrplan standen«, flüstert Nera gehässig.

Lang X geht nicht darauf ein. »Wir nun stellen unsere Forderungen«, sagt er laut.

»Sie haben mein Ohr. Bleibt mir ja wohl nichts anderes übrig«, brummt der Hohepriester.

»Erstens wir fordern Herausgabe von Junge namens Kerbil Routwegen.«

»Kenn ich nicht«, behauptet Gern den Wool sofort.

»Zweitens«, fährt Lang X ungeführt fort, »wir wollen erfahren alles was Sie wissen über Person namens Tilko Zerhunnin.«

Keine Antwort.

Nera hält den Atem an.

»Was wollen Sie über den wissen?«, brummelt den Wool. Kleidung raschelt, vermutlich macht der Sektenführer es sich auf dem Klodeckel bequem.

»Sie kennen ihn also«, stellt Nera entschieden fest.

»Er war einer von uns«, berichtet den Wool. Seine Stimme hallt von den Fliesen wider. »Es hat ihm Spaß gemacht, Fahrpläne auswendig zu lernen. Zuerst kam er einmal die Woche, dienstagabends, zu unserer offenen Kursbuchstunde. Später kam er zweimal die Woche zur meditativen Fahrplankonferenz, und er stand kurz vor der Prüfung zum Junior-Glaubensbruder.«

»Was dann geschah?«

»Er kam plötzlich nicht mehr. Das heißt: nur noch sehr selten.« Etwas klickt, kurz darauf zieht Qualm durch die Türritzen – den Wool hat sich eine Zigarette angezündet.

»Hatte er etwa keine Lust mehr, Kursbücher auswendig zu lernen?«, fragt Nera ironisch.

»Er hatte einen sehr zeitraubenden Job angenommen. Er hat's einfach nicht mehr geschafft.«

»Was für einen Job?«

»Irgendwas mit Werbung.« Es klingt eher abfällig.

»Davon wusste ich nichts«, gibt Nera zu.

»Er war in ein ziemlich großes Projekt eingebunden, hat er erzählt. Das war vor einigen Wochen. Seitdem hat er sich nicht mehr gemeldet.«

Lang X sieht Nera fragend an, aber die zuckt nur die Schultern. Sie weiß nicht, ob den Wool lügt. Falls nicht, weiß sie immer noch nicht, wo Tilko steckt, denn Jobs, die mit großen Werbeprojekten zu tun haben, gibt es heutzutage ziemlich viele. Das fängt an bei Plakate kleben, geht weiter mit viralem Marketing und hört auf bei der kreativen Planung möglichst auffälliger Kampagnen. Für nichts davon erscheint Nera Tilko besonders talentiert.

»Ich würde mir gerne die Hände waschen«, sagt den Wool.
»Von mir aus«, schnappt Nera. Sie ist frustriert, weil die Befragung nichts Verwertbares ergeben hat. Von ihr aus kann der Priester rausspazieren und seine nächste Hochzeitsscheidung zelebrieren.
Lang X knibbelt seine Sprengladung von der Tür und steckt sie ein. Nera fragt sich, warum sie dabei nicht explodiert. Vermutlich ein Spezialrezept oder ein simpler Bluff. Sie nimmt sich vor, Lang X später danach zu fragen.
»Können rauskommen«, sagt Lang X und tritt Richtung Vorraum zurück.
Die Klokabine klappt auf und der Hohepriester streckt vorsichtig seinen bärtigen Kopf heraus. »Dachte mir, dass ihr das seid«, brummelt er und schreitet gemächlich zum Waschbecken. »Stinkende Ungläubige«, ergänzt er freundlich. Er bedient den Seifenspender und lässt Wasser über seine Hände laufen. Lang X und Nera stehen unschlüssig dabei.
Urplötzlich fährt Gern den Wool herum. Verspritzt mit beiden Händen Seifenlauge. Nera bekommt was davon ins Auge, wendet sich ab. Es brennt, sie reibt. Neben ihr flucht Lang X auf Chinesisch. Ein Handgemenge. Nera tastet sich zum Waschbecken, um an frisches Wasser zu kommen. Hinter einem brennenden Schleier sieht sie, wie der Asiate mit dem Priester ringt. Aber Lang X kämpft offensichtlich blind, seine Griffe gehen meist ins Leere. Den Wool holt weit aus und rammt dem Asiaten die Faust ins Gesicht. Dann springt er zur Tür, flucht, fummelt am Schlüssel, den Nera leider stecken gelassen hat.
Nera ist am frischen Wasser, wäscht sich die Augen aus. Das Brennen lässt ein wenig nach, sie kann wieder etwas sehen. Lang X will gerade den Wools Hals ergreifen, bekommt aber nur Luft zu fassen. Endlich entschließt Nera sich einzugreifen. Hoffentlich gibt das keine blauen Flecken. Sie nimmt eine Stellung ein, von der sie hofft, dass sie einigermaßen furchteinflößend nach Martial Arts aussieht. Die passende Kleidung trägt sie immerhin. Aber Lang X kommt ihr in die Quere. Der Asiate sieht immer noch nichts. Den Wool hat endlich den Schlüssel umgedreht und schlüpft durch die Tür. Neras Augen tränen furchtbar, aber sie sieht, was der Priester vorhat: Er will den Schlüssel von außen einstecken. Mit einem gewagten Sprung ist sie in der Türspalte und schrammt sich das Handgelenk blutig. Draußen flüchtet den Wool, drinnen flucht X.
»Nimm Wasser«, sagt Nera, »wir müssen hinterher.«
»Geht schon«, keucht X, reibt sich die Augen, wischt sich Blut aus dem Mundwinkel. »Priester kann besser singen als kämpfen.«
»Zum Glück«, sagt Nera noch, dann sind sie auf dem Gang. »Da lang«, ruft sie und zeigt nach rechts, denn dorthin ist den Wool verschwunden.

Das ist nicht die Richtung, in der der große Saal liegt, vielmehr endet der Gang in einem Treppenhaus.

»Runter oder rauf?«, fragt Nera. Sie hat den Wool aus den Augen verloren, als sie das lädierte Gesicht des Asiaten angeschaut hat.

»Wir uns trennen«, presst Lang X hervor und stürmt die Treppe hoch.

Nera springt in den Keller, nimmt die letzten drei Stufen im Sprung, bricht sich dabei um ein Haar den Knöchel. Ein blass beleuchteter Gang mit einer ganzen Reihe Türen liegt vor ihr. Die erste: verschlossen. Die zweite: ebenfalls.

Da klappt weiter hinten eine Tür auf, und ein ziemlich dicker Kuttenträger kommt heraus, um zu schauen, was das für ein Lärm ist. »Du da!«, ruft Nera und stürmt auf den Sektenjünger zu. Der ist zu perplex und träge, um auszuweichen. »Wo steckt dein Boss?« Sie greift sich beide Enden des Schals, den der Dicke trägt und zieht. »Ist er da drin?«, fragt sie und nickt zu der offen stehenden Tür, ohne den Jünger aus den Augen zu lassen.

Der schüttelt nur ängstlich den Kopf, und aus dem Kellerraum kommt eine Stimme: »Trinity?«

Lang X ist ziemlich unzufrieden, weil ihm den Wool entwischt ist. »Geflohen mit Kosmolieferwagen. Stand vorher da vorne.« Er zeigt auf eine leere Parkbox vor dem Tempel der Ankunftsjünger. »Hatte Logo von Sekte auf Seite. Große Uhr.«

»Egal«, sagt Nera und atmet aus, »immerhin haben wir Kerbil gefunden. Unversehrt, soweit ich sehe.«

»Das ändert sich gleich«, keift eine dunkelhaarige Frau, die mit vorgehaltener Schusswaffe näher kommt.

»Oh nein«, entfährt es Nera.

»Ich hab ihr nichts getan!«, schluchzt Kerbil.

»Oh doch, du hast meine Tochter ...« Die Frau bleibt stehen, überdenkt die Situation. Fuchtelt mit der Waffe herum. »Okay, machen wir es andersherum. Du sagst mir schnell, was mit Henriette passiert ist, und *dann* erschieße ich dich. Und wer seid *ihr*?«

»Wir die sind, die verhindern, dass Sie erschießen unschuldiges Kind«, sagt Lang X fest und stellt sich in die Schusslinie.

»Ich bin aber nicht *ganz* unschuldig«, murmelt Kerbil hinter seinem Rücken.

»Aha«, triumphiert Henriettes Mutter, »wusste ich's doch. Du kleiner Bengel hast mit einem perfiden Plan meine Tochter entführt, um zu verhindern, dass ich deinen Onkel umlege.« Sie seufzt und legt theatralisch die freie

Hand vor die Stirn. »Das kommt alles nur, weil du lesen und schreiben kannst.«

Nera verliert langsam die Nerven. »Wer *sind* Sie eigentlich? Und nehmen Sie die Kanone weg, hier wird überhaupt niemand umgelegt.«

Die Frau mit der Waffe zögert. Dann fuchtelt sie wieder mit dem Schießeisen herum. »Ich bin Signora Emmali Costello, aber das tut nichts zur Sache. Es ist mein *Job*, Leute umzulegen, und daher werde ich genau das tun.«

»Costello? Sind Sie irgendwie verwandt mit … Mario Costello? Dem Milliardär?«

»Was dagegen?«

Nera schwirrt der Kopf. Lang X ergreift das Wort: »Und Sie haben Auftrag, töten Kerbil?«

Emmali Costello stampft mit dem Stiefel auf. »Der Kerl kapiert aber auch gar nichts, oder? Typisch Mann! Nein, du Idiot, eigentlich steht ein gewisser Walpar Tonnraffir ganz oben auf meiner Liste, aber dieser Bengel da hindert mich an der ordentlichen Ausführung meiner Arbeit!«

Lang X lächelt. »Er mutiger Junge.«

»Henriette ist da drüben, glaube ich«, sagt Nera und zeigt auf den Junkfood-Laden auf der anderen Straßenseite.

»Was?« Die Costello schaut unsicher über die Straße.

»Da drüben arbeitet jedenfalls eine Aushilfe namens Henriette, die behauptet, zusammen mit Kerbil mit dem Bus hierher gekommen zu sein. Vermutlich hatte sie keine Ahnung, wo sie Sie finden sollte, und hat deshalb den Putzjob im Junkfood-Laden angenommen. Wenn sie hätte lesen können, hätte sie vielleicht eine Chance gehabt, was Besseres zu finden, aber …«

»Putzjob!? Eine Costello macht keinen Putzjob! Wir machen nur saubere, ehrliche Arbeit! Um den Schmutz kümmern sich andere.« Die alleinerziehende Auftragskillerin zögert, vielleicht kommen ihr ihre Worte ein wenig widersprüchlich vor.

»Wer hat Auftrag gegeben, Walpar zu töten?«, fragt Lang X und schielt zu Costellos Waffe. Anscheinend erwägt er, sie ihr zu entreißen. Nera findet das verantwortungslos. Es könnte jemand verletzt werden. Sie versucht ihrem Söldner mit Gesten zu befehlen, Ruhe zu bewahren.

»Weiß ich nicht«, haucht die Costello tonlos. Haare wehen in ihr Gesicht, während sie mit sich und ihrer Erinnerung ringt.

»Du, Signora?« Kerbil hat sich unbemerkt an Lang X vorbeigeschlichen und zupft der Killerin an der Jacke. »Warum gehst du nicht rüber zu Henriette? Ich glaube, die würde sich ziemlich freuen dich zu sehen.«

Emmali Costello sieht zu Kerbil hinab, dann zu Nera und schließlich nach gegenüber. Dann trifft sie eine Entscheidung. Ohne ein weiteres Wort stolziert sie über die Straße.

Nera sieht ihr nachdenklich hinterher. »Die unschuldigen Einrichtungsgegenstände können einem fast ein bisschen leidtun.«

»Wir von hier verschwinden sollten«, nickt Lang X.

»Aber wohin?«, fragt Nera.

Kerbil hebt den Finger. »Ich weiß es.«

Als die drei sich auf die Suche nach einem weltraumtauglichen Fahrzeug machen, tönt Lärm aus der Junkfood-Filiale. Es klingt ungefähr so, als würde jemand seine unbändige Wut an unschuldigen Einrichtungsgegenständen auslassen.

19 Hinterm Mond, Weltraum

Der Mond wendet der Erde permanent dieselbe Hälfte seiner Oberfläche zu. Verschwörungstheoretiker vermuten, dass er uns was zu verbergen hat, und schon Jules Verne ließ seinen Helden Michelle Ardan dort Wälder, Meere und Vulkane entdecken. Gelehrte faseln dagegen nur von Drehimpulskopplung und Staubkratern, was ehrlich gesagt viel langweiliger klingt.

Walpar Tonnraffir ist bisher nur einmal auf der Mondrückseite gewesen, um die Ruine der alten chinesischen Station zu besichtigen. Von ihr behaupten die oben erwähnten Verschwörungstheoretiker, dass sie heimlich am Ende des 20. Jahrhunderts errichtet worden sei, während die mal wieder total langweiligen Gelehrten bloß mitleidig den Kopf schütteln und damit fortfahren, weder Forschungsgelder zu veruntreuen noch voneinander abzuschreiben.

Walpars Raumschiff klappert. Er hat es von Rent-a-bike-and-more, einem von Neuhippies betriebenen Blechcontainer in der Tiny Mall in Santa Monica. Die Leihgebühr hält sich in erträglichem Rahmen, passend zum Zustand des Vehikels. Seine braune Karosserie wurde mehrfach mit Blechen ausgebessert, die mutmaßlich von anderen Fahrzeugen abgefallen sind. Das Partikeltriebwerk ist beim Austritt aus dem Schwerefeld der Erde quasi unter Walpars Hintern explodiert, und wenn es das nicht getan hätte, wäre er jetzt ein Haufen Biomaterial in der Wüste von Neu-Mexiko.

Walpar hat seitdem einen lauten, eindringlich wispernden Tinnitus, oder sein Leihraumschiff will ihm irgendwas Wichtiges mitteilen. Möglicherweise geht es um das sagenhafte Geheimnis des Stahls und seiner Vorteile gegenüber rostigem Blech, insbesondere in der modernen Raumfahrt.

Aber was bleibt einem Weltraumdetektiv anderes übrig, als sich die nächstbeste fliegende Untertasse zu beschaffen, wenn er kein Taxi findet und nicht genug Cash hat, um sich einen Kosmojaguar zu leisten?

Leider ist Walpar nicht ganz sicher, welche Reichweite das eingebaute Radargerät hat. Möglicherweise findet er den Körper Gottes, indem er damit zusammenstößt. Es ist fast Vollmond, daher ist es auf der Rückseite zappenduster. Das passt jedem gut in den Kram, der etwas zu verbergen hat. Walpar nicht, der sieht Schwarz. Die Außenkameras liefern einfach gar nichts, bloß, wenn man den Kontrast auf Maximum schraubt, ein Rauschen, das in kürzester Zeit epileptische Anfälle verursacht. Jedenfalls wenn man der eingeblendeten Warnung glaubt.

»Manno«, nuschelt Walpar und klopft mit dem Fingerknöchel gegen das

Display des Radars. »Die Werbefuzzies werden sich doch keinen Scherz mit mir erlaubt haben?«

Es geschieht nicht häufig, dass Walpar mit sich selbst spricht. Der frühere Regisseur seiner Detektiv-Soap hat ihm das empfohlen, damit die Zuschauer sich nicht langweilen. Es erleichtert, seine Sorgen mit jemandem zu teilen, selbst wenn der nicht einmal anwesend ist. Es ist andererseits nur ein Strohfeuer gegen die Kälte der einsamen Seele.

»Mister Brannigan«, ertönt mit einem Mal ein dünnes Stimmchen, »es liegt eine Mitteilung für Sie vor.«

Walpar schaut nach links und rechts, aber weder der Besitzer der Stimme noch jemand namens Brannigan hat sich überraschend hereingebeamt.

»Hier ist kein Mr. Brannigan«, sagt Walpar vorsichtig.

»Sind Sie der Kommandant dieses Kriegsschiffes?«, meldet sich die Stimme wieder. Es muss der Bordcomputer sein, dem endlich eingefallen ist, dass er sprechen kann. Vermutlich wurde er aus einem verschrotteten Raumschiff der Space Marines entwendet und hier eingebaut, ohne dass sich jemand die Mühe gemacht hätte, ihn neu zu konfigurieren.

Walpar wägt seine Möglichkeiten ab. Wenn er sich als Kommandant Brannigan ausgibt, wird der Computer ihm aller Wahrscheinlichkeit nach zu Diensten sein. Wenn nicht, wird er darauf warten, dass der Kommandant von der Toilette zurückkehrt und bis dahin keine große Hilfe sein. Der Entschluss fällt Walpar leicht.

»Ich bin Kommandant Brannigan«, sagt er fest.

Es entsteht eine Pause. Dann wieder die Stimme: »Ein Glück. Ich dachte schon, Sie wären bei unserem Absturz umgekommen.«

Walpar grinst schief. »Es war ziemlich knapp«, improvisiert er, »aber mein Überlebenswille hat gesiegt. Nun haben wir eine neue Mission.«

»Ich bin froh über unsere fortgesetzte Zusammenarbeit«, salbadert der Computer, »auch wenn meine Schaltkreise nicht ganz sicher sind, wie ein Mensch einen Frontalzusammenstoß mit einem Erztransporter bei null Komma drei Prozent Lichtgeschwindigkeit überleben kann.«

»Nun, du bist auch hier, oder?«

»Ich bin eine Software und kann auch ohne Kopf existieren.«

»War da nicht vorhin von einer Nachricht die Rede?«, lenkt Walpar ab.

»Positiv«, bestätigt der Computer. »Es geht darum, dass wir uns gerade mit null Komma drei Prozent Lichtgeschwindigkeit auf ein Hindernis zubewegen.«

Walpar schluckt, und der Computer fährt fort: »Aber für jemanden wie Sie, Herr Kommandant, ist das ja keine große Sache.«

»Abbremsen«, stößt Walpar hervor. »Nur auf Sichtweite nähern.«

»Bestätigt.«

»Ich brauche ein Bild von dem Hindernis.« Walpar spürt seinen Herzschlag, und irgendjemand hat am Lautstärkeregler seines Ohrgeräuschs herumgespielt.

»Leider ist das Radargerät vorübergehend außer Betrieb«, teilt der Computer mit.

»Erzähl mir was Neues«, schnappt Walpar und versucht, sich bequemer hinzusetzen.

»Die Sendeantenne ist verrostet.«

»Gibt es überhaupt irgendwelche Sensoren? Infrarot? Ultraviolett?«

»Die Außenkamera ist im Infrarotbereich empfindlich«, klärt der Computer auf, »wie jeder digitale Bildsensor.«

»Was auch immer es ist, es ist kalt«, denkt Walpar laut.

»Möglicherweise. Allerdings wurde das Objektiv der Kamera anscheinend mit einem Streifen Pappe verklebt.«

»*Deshalb* sehen wir nichts!«, stöhnt Walpar und ballt die Hände zu Fäusten. Er starrt durch das winzige Bullauge. Seinen Augen kann er trauen, aber die liefern ebenfalls kein Bild.

»Ich schlage einen Beschuss vor.«

»Nein!«, entfährt es Walpar.

»Kommandant Brannigan«, sagt der Computer, »es kann nicht ausgeschlossen werden, dass das Objekt eine Bedrohung darstellt.«

»*Du* bist hier die Bedrohung«, murmelt Walpar. Dann stutzt er. »Augenblick. Woher weißt du eigentlich, dass das Hindernis da ist?«

Der Computer scheint zu überlegen, ob er den Kommandanten wegen gefährlicher Ahnungslosigkeit kielholen soll. »Es ist im Katalog der offiziellen Raumstationen verzeichnet.«

»Wie bitte?«, entfährt es Walpar.

»Es ist im …«

»Ich habe es verstanden«, unterbricht Walpar. »Kannst du die Energie der Lebenserhaltung in den Radarsender umleiten?«

»Positiv.«

»Erhalte ich dann ein Bild?«

»Positiv.«

»Wie lange habe ich dann Zeit?«

»Temperatur und Sauerstoffanteil werden nach zehn Minuten die zulässigen Parameter verlassen.«

Walpar nickt. »Das sollte genügen, um etwas zu erkennen. Danach kannst du die Systeme wieder hochfahren.«

»Wahrscheinlich.«

»Mach es so«, sagt Walpar und richtet den Zeigefinger auf den Radarschirm.
»Befehl ausgeführt.«
Irgendwas knistert, dann erscheint auf dem Radar-Display ein Umriss. Walpar kneift die Augen zu, dann dreht er den Kopf.
»Genügt das für eine Annäherung?«
»Positiv.«
»Bitte jegliche Kollision vermeiden«, sagt Walpar.
»Positiv. Es liegt eine neue Mitteilung vor.«
»Sag schon.«
»Die Radarantenne glüht. Es liegt eine neue Mitteilung vor.«
»Immer noch dieselbe oder noch eine?«
»Eine weitere, Kommandant.«
»Raus damit!«
»Es handelt sich um eine Funkbotschaft. Sie lautet: Eröffnung in einer Woche, bis dahin Zutritt untersagt.«
Walpar gafft aus dem Bullauge. Vielleicht ist es die größere Nähe, vielleicht die glühende Radarantenne, egal, er kann jetzt etwas sehen.
Ein Ohr, das auf dem Kopf steht. Und ein fahles Licht, das aus dem Gehörgang dringt.
»180 Grad rotieren«, befielt Walpar.
»Verstanden«, sagt der Computer.
»In den Tunnel fliegen.«
»Verstanden.«
Walpar merkt, dass es allmählich kälter wird. Er kann dem Computer nicht befehlen, die Lebenserhaltung zu reaktivieren, denn ohne das Radar wäre er blind. Walpar traut sich nicht zu, die Kiste manuell durch die Höhle zu lenken, mit einem Auge vor dem Bullauge und dem anderen auf den Steuerelementen.
Er muss dem Computer vertrauen. Das ist nichts, das er gerne tut. Sein Vorgänger hat möglicherweise dasselbe empfunden, kurz bevor er mit dem Erztransporter zusammenstieß.
»Kommandant Brannigan«, sagt der Computer. »Ich identifiziere die Strukturen vor uns mit 74,5 Prozent Wahrscheinlichkeit als automatische Luftschleuse für Kleinraumschiffe.«
»Einfliegen und dann stoppen.«
»Verstanden.«
»Und die Lebenserhaltung reaktivieren. Ich kriege langsam Eisfüße.«
Während der Computer sein »Verstanden« zum Besten gibt, überlegt Walpar. Er befindet sich in einer Luftschleuse in Gottes Ohr, das erst in einer

Woche eröffnet wird. Bedeutet das, dass Gott den Menschen bisher überhaupt nicht zugehört hat? Das würde so einiges erklären.

Andererseits weiß Walpar genau, dass es sich bei dem Objekt nicht um einen oder *den* Gott handelt. Es ist eine Puppe, der ein Finger abhandengekommen ist. Trotzdem macht die Allegorie irgendwie Spaß, daher wird er vorläufig dabei bleiben.

»Haben wir Sensoren für Luftdruck?«, fragt Walpar.

»Positiv. Der Druckausgleich ist jetzt abgeschlossen.«

Plötzlich wird es hell. Walpar kneift die Augen zu und hört ein metallisches Surren. Leider hat er seine Sonnenbrille vergessen, deshalb nimmt er durch sein Bullauge nur unter Tränen wahr, was sich draußen befindet.

Zuerst sieht er Wimpel, dann Plakate. Als Nächstes einen Tisch mit weißer Decke und Schampuskübeln. Alles ist bereit für die Eröffnung. Walpar ist der erste Gast, genaugenommen ist er eine Woche zu früh dran. Das ist bestens, denn Walpar mag sowieso keine opulenten, überbevölkerten Partys.

»Schön«, murmelt er, »dann suche ich mal den Hausmeister. Öffne die Luke, Computer.«

»Es tut mir leid, Mr. Brannigan, aber das kann ich nicht tun.«

Walpars Füße werden noch kälter. »Warum nicht?«

»Bedauerlicherweise ist das zugehörige Relais defekt.«

Walpar schließt die Augen. »Das darf doch nicht wahr sein«, stöhnt er.

Schweigen, dann fährt der Computer fort: »Es gibt einen manuellen Öffnungsmechanismus.«

Ächzend wischt Walpar sich ein paar verirrte Tränen aus den Augen. Dann richtet er sich auf, sucht und findet den rot markierten Hebel und zieht.

Es zischt, dann klappt die Luke auf. Walpar klettert hinaus.

Die Luft im Gehörgang Gottes ist atembar und riecht nach Chemiekeule. Es ist nicht jene Art von Chemiekeule, die in Schulklassen eingesetzt wird, um Masern, Windpocken und die Pest einzudämmen. Es ist auch nicht jene Sorte, die sich mittellose Alleinerziehende in den Nacken schmieren, um betuchte Herren zu betören.

Es ist jene Sorte Chemie, die nach Elektronik riecht, die noch so neu ist, dass sie bisher nur einmal kaputtgegangen ist, zur Reparatur gebracht und mit dem Vermerk »Gerät völlig in Ordnung« zurückgegeben wurde.

Spätestens an diesem Ort ist offensichtlich, dass die Schöpfer dieses Objektes nur auf äußerliche Ähnlichkeit mit Gott Wert gelegt haben. Das riesige Schild mit der Aufschrift »Privatveranstaltung« zerstört die letzte Illusion, hier im Ohr des tatsächlichen Schöpfers zu stehen. Ja, zu stehen: Offenbar erzeugt der Leib genug Schwerkraft, um zumindest ein bisschen am Boden kleben zu bleiben. Wer energisch herumhüpft oder mit dem Fuß aufstampft, wird allerdings unter der Decke landen, wie der Installateur, der ein Stück entfernt an einer Energiesparlampe herumfummelt.

Walpar tut so, als gehöre er dazu, legt die Hände auf den Rücken und schlendert umher, als habe er gerade eine anstrengende Aufgabe erledigt und schaue sich jetzt an, was die Kollegen währenddessen geleistet haben. Er wendet sich zur Schleuse um, wirft einen Blick durch die gläserne Luke, hinter der sein Leihraumschiff geduldig auf seine Rückkehr wartet. Erst jetzt fällt ihm ein Schild auf, das in der Schleusenkammer angebracht ist: »V.I.P.-Landebucht! Allgemeines Parkhaus im anderen Ohr.«

Walpar runzelt die Stirn und dreht sich um, atmet ein, nimmt den Anblick in sich auf: Dutzende Großbildschirme, die derzeit nur ein Testbild zeigen, der Tisch für den Sektempfang, roter Teppich, weiter hinten pompöse Treppen, die vermutlich ins Gehirn hinaufführen. Das scheint eine angemessene Richtung zu sein. Walpar nickt dem Installateur unter der Decke zu, als würde er sich freuen ihn mal wieder zu sehen, und schreitet dann leicht die Stufen hinauf. Die breite Treppe windet sich großzügig hinauf zu einer Zwischenebene. Zuerst fällt Walpar wieder ein Schild auf: »Zu den Kinosälen.« Es ist über einer Reihe Brandschutztüren angebracht, neben denen Filmplakate von »Blade Runner« und »Uhrwerk Orange« hängen. Kerbil hätte seine Freude hier, allerdings ist der Junge im Moment verschollen. Dieser Gedanke schmerzt, und während Walpars Unterbewusstsein pflichtschuldig anfängt, Ausreden für Kerbils Eltern zu erfinden (»Er bestand darauf, das Generationenraumschiff nach Tau Ceti zu nehmen«), werden ihm die Menschen bewusst, die hier herumlaufen. Viele tragen T-Shirts mit All-Com-Logo und lange Haare, sodass Walpar überhaupt nicht auffällt.

Aus einem Impuls heraus holt Walpar seinen Pinguin hervor und tut so, als führe er ein unheimlich wichtiges Telefongespräch. Gleichzeitig starrt er die herumwuselnden Leute an. Das fällt nicht besonders auf, denn telefonierende Menschen sehen einen nicht wirklich an, ihr Blick wirkt leer, bloß weil sie ein möglichst exklusiv aussehendes Funkgerät am Ohr haben. Sie existieren in einer akustischen Parallelwelt, in der Augen nutzlos sind.

Walpar sieht Mitarbeiter, die freie Stellen für weitere Filmplakate suchen. Andere füllen Regale mit Andenken. Wieder andere programmieren Getränkeautomaten, vermutlich darauf, potenziellen Kunden Zimt-Cola im Abo aufzuschwatzen, selbst wenn sie nur ein Fläschchen Leitungswasser in Premium-Papptüte wollen.

In diesem Moment klingelt der Pinguin an Walpars Ohr, und der Detektiv erstarrt zu einer Salzsäule. »Ist gerade ungünstig«, zischt er.

»Mir doch egal«, schnappt eine Stimme, die ein bisschen wie die seiner

Ex-Schwiegermama klingt. Walpar findet, dass sie übertrieben oft anruft, wenn man berücksichtigt, dass er längst nicht mehr mit ihrem Sohn zusammen ist. Tilko! Sieht nicht der All-Com-Typ da vorne so aus wie er? Keine Ahnung, schon ist der Kerl hinter einem Pappaufsteller von Luke Skywalker und Prinzessin Leia verschwunden.

»Was ist?«, fragt Walpar unzufrieden in den Pinguin und überlegt, warum ihm sein Gehirn diesen Streich gespielt hat.

»Wo steckst du schon wieder? Wir haben Kerbil gefunden.«

Walpars Unterbewusstsein hört erleichtert damit auf, Ausreden zu erfinden. »Ich, äh«, macht Walpar und überlegt, ob er offen sprechen kann. Theoretisch sollte sein Pinguin abhörsicher sein, und mindestens eine mittelgroße Abteilung der All Com weiß schon längst, dass er hier ist, allerdings nicht, dass er er ist. »Vor dem Kino in Gottes Kopf«, sagt Walpar.

Einen Moment scheint Nera zu überlegen. »Bleib, wo du bist. Wir sind gleich bei dir.«

Das ist nicht die Antwort, mit der Walpar gerechnet hat. Er massiert seine Schulter, die sich plötzlich daran erinnert, vor Kurzem eine Stahlkugel von tausend auf null Stundenkilometer abgebremst zu haben.

Ausgerechnet jetzt hat irgendein Kollege von All Com einen Knopf gedrückt, der alle Bildschirme zum Leben erweckt. Sofort wird Walpar vom Trailer zum neuen Streifen mit Woody Allen vollgejazzt, bis es jemand schafft, die Lautstärke runterzudrehen.

»Okay«, sagt Walpar, »dann bis gleich.« Er beendet das Gespräch und sieht den Pinguin kritisch an, als könne er ihm dabei helfen, das alles zu kapieren. Indirekt tut er das, indem er nicht darauf hinweist, dass das Gespräch den teuren Überlicht-Tarif nutzte. Neras Antworten kamen sehr zügig. Sie ist also wirklich in der Nähe, jedenfalls aber nicht auf Erde oder Mars.

»Hi Walpar«, sagt plötzlich jemand neben ihm, »was machst du denn hier?«

Walpar dreht den Kopf und sieht Tilko. Er macht die Augen zu und wieder auf, aber sein Ex steht immer noch vor ihm. Er verkneift es sich, ihn zu umarmen, obwohl irgendeine veraltete Schaltung in seinem Hirn darauf besteht. »Ich dachte, wir sind hier zur Premiere von Star Wars IXa verabredet.«

Tilko rollt die Augen. »Der läuft erst nächste Woche. Das Kino hat noch nicht geöffnet.«

Unschlüssig schaut Walpar seinen Pinguin an, dann den nächsten Bildschirm, der gerade Werbung für ein Enthaarungsmittel zeigt. Und doch sieht er nur Tilkos Gesicht vor sich, mit diesem Kinnbärtchen, mit dem blonden Stachelhaar und den blauen Augen, die immer etwas im Schilde führen. Walpar findet, dass Tilko heute trotz allem nicht wie Billy Idol aussieht, auf den er ziemlich abfährt. Es fehlen einfach die zerrissenen Lederklamotten. »Du hast also einen Job gefunden«, sagt Walpar und nickt mit dem Kinn hinüber zu den wuselnden Kollegen von All Com.

»In der gleichen bescheuerten Firma wie du«, entgegnet Tilko und zupft Walpar am T-Shirt.

Der grinst. »Alles Tarnung. Ich bin ein Schnüffler, schon vergessen?«

»Dann verschwinde besser schnell.«

»Geht nicht. War zu teuer, das Taxi warten zu lassen«, improvisiert Walpar.

»Die haben ein Kopfgeld auf Leute wie dich ausgesetzt«, sagt Tilko und zeigt vage nach oben.

»Lohnt es sich wenigstens für dich, mich zu verpfeifen?«

Tilko stöhnt, dann schüttelt er den Kopf. »Es gibt immerhin ein Jahr freien Eintritt.«

»Ins Kino?«

»Ja«, bestätigt Tilko, »und in alle anderen Einrichtungen hier.«

»Ah«, sagt Walpar und tut so, als wüsste er genau, wovon Tilko redet. »Schwimmbad, Sauna ...«

»Genau. Übernachtung im Hotel ist auch inbegriffen, ohne Frühstück allerdings.« Tilko scheint zu überlegen. »Erotische Massagen sind auch nicht dabei. Lohnt sich also nicht.«

Walpar starrt auf den nächsten Bildschirm, während er versucht sich eine neue Strategie zurechtzulegen. Genaugenommen hat er seinen Job erfüllt. Er muss nur Costello anrufen und kann seine Organe behalten, vielleicht sogar eine Prämie einstreichen.

Plötzlich erscheint ein weibliches Gesicht auf dem Bildschirm, direkt darunter eine Einblendung: »Breaking News«. Irgendjemand hinter den Kulissen ist auf Zack und dreht die Lautstärke auf.

»Soeben wurde im Netz ein Video veröffentlicht, das große Besorgnis auslöst. Wir zeigen es sofort und ungeschnitten und hoffen inständig, dass es kein Fake ist.«

Das freundliche Gesicht verschwindet, dafür taucht ein anderes auf, das Walpar schon mal irgendwo gesehen hat. Er muss nicht lange in seinem Namensgedächtnis kramen, denn die Person auf dem Schirm stellt sich selbst vor: »Ich bin Gern den Wool, Hohepriester der Jünger der pünktlichen Ankunft. Wie von uns vorausgesagt, ist Gott eingetroffen.«

»Nicht *der*«, haucht Tilko.

Die Anzeige wechselt und zeigt einen vage erkennbaren Körper, der nur schwach auf einer Seite von der Sonne beleuchtet wird. Dahinter ist die

Mondrückseite zu sehen. Die Dimensionen sind eindeutig: Dies ist der Leib, zu dem der Finger Gottes gehört.

»Es gibt allerdings eine kleine Fahrplanänderung aufgrund einer Bombendrohung«, fährt Gern den Wool fort, der jetzt wieder zu sehen ist. Sein Gesicht sieht zufrieden aus, aber es kann die Anwesenheit gewisser Nervosität nicht ganz verleugnen. Die Kamera schwenkt auf eine kubikmetergroße Holzkiste, aus der ein Kabel zu einem Kästchen führt, das Gern den Wool in der Hand hält. »Ich werde Gott sprengen, wenn nicht innerhalb der nächsten Stunde eine großzügige Spende auf dem Konto meiner Organisation eintrifft. Und zwar dachte ich so an eine Billiarde, wenn's recht ist. Denkt dran, Leute, ihr könnt Spenden von der Steuer absetzen, und wir sind als Glaubensgemeinschaft anerkannt! Unsere Kontonummer ist …« Ein unverständliches Flüstern aus dem Off, dann: »… nun, ihr werdet sie sicher leicht selbst herausfinden. Also, bis später!« Gern den Wool winkt in die Kamera, dann gesellen sich einige seiner Jünger zu ihm, und sie stimmen ihr Lied an: »Acht Uhr neun an Gleis drei …«

Die Moderatorin ist wieder da. »Soweit die Bombendrohung. Unsere Mitarbeiter sind gerade dabei, die Kontonummer der Jünger der pünktlichen Ankunft zu ermitteln, sie wird gleich eingeblendet.«

»Das ist …«, beginnt Walpar, aber er weiß nicht weiter.

»… alles meine Schuld«, sagt Tilko.

20 Finale

»Du bist der *echte* Philip Marlowe«, haucht Kerbil.

»Nein, er wird dir *kein* Autogramm auf den Arm tätowieren«, sagt Nera energisch.

Lang X lächelt, wie er es immer tut. »Wir gleich einfliegen in Ohr.« Er zeigt auf das hochauflösende Bild auf dem Schirm vor ihm, dann richtet er seine Krawatte. Der feuerrote *Toyota Celica Space* ist mit allem Schnickschnack ausgestattet. Nera hat ein bisschen Angst um das Spesenkonto. Die Fotos, die sie damals von der Weltkaiserin gemacht hat, während sie Thunfisch direkt aus der Dose aß, haben ihr zwar eine beträchtliche Summe eingebracht, aber so ein *Celica Space* ist nicht ganz billig, vor allem, wenn man ihn kauft, weil der Besitzer ihn keinesfalls verleihen will.

Lang X hat ihr versprochen, das Gaspedal nicht ganz durchzutreten, um wenigstens etwas Treibstoff zu sparen. »Ich frage mich immer noch«, sagt Nera und bemüht sich, nicht ganz so unterwürfig aus der Wäsche zu schauen wie Kerbil, »wie Sie im Eifer des Gefechts einen Mikro-Peilsender an seiner Kleidung anbringen konnten.«

»Training hart sein, da wo ich herkomme.«

»Nehmen die auch Jungs wie mich?«, fragt Kerbil.

»Aufnahmeprüfung sehr anspruchsvoll.«

»Ich kann lesen! Und ich kenne ein paar Kursbücher auswendig. Zum Teil jedenfalls.«

»Das guter Anfang«, nickt Lang X, und Nera wirft ihm zweifelnde Blicke zu.

»Wofür ist der Knopf da?«, fragt Kerbil und zeigt auf eines der silbern glänzenden Bedienelemente.

»Selbstzerstörung«, entgegnet Lang X, ohne hinzuschauen. Kerbils Finger zuckt zurück.

Nera starrt durch die Panorama-Vorderscheibe hinaus in die Dunkelheit. »Ich sehe nichts.«

»Wir nicht fliegen in Ohr«, verkündet Lang X, der die Anzeige seines Peilsenders im Blick hat. Er dreht am Lenker, und der Celica legt sich sanft in eine Kurve.

»Sondern?«, fragt Nera.

Lang X antwortet nicht, sondern konzentriert sich auf die Steuerung. Gewöhnlich überlässt man das dem Navi, aber Gottes Leib war leider nicht im Speicher. Also muss sich Lang X selbst um die unfallfreie Anreise kümmern.

»Wir nah genug für Scheinwerfer«, sagt er und drückt den Knopf, für den Kerbil sich vorhin interessiert hat.

»Uff«, macht Nera, als die Scheinwerfer aufflammen und eine hügelige Landschaft streicheln. »Was ist das?«

»Rechte Wange«, erwidert Lang X knapp.

»Gott hat keinen Bart«, stellt Kerbil fröhlich fest. »Ich *wusste* es, sie ist eine Frau!«

»Kann es sein, dass ich Schwerkraft spüre?«, fragt Nera und hält sich an ihrem Sitz fest.

Der Asiate nickt, fliegt eine weitere Kurve und dreht das Fahrzeug, sodass die Wange links aufragt wie eine Felswand. Vorne taucht ein Vorsprung auf. »Antagonist in Nase weilt.«

»Und wenn Gott niesen muss?« Kerbil windet sich in seinem Anschnallgurt. »Ich weiß! Wir bringen sie zum Niesen, dann macht sie *Hatschi* und der Oberpriester kommt von alleine raus!«

Nera schüttelt den Kopf. »Kann mir nicht vorstellen, dass das klappt.« Bedrückt nimmt sie zur Kenntnis, dass sie die Stelle unter den Nasenlöchern erreicht haben.

»Wir jetzt fliegen in Nasenloch«, bemerkt Lang X überflüssigerweise. Die Öffnung gähnt weit über ihnen, und Nera erinnert sich an die Dimension des Fingers, der so in etwa in dieses riesige Loch passen müsste. Sie schätzt den Durchmesser auf 150 Meter. »Ich sage Walpar Bescheid«, verkündet Nera und nimmt ihr Telefon ans Ohr.

»Keine Nasenhaare«, stellt Kerbil fest.

»Das macht einfacher«, meint Lang X lapidar.

»Ja, ich schon wieder«, raunt Nera ins Telefon. »Du musst zur Nase kommen und uns helfen.«

Kerbil wird immer unruhiger. »Und wenn sie doch niesen muss?«

»Wir sind da«, sagt Lang X. Der Asiate ist offensichtlich nervös. Er hat zum ersten Mal seinen absichtlichen Sprachfehler vergessen.

Nera sieht hinaus. »Klar findest du die Nase«, sagt sie dann in ihr Telefon, »frag einfach jemandem nach dem Lieferanteneingang.«

»Mach ich, bis später«, nickt Walpar und steckt den Pinguin weg. »Wo ist der Lieferanteneingang?«

Tilko zuckt mit den Schultern. »Keine Ahnung.«

»Und die Nase?«

»Irgendwo weiter unten«, rät Tilko. »Aber da ist nichts Besonderes.«

»Doch«, widerspricht Walpar und zeigt auf den Bildschirm. »Die Bombe.«

»Wieso sollte ich dir helfen?«

»Um auch morgen noch dieses alberne T-Shirt zu tragen. Dreh dich mal um.«

Tilko tut es. »Wieso?«

»Nur so. Ich wollte wissen, ob bei dir dasselbe draufsteht wie bei mir. Wie ich sehe, ist dem nicht so. Aber wieso: *Ich suche einen richtigen Mann?*«

»Jedes T-Shirt ist ein Unikat«, erklärt Tilko. »Wenn du eine Weile hier arbeitest, erkennst du die Leute von hinten. Du trägst zum Beispiel das Shirt von Svetlana Adamsson, die derzeit zur Kur in einer geschlossenen Anstalt weilt.«

Walpar zeigt Richtung Fußboden. »Die Nase ist also weiter unten, ja?«

»Schon gut«, seufzt Tilko und zieht Walpar mit sich. »Die Aufzüge sind da hinten.«

Inzwischen hat der Celica das obere Ende des Schachts erreicht und eine breite Schleuse durchquert. Sie haben den Wagen geparkt und bewundern die geräumige Halle, in der sie jetzt stehen. Auf der einen Seite sind Container aufgereiht, unter der Decke hängt ein gelber Kran, der sie aufgeschichtet hat. Aufgrund der geringen Schwerkraft fällt der ziemlich zierlich aus.

Dies ist eine Lagerhalle, und mittendrin haben die Ankunftsjünger ihr Lager aufgeschlagen.

»Er nicht allein sein«, stellt Lang X zerknirscht fest. Ein Dutzend Ankunftsjünger stehen um ihren Hohepriester herum, haben Kerzen angezündet, Kameras und Sendeanlage aufgebaut. Gern den Wool hat die Neuankömmlinge längst entdeckt und winkt freundlich. »Trinity und Jackie Chan. Kommt doch etwas näher, damit ihr nicht versehentlich zurück in euren hübschen Flitzer steigt, um abzuhauen.«

Lang X macht ein paar langsame Schritte, während den Wool fortfährt: »Wäre doch schade, das hübsche Ding durchlöchern zu müssen, oder?«

»Wage es nicht! Die Karre war sauteuer, du Bahnfahrer!«, entfährt es Nera.

Den Wool zeigt auf die Maschinenpistolen, mit denen ein paar seiner Jünger ausgerüstet sind. »Vielleicht ist die Hülle sogar instabil und auch euch werden einige Löcher hinzugefügt.«

»Was soll dieses *Vielleicht?*« Das ist Kerbil. »Vorlauter Bengel«, schimpft Nera und hält ihn fest. »Ist doch wahr«, beharrt Kerbil. »Steht doch alles im Großen Fahrplan! Da gibt's kein *Vielleicht!*« Er gestikuliert, zeigt auf das riesige Buch, das aufgeschlagen neben Gern den Wool auf einem improvisierten Altar liegt.

»Der Junge hat brav seine Fahrpläne auswendig gelernt«, nickt der Hohepriester freundlich und streckt die Hand aus. »Komm hierher, du gehörst doch zu uns.«

»Du bleibst hier.« Nera hält Kerbil energisch fest.

Der Junge reißt sich los und gewinnt dabei einen halben Meter Höhe.

»Ich will zu meinem Onkel!«

Nera ist zu schockiert, um zu reagieren, und Lang X steht ein paar Schritte zu weit weg. Kerbil rennt mit weiten Sätzen zu den Kuttenträgern, scheint sich einen bestimmten auszusuchen, dessen umfangreicher Bauch den blauen Stoff deutlich ausbeult, und ergreift dessen Hand. Während der dicke Jünger verlegen von einem Glaubensbruder zum anderen schaut, schaut Kerbil herausfordernd zu Nera und X hinüber und ruft: »Ich glaube an den Großen Fahrplan!«

»Gott ist also eine Art Vergnügungspark«, stellt Walpar fest, aber eigentlich ist es eine Frage.

»Na ja, man kann drin rumlaufen, es gibt den größten Kinosaal des Sonnensystems, Wellness-Hotels weiter unten und darüber hinaus … Gott? Ach so.« Tilko schüttelt verkniffen den Kopf. »War ja zu befürchten, dass sie so gesehen wird. Eigentlich ist sie nur eine ziemlich große Puppe. Ein Werbe-Model, das von der Erde aus gut zu sehen ist, wenn es erst mal an seinem endgültigen Standort im Orbit kreist.«

»Der Finger ist also die Vorhut.«

Tilko schweigt bedrückt.

»Er wurde geklaut«, sagt Walpar verständnisvoll. »Und das ist deine Schuld.«

Tilko sieht auf. »Woher weißt du das?«

»Das waren deine Worte.« Der Pinguin klingelt, aber Walpar geht nicht ran.

»Mir ist das unendlich peinlich«, bringt Tilko hervor. »Er weiß das von mir.«

»Er weiß *was* von dir? Dass du schwul bist? Das ist kein Geheimnis, es steht sogar hinten auf dir drauf.«

»Das mit der Puppe.«

Walpar zögert, während er eins und eins addiert und anderthalb erhält. Der Pinguin hört auf zu klingeln. »Was hast du mit diesem Gern den Wool zu schaffen?«

Tilko atmet aus, als der Aufzug hält. »Wir sind da.«

»Leise«, flüstert Walpar. »Vielleicht können wir uns anschleichen.«

»Seid ihr wieder zusammen?«, fragt Nera laut und deutlich, als Walpar und Tilko drei Meter neben ihr aus dem Aufzug treten.

»Nein!«, rufen Walpar und Tilko gleichzeitig und meinen völlig verschiedene Dinge.

»Willkommen bei unserer Spendenparty«, freut sich Gern den Wool, »bitte alle Waffen abgeben. Wir möchten doch nicht, dass die falschen Leute zu Schaden kommen.«

»*Sie* haben schon einen. Einen ganz großen!«, ruft Tilko. Seine Stimme zittert.

Den Wool gönnt ihm ein Lächeln. »Beinahe wärst du Junior-Glaubensbruder geworden, dann hast du gekniffen. Nicht genug für die Prüfung gelernt, hm?«

»Wie bitte?«, reißt Walpar die Augen auf. »Du hast bei denen mitgemacht?«

»Sie haben mich freundlich willkommen geheißen«, verteidigt sich Tilko.

»Wie jeder Seelenfänger«, versetzt Walpar. »Egal, ob er den Wool oder All Com heißt.«

»Wieso hast du gesagt, die machen Suppe aus dir?«, will Nera wissen.

»Mir war das alles so peinlich«, flüstert Tilko und schrumpft ein paar Zentimeter.

Nera schüttelt den Kopf und stupst Lang X in die Seite. »Was jetzt? Hier rumstehen und warten, bis die Bombe hochgeht?«

»Das nicht mehr lange dauern kann«, murmelt X und zählt erneut die auf ihn gerichteten Mündungsöffnungen. Es sind immer noch zu viele.

»Falsch!«, gellt plötzlich Kerbils Stimme durch die Halle. »Ha*ha*!« Er hat sich zum Altar der Jünger geschlichen und zeigt triumphierend in das große Buch.

»Will er damit drohen, das Heiligtum zu schänden?«, flüstert Nera.

Gern den Wool sieht irritiert zu Kerbil hinüber. »Was redest du da?«

»Hier steht's«, zeigt er auf die Seite. »Komm her und sag, dass ich recht habe, Onkel!«

Walpar macht ein paar Schritte vorwärts, bis ihn der Lauf einer Maschinenpistole aufhält. Er merkt, dass Kerbil ohnehin einen anderen Onkel gemeint hat, nämlich den mit dem Bauch. Der tritt an den Großen Fahrplan heran und liest, was Kerbil ihm zeigt.

»Was ist denn jetzt los?«, zischt Nera.

»Sie lesen im Großen Fahrplan«, erwidert Tilko.

»Das sehe ich auch«, rollt Nera die Augen, »du Suppenhuhn.«

»Es stimmt«, heult plötzlich der Onkel-Jünger los. »Die Abfahrtszeit Gottes ist aufgrund von Bauarbeiten sonntags eine Stunde später!«

Gern den Wool zögert, dann wankt er zu seinem Altar, schiebt Kerbil und den Jünger mit seinem Zeremonienstab beiseite, beugt sich vor, liest in dem Buch. Den Auslöser für die Bombe hat er immer noch in der Hand, die Drähte sind gespannt.

»Genau wie der D 712 im Jahre 1979«, jubelt Kerbil und hüpft aus dem Stand zwei Meter hoch.

»Du wagst es ...« Den Wools Stimme erinnert an das Knistern einer Zündschnur.

Nervosität macht sich breit. Auch die Bewaffneten schauen verstohlen zu ihrem Hohepriester hinüber. Keiner sieht, wie Walpar in die Hocke geht. Nur Lang X nickt ihm kaum merklich zu.

»Du liest das falsch«, heult Gern den Wool, »du *musst* es falsch lesen. *Ich bin der Hohepriester!*«

»Acht Uhr neun an Gleis drei ...«, hebt Kerbil an, und der Onkel stimmt ein. Kurz darauf singt mindestens die Hälfte der Jünger mit.

Nera hält sich die Ohren zu.

Tilko sieht nach oben und bewegt den Mund. Für Nera sieht es wie ein »Oh nein« aus, und sie folgt seinem Blick.

»Aufhören!«, kreischt Gern den Wool. »Du Würstchen, komm her!« Er greift nach Kerbil. »Du wolltest mich hintergehen, hier steht *sonntags zwischen 23. Mai und 21. September!* Wir haben aber erst *April!*«

Kerbil springt auf den Altar. »Und außerdem nicht 1979!«, ruft er und streckt den Wool energisch die Zunge raus.

In diesem Moment ist der Greifer des Krans ganz heruntergefahren und krallt sich um die Kiste mit der Bombe.

»Ich bin der beste Fahrplanleser!«, ruft Kerbil und hüpft im hohen Bogen vom einen Ende des Altars zum anderen. »Preiset euren wahren Hohepriester!«

Das tun die Jünger zwar nicht, abgesehen von dem dicken Onkel, aber sie sind gehörig abgelenkt. Erst einer hat gemerkt, was mit der Bombe passiert, aber niemand hört ihn, weil ein halbes Dutzend immer noch am Singen ist und weil der Rest gemeinsam mit Gern den Wool wild herumkrakeelt. Der Hohepriester fängt an, mit seinem Stab nach Kerbil zu schlagen, aber er trifft nur den Altar, der hohl gongt.

Der Kran ruckt in die Höhe, hebt die Kiste hoch, die Drähte spannen sich. Der Auslöser rutscht dem abgelenkten Hohepriester aus den Fingern.

»Was!« kreischt den Wool, dreht sich um und springt hinter seiner Bombe her, vergisst die geringe Schwerkraft und fliegt mit wild rudernden Armen vorbei, landet, rappelt sich auf. Kerbil hebt den Großen Fahrplan hoch über den Kopf. »Du hast was vergessen!«, ruft er und schmeißt den Wälzer in

Richtung Hohepriester. Trifft ihn in den Kniekehlen. Den Wool schwankt, aber eine starke Hand ist da, um ihm zu helfen.

»Danke«, sagt den Wool.

»Bitte«, grinst Lang X und dreht dem Hohepriester innerhalb eines Lidschlags den Arm auf den Rücken.

»Rrg!«, röchelt den Wool und sinkt auf die Knie.

In diesem Moment öffnet sich die Nasenschleuse, und ein Transporter mit dem Logo von *Costello Inkasso* summt herein. Sofort klappen seine Luken auf und ein Haufen Uniformierter strömt heraus. Schießscharten öffnen sich, und Scharfschützen richten ihre Waffen auf die Jünger. Die erkennen die Überzahl und lassen die Maschinenpistolen fallen.

»Was für ein Auftritt«, sagt Nera anerkennend. Tilko steht etwas bleich neben ihr und schaut dreimal, ob nicht auch ein Lauf auf ihn gerichtet ist.

Ein älterer Herr im weißen Anzug entsteigt dem Transporter – blau getönte Brille, indigofarbene Melone: Costello persönlich. Er wendet sich an Nera, deutet einen Handkuss an. »Verehrte Signora, es freut mich, Ihnen persönlich zu begegnen. Würden Sie die Freundlichkeit besitzen, mich über den Aufenthaltsort meiner Organe aufzuklären?«

Nera kann soviel Charme nicht widerstehen und zeigt nach oben, wo Walpar den Kopf aus der Kabine des Kranführers gesteckt hat. Er ruft irgendwas, das wie »nicht mein Penis« klingt, aber es ist zu laut in der Halle, um es richtig zu verstehen.

»Sie ... sie werden ihm doch nichts tun, oder?«, fragt Tilko leise.

»Euer aller Abfahrt steht bevor!«, heult Gern den Wool, der gerade von Costellos Inkasso-Leuten gefesselt wird.

»Ich bin ein Ehrenmann«, sagt Costello schockiert und streichelt das Revers seines weißen Anzugs. »Mr. Tonnraffir und ich haben einen Deal. Er beschafft mir den Rest vom Finger, und ich löse ihn beim Gerichtsvollzieher aus.«

»Also kann er seine Organe behalten«, nickt Nera.

»Aber selbstverständlich«, breitet Costello die Arme aus. »Ich werde auch über den Zwischenfall mit meiner Tochter hinwegsehen. Er konnte ja nicht wissen, wie ein Bad in Quatlingsaft wirkt.«

»Wie Obelix und der Zaubertrank?«, vermutet Kerbil, der sich inzwischen dazugesellt hat.

»Schlauer Junge«, stellt Costello fest. »Wem gehört der?«

»Im Moment passe ich auf ihn auf«, sagt Walpar, der plötzlich neben Costello auftaucht. »Aber ich fürchte, das mache ich nicht besonders gut. Und wer ist dieser Obelix?«

Costello verzieht das Gesicht.

»Er hatte schlechte Noten in Popkultur«, entschuldigt Kerbil sich für Walpar.

»Wie haben Sie eigentlich diese Puppe gefunden?«, lenkt Walpar ab.

»Das war leicht«, winkt Costello, »Sie hatten die Freundlichkeit, Ihrem Anrufbeantworter beizubringen, dass er jeden Anrufer über Ihren aktuellen Aufenthaltsort informiert.«

»Das war Jankadar«, sagt Walpar.

»Wer ist das denn?«, fragt Nera.

»Das ist ...«, setzt Walpar an, aber dann sieht er, wen Nera meint. Zwei Personen sind soeben dem Aufzug entstiegen: eine Frau und ein Mann in schlichten T-Shirts und Jeans. Walpar sieht sofort, dass sie dieselben Rubinringe am Finger tragen.

Es sind Harkai van Hesling und seine Frau Arwen.

»Sieh an«, lästert Costello, »der zweitreichste Mann des Sonnensystems.«

Van Hesling lächelt freundlich.

»Platz zwei und drei zusammen übertreffen Platz eins bei Weitem«, sagt seine Frau und hält den Ellenbogen ihres Mannes. Hinter den beiden kommen weitere Mitarbeiter von All Com aus dem Aufzug.

Van Hesling nickt und sagt: »Mrs. Arwen van Hesling ist beispielsweise CEO der Werbeagentur All Com, die Ihnen vermutlich ein Begriff ist. Immerhin befinden Sie sich in einem Objekt, das dieser Agentur gehört. Und das eine knappe Woche vor der Eröffnung für den Publikumsverkehr, wie ich anfügen möchte.«

Costello kneift die Lippen zusammen. Walpar stellt fest, dass van Hesling ein BOSS-Shirt trägt, das schätzungsweise hundert Jahre alt ist und vermutlich die ganze Zeit täglich von einer vorsintflutlichen Maschine gewaschen worden ist. »Mrs. van Hesling«, improvisiert Walpar, »es freut mich, die Mutter Gottes persönlich kennenzulernen.«

Arwen van Hesling hält sich den Handrücken vor den Mund und kichert.

»Mein Mann hat viel von Ihnen erzählt, Mr. Tonnraffir. Ich werde Ihnen nie vergessen, dass Sie diese unglaublich seltene Captain-Future-Box für uns beschafft haben. Kommen Sie doch bei Gelegenheit mal zum Tee vorbei, dann schauen wir uns ein paar Folgen gemeinsam an. Am besten finde ich die, in der ...«

»Ich auch! Ich auch!«, quiekt Kerbil und drängt sich dazwischen.

»Äh«, macht Walpar, »ja.« Er schluckt. »Wo wir alle hier so gemütlich beisammenstehen, würden Sie uns bitte kurz erklären, was es mit diesem riesigen Kerl auf sich hat?«

»Du bist in einer Frau und merkst es nicht mal«, ruft Kerbil.

»Ich ...« Walpar erbleicht.

»Gott ist ne Frau! Weiß doch jeder!« Kerbil schüttelt energisch den Kopf.
»Sie hat keinen Bart, hast du das nicht gesehen?«

»Meine Kamera war kaputt«, sagt Walpar.

»Ehrlich gesagt hatten wir nichts Göttliches im Sinn.« Mrs. van Hesling lacht, während Costello seine Inkasso-Truppe zum Abmarsch sammeln lässt. Immerhin haben sie den Hohepriester geschnappt, dem sie ein paar gesalzene Rechnungen präsentieren können.

»Nichts Göttliches?«, fragt Nera, und Tilko schüttelt synchron mit den van Heslings den Kopf.

Lang X tritt hinzu. »Missverständnis war vorprogrammiert«, nuschelt er.

»Diese Puppe ist das ultimative Werbeinstrument«, erklärt Mrs. van Hesling.

»Für welches Produkt?«, will Walpar wissen.

»Nun, zum Beispiel für ein neuartiges Enthaarungsmittel auf Gencode-Basis«, zuckt die Chefin von All Com die Schultern.

»Wo kann ich das kaufen?«, fragt Nera sofort.

Mrs. van Hesling lächelt wie eine Verkäuferin beim Kassieren. »Es kommt demnächst in den Handel.«

Walpar schüttelt den Kopf. »Mir ist ja aufgefallen, dass die Puppe keine Haare hat, aber auf *diesen* Grund bin ich nicht gekommen.«

»Mr. Tonnraffir«, mischt sich Harkai van Hesling ein. »Wie ich gerade höre, wurde Ihre heldenhafte Sicherstellung der Bombe von den Überwachungskameras gefilmt.«

»*Nein!*«, entfährt es Walpar. »Hätte ich das gewusst, hätte ich öfter gewunken.«

»Dazu besteht vielleicht noch Gelegenheit«, meint der zweitreichste Mann des Sonnensystems und sieht seine Frau an.

Die legt den Kopf schief. »Wir machen einen Werbespot draus.«

»Und wenn ich was dagegen habe?«, fragt Walpar.

»Vergiss es«, sagt Tilko leise.

»Wieso?«

»Du bist Mitarbeiter von All Com.«

»Das ...« Walpar schluckt. Er trägt immer noch dieses T-Shirt. »... stimmt wohl.«

»Nur Mitarbeiter und ihre Familien haben derzeit Zutritt. Der Rest muss leider mit empfindlicher Bestrafung rechnen«, erklärt Mrs. Van Hesling freundlich.

Walpar sieht in die Runde. Kerbil, Tilko und Nera zählen mit viel Fantasie als Familie. Bloß Lang X nicht, aber der ist bestimmt gegen so was versichert.

»Und wenn ich nun All-Com-Mitarbeiter wäre?«

»Dann würden der Firma alle während der Arbeitszeit angefertigten Videoaufnahmen gehören.«

»Verstehe«, sagt Walpar zerknirscht. »Also hab ich nichts davon.«

»Vielleicht doch«, beruhigt ihn die CEO. »Wir bringen demnächst einen exotischen Herrenduft auf den Markt, für den wir noch keinen Namen haben. Wie wäre es mit Tonnraffir No. 1?«

»Er verlangt 9,5 Prozent des Gewinns«, ruft Kerbil sofort.

»Führst *du* die Verhandlungen?«, staunt Arwen van Hesling.

Kerbil nickt eifrig und donnert Walpar die Hand auf die Schulter, sodass er ein paar Zentimeter abhebt. »Ich bin nämlich der Manager und Assistent von Philip Marlowe Tonnraffir. Dem größten Detektiv des Sonnensystems!«

Epilog

»Walpar! Walpar!«, klatscht Kerbil rhythmisch und hüpft auf dem Sofa herum wie ein Qualitätstest für Designermöbel. Der Junge hat die Probiertüte Psychips Extra gefunden, die jemand im Hotelzimmer deponiert hat. Tilko hat ihnen eilig zwei Zimmer organisiert, damit sie nach all den Anstrengungen nicht noch den Rückweg zum Mars antreten müssen. Leider handelt es sich um zwei Doppelzimmer. Vier Einzelzimmer seien gerade nicht verfügbar, hat Tilko gesagt.

Walpar ist müde. Er aktiviert seinen Pinguin und ruft Nera an. Er könnte auch nebenan an ihre Zimmertür klopfen, aber er hat Angst, sie und Lang X bei irgendetwas zu stören.

»Walpar hier«, sagt Walpar, als Nera das Gespräch entgegennimmt.

»Ich weiß«, sagt Nera, und Walpar bildet sich ein, dass sie so klingt, als hätte sie gerade eine Doppelstunde Reckturnen hinter sich.

»Können wir den Zimmerbelegungsplan noch einmal überdenken?«, fragt Walpar vorsichtig.

»Geht das auch morgen früh?«

Walpar versteht die Frage zuerst nicht, dann guckt er böse. »Kerbil hat die Psychips gefuttert.«

»Ich kenne eine gute Entgiftungsanstalt.«

»Auf dem Mars.«

»Da sind wir ja morgen wieder.«

»Kerbil rastet aber *jetzt* aus.«

Der Pinguinschnabel stößt einen Seufzer aus, als hätte er sich entgegen aller Vernunft entschieden, vom Südpol nach Kuba umzuziehen. »Von mir aus. Lang X hat Nerven aus Seide.«

»Lang X?«, fragt Walpar.

»Ja. Seide. Unzerreißbar, weißt du? Ich schicke ihn rüber.«

»Hm«, macht Walpar, aber der Pinguin unterbricht ihn: »Das Gespräch wurde leider beendet.«

»Marlowe! Marlowe!«, jodelt Kerbil und versucht einen Kopfstand.

»Hör zu«, sagt Walpar, »du magst doch Lang X, oder? Er kommt gleich rüber, um mit dir einen Film zu gucken. Was hältst du davon?«

»Joaaa«, macht Kerbil und kippt um.

»Du bist der glücklichste Junge in Gottes Kopf«, lächelt Walpar. »Du darfst mit dem berühmten Abenteurer Lang X gemeinsam auf dem Sofa sitzen und ... ich sagte *sitzen*.«

Es klopft an der Tür, als Kerbil erneut das Gleichgewicht verliert und mit dem Kopf gegen die Tischkante knallt. »Oh nein«, haucht Walpar und überlegt, ob er die Flucht ergreifen soll. Er will gerade einen Blick unter den Tisch wagen, um zu schauen, ob Kerbil dort in einer Blutlache verendet, als der Junge hervorschießt wie eine Boje, die jemand unter Wasser gedrückt und dann losgelassen hat.

Walpar schüttelt den Kopf und eilt zur Tür, bevor Lang X es sich anders überlegen kann.

»Es mir große Ehre, mit persönliche Manager von berühmteste Detektiv des Sonnensystems ein Zimmer zu teilen«, erklärt der Asiate, nachdem er eingetreten ist. Kerbil setzt sofort das Managergesicht auf und deklamiert geschwollen: »Wir könnten gemeinsam künftige Projekte planen«..

»Sehr vernünftig«, nickt Lang X tapfer und sagt zu Walpar: »Sie sich freuen können, dass Sie haben hervorragende Manager.«

»Danke«, quetscht Walpar hervor. »Ich geh dann mal nach nebenan.«

»Sie trägt nur ein schwarzes Nachthemd«, lächelt Lang X, bevor er sich zum Sofa begibt.

Walpar erbleicht. Er flieht aus dem Zimmer und klopft nebenan, bevor er es sich nochmal überlegen kann.

Nera trägt wirklich nur ein schwarzes Nachthemd. Walpar muss zugeben, dass es in diesem Moment nicht unangenehm wäre, wenn er auf Frauen stehen würde.

»Du schläfst auf dem Sofa«, begrüßt ihn Nera.

Das muss Walpar erst mal schlucken. »Das ist aber unbequem«, beschwert er sich dann. »Kannst du nicht auf dem Sofa …«

»Walpar.«, Nera stemmt die Hände in die Seiten, »von mir aus kannst du auf dem Korridor schlafen, wenn dir das lieber ist. Wenn du Bedürfnisse hast, geh zu Tilko!«

»Das geht gerade nicht, glaube ich«, sagt Walpar. »Wir haben uns getrennt, weißt du. Schon, äh, vor einiger Zeit.«

»Na und?«

Walpar schaut enttäuscht zwischen Sofa und Bett hin und her. »Können wir kurz das Thema wechseln?«

»Kurz, ja. Vorübergehend, wenn's geht.«

»Hat Lang X dir inzwischen verraten, was sein dunkles Geheimnis ist?«

Jetzt ist es an Nera, enttäuscht auszusehen. »Nein. Aber vielleicht kriegt Kerbil es raus.«

»Sie schmieden gerade Pläne für neue Projekte.«

»Projekte, aha. Sind noch Psychips übrig?«

»Die hat Kerbil alle gefuttert.«

»Man hätte Lang X ein paar davon verabreichen können.«

Walpar schüttelt den Kopf. »Ich glaube, es ist ein so großes Geheimnis, dass man mit ein paar bewusstseinsverändernden Substanzen nicht drankommt.«

»Sondern wie?«

Walpar setzt sich aufs Bett und denkt nach. »Man müsste ihn in einem Moment fragen, in dem er einem nichts abschlagen kann …«

Nera setzt sich neben Walpar und legt die Hände in den Schoß. »Hab schon versucht ihn zu verführen.«

»Und?«

»Sex ist im Vertrag nicht inbegriffen, hat er gesagt.«

Walpar grinst.

»Hör auf so zu grinsen. Und runter von meinem Bett!«

»Ich habe keinen Vertrag mit ihm«, stellt Walpar fest und erhebt sich.

Nera sieht zu ihm hoch. »Was willst du damit sagen?«

»Wir brauchen einen Vorwand, damit Kerbil hier schlafen kann und ich drüben.«

»Wie wäre es mit: Nera wollte mich verführen?«

»Überaus glaubwürdig«, meint Walpar ironisch. Er dreht sich auf dem Absatz um und marschiert Richtung Tür. Dann sieht er noch einmal zurück. Nera schaut aus der Wäsche, als wüsste sie genau, dass sie in dieser Nacht nicht schlafen wird, sondern alte Filme gucken muss.

»Tschüss Nera«, sagt Walpar, »und tschüss, Sofa.«

Auf dem Gang begegnet Walpar einem kirschrot lackierten Reinigungsroboter, auf dem ein Aufkleber »Elektroschockgefahr, bitte nicht öffnen« pappt. Er klaut den Aufkleber und wartet, bis das Gerät um die nächste Ecke gesummt ist, dann klopft er an seine Zimmertür.

Es dauert nur einen Moment, bis Lang X öffnet. Sein Haar wirkt zerzaust, und irgendjemand hat seine Krawatte in einen würdigen Nachfolger des Gordischen Knotens verwandelt.

»Das geht so nicht«, sagt Walpar entschlossen und zeigt in die Richtung, wo Nera ihr Schicksal erwartet. »Die Frau wollte mich verführen. Irgendjemand hat sie heißgemacht und sitzen lassen. Könnte man denken.«

Lang X schießt das Blut ins Gesicht. »Aber …«

»Geschenkt«, unterbricht Walpar. »Wir schicken Kerbil rüber, der hält Nera auf Trab. Dann können wenigstens wir zwei ruhig schlafen.«

Es dauert nur einen Quantensprung, bis Lang X zustimmt. »Das nach einem hervorragenden Plan klingt.«

»Kerbil?«, ruft Walpar. »Tante Nera hat noch eine Tüte Psychips auf ihrem Zimmer. Und sie würde gerne *Die Spur des Falken* anschauen, aber alleine sei das langweilig, meinte sie.«

Sekundenbruchteile später ist Kerbil an ihnen vorbeigestürmt und poltert mit den Fäusten gegen Neras Zimmertür.

Walpar klebt den geklauten Aufkleber von außen an seine eigene Tür und huscht dann ins Zimmer.

Lang X sieht ziemlich müde aus. »Ich nehme das Sofa«, gähnt er.

»Aber das ist voller Psychips-Reste.« Walpar zeigt auf das Bett. »Das ist ja wohl gemütlicher.« Ohne zu zögern, knöpft er sein Hemd auf.

Lang X sieht Walpar nachdenklich zu. »Das ist jetzt wohl der richtige Moment, um mein dunkles Geheimnis zu verraten.«

Walpar hält inne. »Das war eigentlich erst für später geplant.«

»Sagt dir der Name MacGuffin irgendwas?«

»Äh, ein Kollege von dir?«, rät Walpar schwach.

Die Antwort ist ein Kopfschütteln. »Du solltest mehr alte Filme sehen.«

»Nein«, haucht Walpar.

»Ein MacGuffin ist ein mysteriöses Ding, um das es die ganze Zeit geht, das aber eigentlich ohne Bedeutung ist.«

Walpar überlegt. »Wie der Zeigefinger Gottes?«

»Oder wie Gott selbst«, nickt Lang X säuerlich und akzentfrei. Anscheinend ist er momentan nicht im Dienst. »Die Leute klammern sich daran, weil sie hoffen, dass sie eine Sensation erleben, von der sie am nächsten Tag bei der Arbeit erzählen können. Um dabei im Mittelpunkt zu stehen.«

»Wenn der MacGuffin eine Lüge ist, könnte man nicht gleich die ganze Sensation erfinden?«

»Machen die Medien doch schon längst«, seufzt Lang X. »Insofern bin ich ziemlich veraltet. Aber das sind wahre Abenteurer eben. Man erwartet das von uns. Man erwartet den Muff der Vergangenheit, der nach prickelnder Spannung und goldenen Schätzen riecht. Immer Neues. Als bräuchte man das zum Leben.«

»Eine Nacht auf einer Matratze in Gottes Kopf wäre jedenfalls was Neues«, sagt Walpar und löst seinen Pferdeschwanz.

Lang X sieht glasig zum Bett hinüber. »Aber ich auf rechte Seite schlafen.«

Damit entlockt er Walpar Tonnraffir das breiteste Grinsen des Abends. »Ich glaube, dies ist der Beginn einer wunderbaren Freundschaft!«

ENDE

Uwe Post, Diplom-Physiker und Autor unzähliger Geschichten der Genres Science Fiction und Fantasy, wohnhaft in Faustkeilwurfweite zum Neandertal. Sein erster SF-Roman »Symbiose« wurde 2010 für den Deutschen Science Fiction Preis und den Kurd-Laßwitz-Preis nominiert, wie schon zuvor einige seiner Kurzgeschichten. Einige von letzteren sind versammelt in der schrägen Storysammlung »Zisch Zitro für alle!« (2009). Derzeit schreibt Post zwei neue Romane gleichzeitig: Eine düstere Nahzukunfts-Satire und eine bunte Space Fantasy.

Webseite: **www.uwepost.de**

Bio-Punk á la Post!

Uwe Post
Symbiose
A5 Paperback, ca. 200 Seiten
ISBN: 978-3-941258-11-2.

Kröten, Käfer, Knutbälle: Gendesignte Hybridwesen, den Menschen zu Diensten. Lebendig, billig, biologisch abbaubar. Der brave Konsument Aric Ekloppos, verliebt in die Weltkaiserin, entrinnt knapp einem unschönen Tod. Er trifft auf berühmte Talkmaster, verdrehte Politiker, stählerne Untergrundkämpfer und einen galaktischen Weltraumhai, der die ganze Erde verschlingen will ... und einen verdammt guten Grund dafür hat.

Mehr Infos zum Roman unter www.atlantis-verlag.de

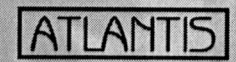

ATLANTIS

Deutsche Erstveröffentlichung vom Autor der *Dämonenreihe*!

Robert Asprin
Tambu
A5 Paperback, 192 Seiten
ISBN: 978-3-941258-12-9

Übersetzt von Dirk van den Boom.
Mit einem Vorwort von Bill Fawcett
und einem Nachwort von Christian Endres.

Der mysteriöse Tambu gilt als Schrecken der besiedelten Galaxis, als größter Feind der Verteidigungsallianz und als das Sinnbild des eroberungswütigen und rücksichtslosen Kriegsherrn. Als Erickson, ein junger Reporter, entgegen seiner eigenen Erwartung die erste Audienz eines Journalisten bei Tambu erhält, um ein Interview mit ihm zu führen, ist er voller Furcht und Misstrauen. Doch er stellt rasch fest, dass es einen Unterschied zwischen der Meinung der Mehrheit und der Wahrheit geben kann, so schwer diese Erkenntnis auch fällt...

Mehr Infos zum Roman unter www.atlantis-verlag.de

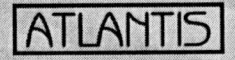

ATLANTIS

Neues vom zauberhaften Land irgendwo hinter dem Regenbogen

Christian Endres
Die Zombies von Oz
A5 Paperback, ca. 240 Seiten
ISBN: 978-3-941258-33-4

Dorothys Heimkehr gerät zum Albtraum: Untote haben das Land überrannt! Doch nicht nur in Kansas hat sich die Ordnung der Dinge verändert, entsteigen die Toten ihren Gräbern ... Auch der unsterbliche Mythos von Frank Baums »Der Zauberer von Oz« verändert sich in den Geschichten dieses Bandes ständig – mal gekreuzt mit magischem Realismus, mal mit klassischer Fantasy, mal mit modernem Western, mal mit zombieverseuchtem Horror.

»Die Zombies von Oz« – die neue Storysammlung von Christian Endres, Gewinner des Deutschen Phantasik Preises für die beste Kurzgeschichte 2009.

Mehr Infos zum Buch unter www.atlantis-verlag.de

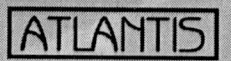

ATLANTIS